历史与现场丛书

孟繁华 贺绍俊 主编

从革命女性到女性革命

现代女性革命小说的话语流变

杨晶◎著

中国社会科学出版社

图书在版编目(CIP)数据

从革命女性到女性革命：现代女性革命小说的话语流变/杨晶著．—北京：中国社会科学出版社，2017.8

（历史与现场丛书）

ISBN 978-7-5203-0078-0

Ⅰ.①从… Ⅱ.①杨… Ⅲ.①妇女文学—小说研究—中国—现代 Ⅳ.①I207.42

中国版本图书馆 CIP 数据核字(2017)第 060645 号

出 版 人　赵剑英
责任编辑　郭晓鸿
特约编辑　席建海
责任校对　石春梅
责任印制　戴　宽

出　　版　中国社会科学出版社
社　　址　北京鼓楼西大街甲 158 号
邮　　编　100720
网　　址　http://www.csspw.cn
发 行 部　010-84083685
门 市 部　010-84029450
经　　销　新华书店及其他书店

印刷装订　北京君升印刷有限公司
版　　次　2017 年 8 月第 1 版
印　　次　2017 年 8 月第 1 次印刷

开　　本　710×1000　1/16
印　　张　17.5
插　　页　2
字　　数　216 千字
定　　价　66.00 元

目　录

绪论 ………………………………………………………… 1

第一节　契机与宿命：民族国家建构与发现妇女 ……… 1

第二节　告别闺阁：秋瑾的革命与写作 ……………… 8

第一章　现代女性革命小说的多重话语 ……………… 19

第一节　女性的角色 …………………………………… 19

第二节　爱情与革命 …………………………………… 22

第三节　革命中的身体 ………………………………… 25

第四节　革命的沉重 …………………………………… 30

第五节　探索男性世界 ………………………………… 33

第二章　大革命时期：在转变和激情中走出自我 ……… 37

第一节　北方都市：娜拉的苦闷与出走 ……………… 41

第二节　爱情与革命的交融 …………………………… 55

第三节　同盟幻灭与男性的销蚀 ……………………… 76

第四节　南方战场：换装与越位的“女兵”　………… 84

第五节　“忘记自己是女性”　……………………………… 95

第三章　左联时期：在革命磨砺中面向社会 ……… 105

第一节　“要革命还是做母亲”　………………………… 106

第二节　爱情与革命的艰难抉择　……………………… 120

第三节　双重压迫中的受辱与反抗　…………………… 131

第四节　“拯救”者男性的降生　……………………… 139

第四章　战争时期：革命政治中的反思与沉寂 ………… 156

第一节　革命中的“疯女人”　…………………………… 158

第二节　革命家庭中的爱情　…………………………… 166

第三节　革命与贞节的悖论　…………………………… 190

第四节　延安：理想与现实之间　……………………… 207

第五节　“复原”的男性　………………………………… 222

结语 ……………………………………………………… 245

附录　写在后面的话 …………………………………… 256

参考文献 ………………………………………………… 268

绪　论

第一节　契机与宿命：民族国家建构与发现妇女

中国的20世纪是革命的世纪。从1840年鸦片战争开始，随着西方列强的入侵，风雨飘摇的晚清帝国危亡时刻的到来，“革命”作为拯救的唯一道路逐渐被社会所认识和呼唤。应该说，历史上的中国从来未曾有过民族国家的观念。在中国人的观念中，中国就是世界的中心，是“天下”，其他地方都是围绕中国的化外“狄夷”。资本主义带给西方的不仅是社会的巨大飞跃，最为重要的是创造了一种空前强大的文明，新的格局在世界形成，整个世界的秩序被动摇。中国几千年来的“天下”观念从鸦片战争开始遭到瓦解，从晚清开始被迫进入充满竞争和压力的世界新格局。在西方列强的入侵下，仅1895年至1911年期间，中国政府承担的赔款和因战争带来的军事借款就高达476982000两，这相当于1895年至1913年期间在中国的所有企业全部创办资本的两倍以上，意味着中国的可用资源大量枯竭。[①] 经过1897年到1898年的割地狂潮和门户开放政策后，到了1900年，西方列强在中国十八个行省中的十六个已经建立了势力范围。这些事实触目惊心，康有为为此发出警告，认为中国有成为第二个缅甸或印度的危险。[②] 在世界舞台上创伤深重的中国，在新的国际政治格局中，民族共同体的生存诉求成为步入现代社会的最根本动力。“国家而非种族成为真正的主体和现代认同的根源，并重构了中国人关于世界秩序的想象结构。”[③] 在中国现代性进程中，民族国家自此成为最重要的内容。

甲午海战之后，特别是戊戌变法之后，随着最后一次社会变革的失败，中国对西方的“民族国家”思想开始有了真正的认识。在“民族国家”意识的自觉下，民族主义开始成为具有统一意识形态的政治运动，并成为一种社会运动方式，这意味着民族主义在今后的历史时期开始作为新的历史力量崛起。1911年辛亥革命的失败意味着真正切实有效的解决方案并没有找到，以“革命”的道路来拯救危机中的民族国家，挑战的难度是巨大的。危亡时局中中国道路向何处去，成为时代的巨大呼唤。

在民族国家利益最为重要的时刻，在沉重的伤痛与屈辱逼迫下中国知识分子为政治实践寻求新的解决方案时，“女人”的价值重新被重视。妇女问题正是作为民族存亡、强国保种的意义在社会上引起强烈讨论的。维新知识分子普遍认为体弱无知的妇女是国家富强的重大障碍。这种障碍首先是“不生利”说。这种对妇女身体的认识梁启超早在1890年的《变法通义·论女学》中就被反复阐说：“凡一国之

---

① 参见［美］费正清、刘广京编《剑桥中国晚清史》，中国社会科学院历史研究所编译室译，中国社会科学出版社2006年版，第66页。

② 同上书，第116页。

③ 汪晖：《汪晖自选集》，广西师范大学出版社1997年版，第72页。

人，必当使之人人各有职业，各能所养，则国大治。其不能如是者，则以无业之民之多寡为强弱之比例。”① 生利之人多，分利之人少，国家即强；反之则弱。梁启超认为：“中国即以男子而论，分利之人，将及生利之半，自公理家视之，已不可为国矣。况女子二万万，全属分利，而无一生利者……今中国之无人不忧贫也，则以一人须养数人也。所以酿成此一人养数人之世界者，其根原非一端，而妇人无业，实为最初之起点。”② 这种认识也出现在晚清大臣张之洞的感叹中，在他看来中华两万万妇女因为缠足“或坐而衣食，或为刺绣玩好无益之事……不能直立，不任负戴，不利走趋，所作之工，五不当一，是此四万万人者，已二分去一，令为二万万人”③。这里是从妇女的劳动能力来审视其身体价值的，根本出发点是对国家的维护。

中国妇女的缠足被认为是一个更为严重的问题。在某种意义上，可以说它已经成为一件最具中国“现代性”特色的文化事件。古代缠足的起兴众说不一，但有一点是肯定的，“三寸金莲”是性别审美的标记，对于女性意在强化性征。但到了晚清，小脚已成为祸国殃民的象征，成为代表落后、愚昧、压迫、耻辱等的不祥之物。1898 年康有为给光绪帝的《请禁妇女裹足折》中表述了这种遭异族耻笑的民族屈辱感：“最骇笑取辱者，莫如妇女裹足一事，臣窃深耻之。”最后康有为将它上升到国家兴亡的高度来认识：“试观欧美之人，体直气壮，为其母不裹足，传种易强也。回观吾国之民，尪弱纤偻，为其母裹足，故传种易弱也。今当举国征兵之世，与万国竞，而留此弱种，尤可忧危矣!”④ 曾继辉也在《不缠足会驳议》一文中公开疾呼：“今者

---

① 《时务报》第 23 册，1897 年 4 月 12 日。

② 同上。

③ 张之洞：《南皮张尚书戒缠足会章程叙》，《时务报》第 38 册，1897 年 8 月 11 日，第 2624 页。

④ 康有为：《请禁妇女裹足折》，李义宁、张玉法主编《近代中国女权运动史料 1842—1911》（上册），传记文学出版社 1975 年版，第 509 页。

欲救国，先救种，欲救种，先去其害种者而已。夫害种之事，孰有如缠足乎！”[①] 这里对女性身体的强调被放在举足轻重的位置上，显然最终是为达到强国保种的目的，看似激进的批判本质上依然是被传统的思维所支配。在他们看来，女性体弱无学识，直接影响了后代的质量。实际上再生产能力一直被看成是女性对于现代民族国家的最重要价值，从这个层面来认识女性与民族国家的关系，是世界许多国家的共识。“在多数现代民族国家中，家庭被奉为民族道德的载体。国家之所以有责任教育和‘解放’妇女是因为有必要塑造出能够在生物学和文化意义上生育‘优质’公民的高效母亲。”[②] 维新知识分子对于女性的缠足问题，最终依靠民族主义的叙述策略才得以取得成效，光绪帝和慈禧接受了禁裹足的请求，不缠足运动在全国推行。

对于女学的强调，出于同样的逻辑。可以说，倡导女学对于晚清时期的中国而言，确实是一次极大的挑战。从 1844 年传教士在中国本土创办第一所女子学校起，到 19 世纪 80 年代，中国境内几乎所有的女子学校都是由传教士建立的。虽然传教士建立的女子学校为中国的女学带来了新的元素，但是始终没能成为中国本土女性教育的主流。直到 1898 年在上海才由中国人自己创办了第一所女校——经正女学。期间经历了半个多世纪的时间，不能不说是漫长的历程，它说明中国传统教育观念的根深蒂固和女子教育的步履维艰。虽然中国人自办的第一所女子学校仅存在了两年，但是给中国带来的影响却极为重要，它为打破传统旧规提供了改变观念的社会氛围。

最终打破这种困境的仍是以梁启超等为首的维新知识分子。1896

① 曾继辉：《不缠足会驳议》，《湘报》1898 年 9 月 10 日。

② 转引自杜赞奇《从民族国家拯救历史・导论》，王宪明译，社会科学文献出版社 2003 年版，第 10 页。

年梁启超发表著名的《变法通议》，对女学的转变有重大影响。在其《论女学》一篇中，他将女子教育问题与民族存亡联系起来。他指出："吾推及天下积弱之本，则必自妇人不学始。"在他看来，让女性接受教育是中国摆脱落后、家庭摆脱贫穷的重要途径。梁启超强调了维持社会稳定的两个基本原则，即"正人心、广人才"。"而二者之本，必自蒙养始，蒙养之本，必自母教始，母教之本，必自妇学始。故妇学实天下存亡强弱之大原也。"1897 年，经正女学筹备期间时，梁启超为其撰写了启事《倡设女学堂启》，进一步阐发自己的女学观。他把女子教育的目的归纳为"上可相夫，下可教子，近可宜家，远可善种"。之后，梁启超进一步借助了民族国家这一策略："夫男女平权，美国斯甚。女学布濩，日本以强。兴国智民，靡不始此。三代女学之盛，宁必逊于美日哉？遗制绵绵，流风未沫，复前代之遗规，采泰西之美制，仪先圣之明训，急保种之远谋。"在与民族国家的再次联结中，女性教育终于在中国这块古老的土地上赢得了自身的合法性。在启事发表的第二年，经正女学正式成立，学堂招收 8 至 15 岁，有基本读写能力的年轻女性。在民间呼声日渐强烈的情况下，清政府在 1907 年颁布了中国第一个女学堂章程——《学部奏定女子小学章程》和《学部奏定女子师范学堂章程》，章程虽然仍把三从四德等传统女德教育规定为女性基本教育，以贤妻良母为培养目标，但它正式承认了女性教育的合法性，并奠定了官办女学堂的法律基础。

章程颁布后，中国的女性教育很快形成了一定的规模，截至 1909 年，"全国已成立女子小学堂 308 所，占小学堂总数的 0.6%，共有女学生 14054 人，占小学生总数的 0.9%"[①]。

无论如何，女儿们最终走出了家庭。女性教育能够最终得到存在

① 程谪凡：《中国现代女子教育史》，中华书局 1936 年版，第 79 页。

的合法性，最根本的原因正如一位学者指出的那样，女学“是一个特定历史情境的产物，它不单十足反映国际竞争情势在当时对中国所造成的绝对压力，它同时也揭示一个父权对国权低头过程”[①]。“这种将国家命运关联于妇女智识……相对使妇女身体的存在价值工具化，是试图将两万万妇女的劳动生产力和智识化为一股国力的基础的努力。”[②] 但这种功利化的目的不能不说带来了对女性的解放。从动机而言，女学堂的建立只是为了强国保种，但另一方面，女学堂的建立作为“近代民族国家想象过程的重要一步”[③]，最重要的在于这种制度的合法化，从客观上为改变女性几千年来的“身份”提供了最根本的保障。没有女性教育社会机制的改变，对于女性来说，改变几千年来的社会地位、角色是根本不可能和无法想象的。因此，在民族国家的诉求下，女学得以一步步壮大，中国女性的命运以此为标志开始具有了现代性的可能。

民国初期，教育部颁布了《壬子学制》，规定初等小学可以男女同校，还将女子中学、女子师范和高等师范纳入学制中。至此，女子教育以完整的体系完成转型，延续了19世纪晚期清政府未能完成的任务，女性教育转变成国家为达到民族强盛的重大战略，女性的社会角色遂合法化。

中国第一批现代意义上的女作家陈衡哲、袁昌英、谢冰心、黄庐隐、石评梅、陆晶清、苏雪林、冯沅君、凌叔华、陈学昭、白薇等人，都受惠于民国初年颁布的《壬子学制》，因为这个章程以法律的形式确立了女子教育，为女子受教育的权利扫除了制度性的障碍。

---

① 黄金鳞：《历史、身体、国家——近代中国的身体生成（1895—1937）》，新星出版社2006年版，第41页。

② 同上。

③ 乔以钢主编：《中国现代文学文化现象与性别》，南开大学出版社2012年版，第59页。

1911 年清政府制定了《编订女生留学酌补官费办法》，女学生留学海外获得了与男性同样的官费补助权。中国早期出国留学的女性是从传教士资助携往开始的，但人数寥寥无几。后来大多是以陪读的身份自费走出国门的，其中以留日最多。相对于没有明确学习目的的伴读，奖励留学政策的颁布提高了留学生质量，极大促进了女性留学的发展。据 1914 年统计，在 1300 名中国留美学生中有女生 94 名，1917 年增加到 200 名。[①] 1925 年，留美学生总数为 2500 人，其中女生占 640 人，比例高达 25.6%，[②] 这达到了近代中国女性留美的顶峰。自 1902 年至 1953 年间，在美国大学注册的中国女子留学生总计达 3692 人，约占同期中国留学生总数的 18%。[③] 至“五四”时期，日、美、法、德、俄等国都有大量的女留学生。1930 年至 1931 年，国民政府教育部曾对女性留学作过一次统计，据推测，留日女性总数在 6000 人以上，留欧女性在 2000 人以上，总计留日、美、欧女性人数当超过 10000 人。[④] 这个数字对于女性教育兴起不久的中国已经是相当庞大了。

特别指出的是，从深闺走向世界，这些与女性相关的一系列教育制度造就了一批妇女人才，回国后成为中国历史上第一批现代职业女性，如创办了最早的女子报刊的陈颉芬，中国第一个女医生康爱德等都是其中的代表性人物。客观上，中国女性参与到全国范围内的社会巨变之中已经具有了一定的可能性，这种巨变为社会带来的影响是深远的。“有学问而后有知识，有交际而后有社会，有营业而后有生利，

① 参见《留美中国学生会小史》，《东方杂志》1917 年第 14 卷 12 期。

② 参见汪一驹《中国知识分子与西方》，久大文化公司 1978 年版，第 106 页。

③ 参见王焕琛《留学教育——中国留学生教育史料》，台湾“国立”编译馆 1980 年版，第 2611 页。

④ 参见王焕琛《留学教育——中国留学生教育史料》，台湾“国立”编译馆 1980 年版，第 2626 页。

有出入自由而后去种种之束缚、得种种之运动。”① 至此，晚清知识分子们关于民族国家的设想在从反缠足到兴女学再到现代学校建立的过程中一步步变成现实。

女性试图寻求社会空间时面对的挑战无疑是巨大的。从晚清至民国，实际上，“女学生”身份与传统女性已截然不同，她们不再是家庭中安守闺房的女儿，而是“有学识”的女性，这是进入社会成为自立的“人”的开始。走出闺阁的女性们接受现代文明教育，具有现代思想的学校成为新型女性成长的理想空间。她们的成就宣告了重新塑造自己的成功，具有了“革命性”的意义。新的身份获得的社会性地位“具有高度的流动性，或者更准确地说，由于它的流动性，使得她们的文化和政治存在超越了绅宦家族的结构，而这种结构正是帝制结构的根本”②。走出家庭，进入学校，迈进社会，在女性解放道路上，“女学生”身份的获得标志着女性从历史地表浮出并进入历史舞台的开始，中国女性解放的幕布正式拉开。

第二节　告别闺阁：秋瑾的革命与写作

在文学的历程中，秋瑾被视为“中国女性文学的第一人”③，“在中国古代文学向现代文学的蜕变中，秋瑾做出了重要贡献”④，她的创作成为结束古代闺阁文学，开启现代女性文学的标志。但显然其中最重要的恐怕不在于其艺术形式与语言上的贡献，它们与“新文学尚有

---

① 丁初我：《女子家庭革命说》，《女子世界》1904 年第 4 期。

② 颜海平：《中国现代女作家与中国革命》，北京大学出版社 2011 年版，第 26 页。

③ 阎纯德：《20 世纪中国女性文学的发展》，《文学评论》1998 年第 4 期。

④ 乔以钢：《中国女性的文学世界》，湖北教育出版社 1993 年版，第 143 页。

明显距离"[①]，最根本的应在于秋瑾对女性精神品格的重构：在中国现代性的历程上，她以自己的生活道路和文学创作开辟了一条"革命"之路，即将女性自我与民族国家的建构真正融为一体的道路，这是一条独特的女性解放之路，对女性建构，她做出了自觉的努力。就此而言，她在20世纪中国女性自我奋斗的道路上，给出了新的视野，秋瑾的精神润泽并引领了追求自由解放的中国女性。

秋瑾的创作是由两个文学世界构成的，她不只具有作为一个革命斗士的叛逆精神，还有女诗人特有的诗情气质。尤其是秋瑾早期的诗词，大都属于闺阁才女的咏怀之作。"多愁善感，抑郁忧伤，是传统妇女文学创作主体最为鲜明的基本性格特征"[②]，秋瑾的创作也是多以"闺怨"为主题。与传统脉络相同，这些诗词都是在自我狭隘闭塞的小世界里吟花弄墨、诉说离愁别绪。抒情主体始终是一个易感多愁的女性沉埋于个人情怀的入微体验和细腻品尝，伤春悲秋、思亲怀友：

春色依依映碧纱，窗前重发旧时花。
燕儿去后无消息，寂寞常年王谢家。

——《春日偶占》

容易东篱菊绽黄，却教风雨误重阳。
无端身世茫茫感，独上高楼一举觞。

——《重阳志感》

肠断雨声秋，烟波湘水流，闷无言、独上妆楼。忆到今宵人已去，谁伴我？数更筹。寒重冷衾裯，风狂乱幕钩，挑灯重起倚熏篝。窗内漏声窗外雨，频点滴，助人愁。

——《唐多令 秋雨》

① 乔以钢：《中国女性的文学世界》，湖北教育出版社1993年版，第155页。
② 同上书，第145页。

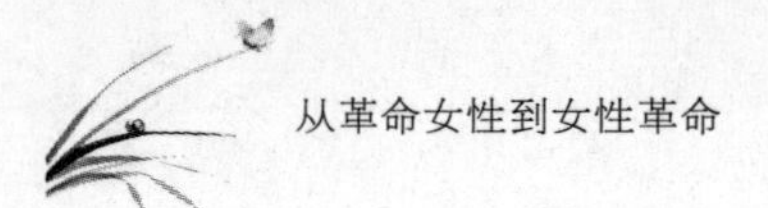

秋瑾最喜欢以花入诗。在她笔下，各种以“花”为题的诗词多达二十多首，从梅、兰、菊、荷、桃到玫瑰、海棠、杜鹃、芍药、水仙、木兰，几乎花花入诗，其中又以咏梅、咏菊最多：

杜鹃花开杜鹃啼，似血如珠一抹齐。
应是留春留不住，夜深风露也含凄。

——《杜鹃花》

铁骨霜姿有傲衷，不逢彭泽志徒雄。
无桃枉自多含妒，争奈黄花耐晚风。

——《菊》

桃姨杏妹嫁东风，玉砌珠栏晓日笼。
可怜憔悴罗浮客，独立寒霜秋雨中。

——《梅》之二①

这些作品中，感伤明显居于情绪的主导地位，属于传统的闺阁之作，但在早期的诗词中实际上已经潜隐着与一般闺怨不同的差异。在上述作品中，没有寻常小女儿的娇柔无力、自怜自艾的脂粉气，而是胸襟开阔，清丽高洁，她的诗风正来自于她坦荡、真诚，而又坚强自守的个性，这说明早期的秋瑾就有着鲜明的自我意识。此外，在创作中，书写婚姻的不幸是她最为郁郁难解的伤感部分，在诗中她这样写道：“却怜同调少，感此泪痕多”（《思亲兼见大兄》），“知己不逢归俗子，终身长恨咽深闺”（《精卫石》），“莽红尘，何处觅知音？青衫湿”（《满江红·小住京华》），“对影喃喃，书空咄咄，非关病酒与伤别。愁城一座筑心头，此情没个人堪说”（《踏莎行·陶荻》），“小坐临窗把卷哦，湘帘不卷静垂波。室因地

---

① 所列作品均选自《秋瑾集》，上海古籍出版社 1979 年版。

僻知音少，人到无聊感慨多”（《秋日独坐》），等等。这些感怀之作与传统女子因丈夫或情人伤离伤别的忧愁也有所不同，秋瑾的苦闷抑郁不在于不能朝朝暮暮的相伴，而是难觅知音的精神压抑，这些都体现了秋瑾早已有了比一般女性强烈的主体意识，拥有同时代女性难以具备的精神品格。

自我身份的认同，从根本上说是一种文化认同，它与阶级、民族、国家、种族等身份的认同交织在一起。“在相对独立、繁荣和稳定的环境里，通常不会产生文化身份的问题。身份要成为问题，需要有个动荡和危机的时期，既有的方式受到威胁。这种动荡和危机的产生源于其他文化的形成，或与其他文化有关时更加如此。”① 在社会的深刻危机以及个人生活的压抑痛苦中，秋瑾开始重新认识和建构自我，这导致了她生活和写作的一系列转变。

甲午海战惨败以来，从戊戌变法的失败，到八国联军的入侵，种种灾难性的打击使晚清政权的政治已陷入瘫痪，一个文明正在濒临前所未有的崩溃。在历史危机时刻，社会的现有准则被纷纷拆解。从戊戌维新时期到辛亥革命时期，对妇女问题的思考从“强国保种”发展到了对妇女权利的重视。在二十世纪初的辛亥革命前夕，“女国民”概念应时而出，它的提出表明了妇女观念的进一步转变。“女国民”的概念，蕴含着女子与男子平权的思想，认为女子与男子一样，都是国民中的一员，它将女子与国民的社会身份联系在一起，号召女性在追求权利的同时自觉承担对国家的责任和义务。在漫漫几千年的历史长河中，中国妇女得以第一次突破了家庭等级序列中的身份，它表明，女性不再甘受封建礼教的奴役，开始拥有了自己的社会身份。

① ［英］乔治·拉伦：《意识形态与文化身份：现代性和第三世界的在场》，戴从容译，上海教育出版社 2005 年版，第 195 页。

“女国民”标志着“崭新的妇女历史的到来，具有划时代的意义”[①]。因此，“新的身份”的赋予大大激励了妇女们的热情，它推动了女性独立意识的自觉与增强，“女国民”的社会身份很快就成为时代的崇尚，从此，成为中国的妇女界一个至高至上的目标，这种精神贯穿于辛亥时期的妇女解放思想。

在这样的时代精神召唤下，秋瑾自觉成为女国民精神的崇尚者和实践者。秋瑾的革命是从家庭革命开始的。1904 年中秋，作为缠足女子的第 29 个年头，秋瑾给自己放了足，脱下了长裙，穿上了男士西服和长裤。当她在京师妇女座谈会上出现的时候，身着男装的秋瑾引起了不小的惊愕和骚动。秋瑾以对身体的改造宣告了自己革命的开始。在《自题小照·男装》中，秋瑾是这样描述自己换装后的心理感受的：“俨然在望此何人，侠骨前身悔寄身。过世形骸原是幻，未来景界却疑真。相逢恨晚情应集，仰屋嗟时气益振。他日见余旧时友，为言今已扫浮尘。”[②] 秋瑾在镜中的“过世”和“未来”两个时间中看到了“旧我”和“新我”两种不同的身份，它以身体为载体显示了前所未有的变化，易装标志着秋瑾对“自我”自觉发现的开始，作别闺阁的强烈渴望最终推动着她开始寻求新的人生道路，走上解放的起点。

1904 年初夏，秋瑾与一向感情不和的丈夫决裂，与 7 岁的儿子和尚在襁褓中的女儿忍痛作别，变卖首饰做学旅费东渡日本。她去掉了原名“闺瑾”中的“闺”字，也不再用意为美玉的字“璇卿”，取了富有时代色彩的“竞雄”为字。在船上，秋瑾写下了这样的诗句：“万里乘云去复来，只身东海挟春雷。忍看图画移颜色，肯使江山付

① 王绯：《空前之迹：中国妇女思想与文学发展史论》，商务印书馆 2004 年版，第 235 页。

② 秋瑾：《自题小照·男装》，《秋瑾集》，上海古籍出版社 1979 年版，第 78 页。

劫灰。浊酒不销忧国泪，救时应仗出群才。拚将十万头颅血，须把乾坤力挽回。”[①] 与秋瑾早期的诗作相比，它的指向已经完全从个人的狭小空间走向了广阔的社会领域，对民族大业的呼唤展示了书写角色的转换，自此，从闺阁才女到革命志士，秋瑾完成了自己身份的转变。

在秋瑾看来，国难当头，女子应“为女杰”，“作手持刀剑甘抛头颅的斗士”[②]。东渡日本后，秋瑾自觉担负起“国民之责任”，热情投身到各种革命运动中去，积极宣传男女平权思想，努力推动女权运动。她号召女性将自身的解放与国家的前途命运结合在一起，自觉将争取平权与对国家的责任和义务相连。1907 年，秋瑾创办了《中国女报》，在发刊词中，向广大女性发出了强烈的吁求，号召女性努力自强，有勇于担负民族国家重任的勇气：“吾今欲结二万万大团体于一致，通全国女界生息于朝夕，为女界之总机关，使我女子生机活泼，精神奋进，绝尘而奔，为速进大光明世界，为醒狮之前驱，为文明之先导，为迷津筏，为暗室灯，使我中国女界中放一光明灿烂之异彩，使全球人种惊心夺目，拍手而欢呼。”[③] 在《大魂篇》中，她更是明确将女权与民族国家责任紧密结合在一起，号召女子“女国民”意识的觉醒：“国民者国家之要素也，国魂者国民之生源也。国丧其魂，则民气不生，民之不生，国将焉存。”“国魂之由来乎？以今日已死之民心，有可以拨死灰于复燃者，是曰国魂；有可以生国魂为国魂之由来者，是曰大魂。大魂为何？厥惟女权。”“唤起国魂，请自女界始。”“近以挽狂澜于既倒，远以造国魂于未来，伟哉女权！伟哉大魂！”[④]

在妇女解放中，秋瑾最重视的是对女性“自立”的强调，认为这

① 秋瑾：《黄海舟中日人索句并见日俄战争地图》，《秋瑾集》，上海古籍出版社 1979 年版，第 79 页。

② 秋瑾：《宝剑歌》，《秋瑾集》，上海古籍出版社 1979 年版，第 83 页。

③ 秋瑾：《中国女报发刊词》，《秋瑾集》，上海古籍出版社 1979 年版，第 13 页。

④ 张枬、王忍之编：《辛亥革命前十年间时论选集》（第 2 卷下册），生活·读书·新知三联书店 1963 年版，第 840—844 页。

是男女平等的最根本途径。1904 年，她与陈颉芬重新组建已经停顿的公爱会，并改名为“实行公爱会”，以此来协助女子“脱男子之范围，使她们合群、求学，得以自立，成为合格的女国民”①。为了更好地向最广泛的底层劳动妇女宣传女权思想，秋瑾还有意地将她在报刊上的政论性文章最大可能地运用浅白通俗如唠家常的语言来写，以求文化层次很低的妇女能够读懂接受。如她为《中国女报》撰写的文章《敬告姐妹们》中，可以十分鲜明地看到这一点：“如今中国不是说有四万万同胞吗？但是那二万万男子，已渐渐进了文明新世界了……我的二万万女同胞，还依然黑暗沉沦在十八层地狱，一层也不想爬上来。足儿缠得小小的，头儿梳得光光的；花儿朵儿扎的镶的戴着，绸儿缎儿滚的盘的穿着，粉儿白白脂儿红红的搽抹着，一生只晓得依傍男子，穿的吃的全靠男子，身儿是柔柔顺顺的媚着，气虐儿是闷闷的受着，泪珠是常常的滴着，生活是巴巴结结的做着：一世的囚徒，半生的牛马……总是难得占了主人的位置，女的处了奴隶的地位，为着要倚靠别人，没有一毫要独立的性质，这个幽禁闺中的囚犯，也都自己不觉得苦了……唉！但凡一个人，只怕自己没有志气，如有志气，何尝不可求一个自立的基础，自活的艺业呢？……难道我诸姐妹，真个安于牛马奴隶的生涯，不思自拔么？”② 这里秋瑾指出了“安命”没有志气的思想是女性做一世囚徒的最根本原因，而且，甘于囚徒后精神麻木，也就自己不觉得苦了，进而鼓励女性不应自甘屈辱，要自强自立，谋求在社会上的一个位置，这才是女性解放的真正出路。

除了参加社会活动外，秋瑾东渡后的文学创作也发生了转向，一扫早期闺阁诗词的多愁善感，充满了雄豪刚健之气，情感深沉博大、

---

① 王绯：《空前之迹：中国妇女思想与文学发展史论》，商务印书馆 2004 年版，第 237 页。

② 张枬、王忍之编：《辛亥革命前十年间时论选集》（第 2 卷下册），生活·读书·新知三联书店 1963 年版，第 845 页。

视野辽阔，许多作品在内容上与女界革命相连，对女性求平等、求解放思想积极倡导、鼓动。《勉女权歌》是其中最有代表性的一篇：“吾辈爱自由，勉励自由一杯酒。男女平权天赋就，岂甘居牛后？愿奋然自拔，一洗从前羞耻垢。若安作同俦，恢复江山劳素手。旧习最堪羞，女子竞同牛马偶。曙光新放文明候，独立占头筹。愿奴隶根除，智识学问历练就。责任上肩头，国民女杰期无负。”在她的诗歌中随处可见这样的号召，如“如斯巾帼女儿，有志复仇能动石”（《题动石夫人庙》），“种梅须去旧根芽，移向新春竞物华”（《戏寄尘再叠前韵》），“欲从大地拯危局，先向同胞说爱群，今日舞台新世界，国民责任总应分”（《赠语溪女士徐寄尘和原韵》）等都是这样的诗句，以此鼓励女性自强自爱，敢于与命运抗争，呼唤女性勇于担负国家责任的“国民”精神，来挽救危亡中的民族。

秋瑾曾借咏古侠者描绘出理想中的自我形象：“右手把剑左把酒。酒酣耳热起舞时，天矫如见龙蛇走”（《剑歌》），“千金市得宝剑来，公理不恃恃赤铁，死生一世付鸿毛，人生到此方英杰”（《宝剑歌》），留下了“休言女子非英物，夜夜龙泉壁上明”（《鹧鸪天》）的豪情诗句。“画工须画云中龙，为人须为人中雄”，正是她本人的志愿和抱负。秋瑾以“英雄”“豪杰”来自期，有着“天下事舍我其谁”的气概，在她对自我的期待中我们不难发现秋瑾的万丈豪情与高远志向，这是中国历代闺阁女子从未有过的抱负。秋瑾恰逢亘古未有的新旧交替的乱世，巨大的变革使得社会对女性的压制有所松动，在热血豪情的鼓动下，在对未来民族国家的想象中，秋瑾领略到了从没有过的荣光。

这种对历史参与的自豪感和渴望民族国家重建的激情使得秋瑾的革命和写作都充满了一种自觉。“弹词小说”《精卫石》中她将自己的女性解放思想寄托于书中人物，成为表达她一生追求的范本。秋瑾虽然没有来得及完成这部鸿篇巨制，但仅就目前所能读到的不足六回的内容和“精卫石目录”，已充分体现出这是一部展示20世纪初妇女解放运动历程的史诗性作品，表达了对革命的执着追求和认识。如秋瑾在“序”中标明的：

余也谱以弹词，写以俗语，欲使人人能理解，由黑暗而登文明；逐层演出，并尽写女子社会之恶习及痛苦耻辱，欲使读者触目惊心，爽然自失，奋然自振，以为我女界之普放光明也。

今日顶香拜祝女子脱奴隶之范围，作自由舞台之女杰、女英雄、女豪杰……余愿呕心滴血以拜求之，祈余二万万女同胞无负此国民责任也。速振！速振！女界其速振！①

在这里，对女性投身革命的呼唤和对中国重生的渴望是融合在一起，在相辅相成中被表达的，在这种革命观下的女性解放，内在于对一个现代中国的未来想象之中，这是秋瑾以个人生命体验开拓出的一条富有社会性的通向女性解放的新道路。按照弹词二十回的目录设计，涵盖的将是女性走出家庭后的所有活动，不啻为对革命历程的一个演义，她们在参加革命的各种运动后是“大建共和”的美好蓝图。但是秋瑾又以“精卫石”来给作品命名，在古代精卫填海神话的隐喻中，除了表明秋瑾对精卫精神——渴望与不断奋斗的崇尚外，也隐约传达出了她对女性解放历程艰难的预见。这一点在与亲人、好友的私人交往中秋瑾有着更明确的表达，如她在东京写给大哥的家信里有这样的话：

吾以为天下最苦最痛之无可告语者，惟妹耳，居无室家之乐，出无戚友之助。漂泊天涯，他日之结局实不能豫定也。吾哥

① 秋瑾：《精卫石》，《秋瑾集》，上海古籍出版社1979年版，第121页。

虽稍胜一筹，而无告语则同，无戚友之助亦同，所幸者，生为男子耳，结局似胜妹十倍也。[①]

这封信写于1905年11月28日，即秋瑾在东京加入同盟会将近三个月之后。在现实世界中，秋瑾以其生命演出，完成了弹词中的预示。秋瑾以现实的形式用自己的生命赋予了她所寻找到的革命道路的历史意义——在不可能的地方开辟了一条道路，这包括她的死，以及她死的方式。

显然，秋瑾的死是她自己的选择。她预见到了这样一个结束生命的时刻和意义。某种程度上说，秋瑾对这种死甚至是带有一定的迷恋的，在她后期的写作中，常常以无畏的、甚至迫不及待的口吻多次写到“死”。她崇尚奋斗进取，无比热烈地礼赞牺牲精神，乐死不避。这里秋瑾看重的是殉难者的意义，对一个现代民族国家的渴望和对女性解放未来的展望是她选择死的最根本因素，在那里生命仍将继续，激发着人们开创历史的诉求。

1907年7月13日，当清兵还在通往大通学堂的路上时，有人告知秋瑾，大家都劝她离开学堂，但她选择留了下来。秋瑾最后探望了因病卧床的光复会同志许一飞，并写诗一首述怀：“大好春光一刹过，雄心未遂恨如何？投鞭沧海横流断，倚剑云霄对月磨。函谷无泥封铁马，洛阳有泪泣铜驼。粉身碎骨寻常事，但愿牺牲报国多。”这是秋瑾生前最后一篇作品，表达了自己这种选择的决绝。之后，秋瑾镇定自若回到办公室，静等清兵。7月15日凌晨，在轩亭口，32岁的秋瑾就义。

作为中国女性“战斗者形象”第一人，[②] 秋瑾是从容赴死的，她

① 秋瑾：《致秋誉章书》，《清鉴湖女侠秋瑾年谱》，台湾商务印书馆1985年版，第80、81页。

② 乔以钢：《中国女性的文学世界》，湖北教育出版社1993年版，第154页。

是主动而毫无保留地倾其生命去寻找与漫长的女性历史完全不同的另一条生活道路的人。秋瑾以文字和生命奋战求索，反抗被命定的命运，最终以对现代中国的想象“成就了一种革命女性的驱动”①，预告了革命的现代中国的来临。作为先觉者，秋瑾的超越性在于自觉地将争女权、争自由、尽责任与自我人生融合在一起，在通往现代中国的道路上将女性解放同社会革命结合在一起，以此为基础确立了女性在历史中独立个体的身份，也正是在这个意义上，对于女性解放来说，在革命这条未知道路上行进的，秋瑾是第一人，这条道路也成为她身后女性毕生追求的事业。这是一条有中国现实特色的道路，代表了中国女性解放的主体，并且在现代女性的不同时期，表现出错综复杂的不同差异。

同时，革命道路的选择还为一向局限于个人私情的女性文学开拓了一条社会领域的新路，在民族国家的诉求下创造了超越女性自我的文学世界，在这个意义上，秋瑾成为中国女性文学“划时代蜕变的催生者和铺路人”②。从秋瑾开始，中国女性的“文学书写路向开始自觉或不自觉地逐渐朝着两个世界——外向世界与内在世界——延伸，从而形成女子特有的书写传统”③。此后，中国女性文学的“现代性”书写，便在这两个书写向度的分立与交融中演进。

---

① 颜海平：《中国现代女性作家与中国革命》，北京大学出版社 2011 年版，第99 页。

② 乔以钢：《中国女性的文学世界》，湖北教育出版社 1993 年版，第 154 页。

③ 王绯：《空前之迹：中国妇女思想与文学发展史论》，商务印书馆 2004 年版，第 326 页。

第一章　现代女性革命小说的多重话语

第一节　女性的角色

性别角色作为社会的构成，指的是通过社会化过程得到的与生物性别相关的一整套社会规范的期望和行为。西蒙·波娃对此曾精辟地论述道："一个人之为女人，与其说是'天生'的，不如说是'形成'的。没有任何生理上、心理上或经济上的定命，能决断女人在社会中的地位，而是人类文化之整体，产生出这居间于男性与无性中的所谓'女性'。惟独有旁人干预，一个人才会被注定为'第二性'，或'另一性'。"① 她明确地指出了性别角色不是从来就有的，在很大程度上是由生物因素以外的社会因素塑造的，因此性别角色是不会永远停滞不变的，而在各种社会因素中，社会制度和文化是其中最主要的两个因素。

---

① ［法］西蒙·波娃：《第二性——女人》，湖南文艺出版社 1988 年版，第 23 页。

从人类的野蛮时期开始，到有文字记载的文明期的几乎全部历史，都是以男子为中心的男性本位社会，在男性为本位的社会里，两性的角色分配是“男主外，女主内”的模式，女性以照料丈夫和养育子女为其主要职责。

在中国，两性分工制度早在周代起就已经用条文的形式固定下来，[①] 开始强调内外分工，确立了男子从事公事和外事，而妇女仅仅被限定在从事内事和私事——“在中馈”，“务蚕织”，娶妻为养，侍奉舅姑；娶妻为有后，生儿育女以及其他所有家庭内务琐事，都是妇女应承担的责任。在这些明确的规范中，女性充当的角色被界定为女儿—妻子—母亲。这种自然角色的划定，标志着女性毫无公共空间可言，女性永远被放逐于政治社会之外，永远被排斥于公共领域之外，女性的社会价值被根本否定，偶尔有个别女性参与到政治漩涡中，也是以工具的形式出现在舞台上，似玩偶般被操纵着，成为封建权谋术中的一道风景，如“美人计”中的西施、貂蝉，和亲政策中的王昭君等。尤其是以中国传统文化为背景的中国性别制度又有着与西方不同的特点，它生产出了为自己存在的合理性进行辩护的“理论”。阳刚阴柔的阴阳平衡论是最具中国特色的“阴阳乾坤说”，它将阳刚阴柔、男尊女卑、男主女从、男外女内的一套性别定型理论确立为性别秩序的本体化和价值观，论证成了天经地义和发展的永恒真理，这使得中国女性地位的不平等较之西方具有更大的隐蔽性。极具讽刺意味的是，规范女性的经典《女四书》的作者都是女性，这说明在传统文化的熏陶下，中国女性已经对男尊女卑的思想自觉认同并使之代代相传。这种文化传统使得中国女性意识的觉醒具有更大的艰巨性，需要经过极其漫长的历程，才能破除这些关于性别的神化。

---

① 杜芳琴：《中国社会性别的历史文化寻踪》，天津社会科学院出版社 1998 年版，第 39 页。

到了近代，即人类进入到文明期的晚近，世界工业化的来临，为妇女走向社会敞开了门户，在妇女参与社会、社会重新认识女性的工业化初期，资产阶级革命才提出“争取男女平等”，“争取妇女权利”的口号。而直到20世纪初，发源于西方工业文明的人权理论与民主意识才输入中国，西方的女权主义观点在中国国民中，特别是一些知识女性中得以传播。从此，中国的概念谱系中才有了“女性”这一概念和它标志的女性性别群体，中国新的意识形态领域终于第一次认可了不是妻、母等“从人者”意义上的女性和她们的角色规范，从此，中国女性传统角色壁垒森严的封建框条开始有所开禁。女性是中国社会现代转型的中心感应区，在中国现代化的进程中，女性角色的嬗变始终与其有着极紧密的内在关联，女性角色的嬗变是对传统文化和社会秩序的反叛。第一代现代知识女性作为女性代言人，对女性角色的历史界定开始提出质疑和诘问，关怀女性生存价值的女性文学开始“浮出历史地表”，现代女性应该是怎样的？女性在性别角色中应如何扮演自己？对于这些基本问题的回答，随着历史的推移，不同时期的女性给予了不同的答案，不断推动着现代女性超越现存的社会文化规范，实现女性角色的突围与建构。

“五四”时代，现代新女性对女性角色界定的语言首先是一系列否定：女人“不是玩物”，女人“不是传宗接代的工具”，女人“不是室内花瓶”，女人“不是男人的附属品”，这意味着“女性”的双重意义。它既是一个实有的群体，又是一种精神立场，是一种永不承诺秩序强加给个体或群体强制角色的立场，一种反秩序的、反异化的、反神秘的立场。至此，“人道主义”“个性解放”的大旗吸引着一批女儿勇敢地走出了家庭，背叛角色，争取自由和权利。但是，随着时代的推进，从20年代末起，女性们发现自己只不过是仅仅由父门走入夫门，女性争取到自主婚姻胜利的同时也是失败，因为在“幸福的结合”后面，掩盖着女性新的淹没、沉沦，女性仍在家庭的樊篱内徘徊着，现实的残酷撕去了“五四”时期爱情颂歌的温柔美丽外衣。一部分女性开始认识到，能不能够真正拥有着社会人的权利，不是仅仅靠个人的努力所能够达成的，而是社会、政治选择的结果，必须将女性解放融入社会革命中去。作为政治运动的社会革命对女性参与的号召，实际上等于承认了女性的社会身份，给予女性解放的一种社会支持，有了这个强有力的社会支持，女性解放才有了现实的可能。在许多女性仍在自己的小家庭中痛苦徘徊时，一部分具有更强烈叛逆意识的女性以空前的勇气走上了这条新的解放之路，表现出了对女性角色的奋力突围。这种努力在 20 年代末开始渐成风气，后期转向革命的陈学昭、冯铿、庐隐、石评梅、白薇等人就是其中的佼佼者。对女性角色的突围，从此伴随着她们成长的每一个时期，这种追寻至今仍继续着，道路还将是漫长的。

第二节　爱情与革命

爱情在文学史上总是承载了社会的内涵。

男女关系是人人不可避免的人生基本现象，爱情能够折射出社会关系和历史生活，成为文学反映生活的重要方式。马克思在《1844年经济学哲学手稿》中曾就男女关系谈道：“根据这种关系就可以判断人的整个文明程度……这种关系可以表现出人的自然行为在何种

程度上成了人的行为。”[①] 的确，“从个体的角度看，爱情是人生理、生命现象，主要表现为个体的身体发育、心理发育以及对社会爱情观的接受与认可，总之，反映了作为生物的人和社会的人的生命历程；从社会的角度看，爱情作为人类形形色色的社会活动之一，折射出了人类的情感世界、生存方式和文明程度。”[②] 爱情及婚姻，在整个文化背景中起着很重要的作用，成为文学独特而有说服力的视角。

在新文化运动席卷下的中国，“人”的觉醒一个主要标志就是承认人的个体生命情感的重要与尊严，肯定个性情感是真正的人必不可少的内在生活基础。因此，“爱情”作为代表人类一种最强烈、最个人化的情感，能“使一个人成为真正意义上的人”的崇高的现代道德价值，在人们对封建伦理道德的强烈否定中，被极热切地给予了强调与凸现，从这个意义上来说，“五四”时期的“爱情”本身就已成为一种革命行为，“情”在“五四”一代人那里已经突进到生存论的高度，这与中国传统文化中的爱情相比较无疑是一次重大的变革。因为对人的本能欲望和自然情感，以儒家学说为中心的中国传统文化一直采取贬抑的态度，“情”被等同于“欲”，都具有邪恶的意味。“五四”文学在对“爱情”的书写中，体现了试图建构一种新的文化人格的可能，并以此去打破那压裹着生命本体的封建伦理观念的外壳。对爱的渴求更是女性情感世界的支柱，黑格尔曾经说过：“爱情在女子身上显得特别美，因为女子把全部精神生活和现实生活都集中于爱情和推广成为爱情，她只有在爱情中才找到生命的支持力。”[③] 女作家们凭着女性生命的本能指向，在“人的解放”时代大潮推动下，分外敏感地觉醒了。女性在爱情上的觉醒，无论其表达中艺术的工拙，笔力的健

---

① ［德］马克思：《1844年经济学哲学手稿》，人民出版社1985年版，第76页。

② 许志英：《中国新时期小说主潮》（下册），人民文学出版社2002年版，第908页。

③ ［德］黑格尔：《美学》（第2卷），朱光潜译，商务印书馆1979年版，第327页。

弱，都给人一种兴奋感，因为它代表了以往全部历史都不曾听到过的女性的声音：对作为“人”的尊严与价值、独立人格的追求。

但追求“人”的尊严与价值的第一批女性所遭遇的阻碍，不只是来自封建顽固派，更来自落后的经济现实、严酷的政治环境和人们普遍落后的思想状况，这些使得崇高的理想更像是浪漫主义的空谈，追求女性解放的先驱们在她们胜利的同时也感到了自己的失败，“爱情是一种社会现象，因为它归根到底是会产生社会后果的”①。五四女性以文学的形式对步入爱情后现代女性面临的人生问题进行了思考，其中一部分女作家清醒地将虚幻的追求落实到了现实的土地上，将爱情放到社会变革中去思考，寻找实现人的解放与女性解放的现实途径。在现代文学的历史流变中，爱情成为革命女作家始终不曾放弃的一个创作主题。

20世纪30年代至新中国成立前，在革命意识空前高涨的中国社会，阶级斗争、民族解放的观念和超于一切的民族忧患感，使作家们的创作视野、创作题材更为开阔和丰富，文学在政治趋向日益浓厚的同时又呈现多元化发展。由于题材范围的空前拓展，一度居于文学描写首要位置、显得异常醒目的爱情问题，似乎淹没在纷繁复杂的题材中。其实只要封建主义的基础和影响还在中国的土地上存在，只要女性解放仍是古老中国的一大痼疾，即便是全民抗战期间和解放战争时期，作为现代启蒙精神下的一个重要文学主题，它依然不同程度地出现在各类作家的作品中，只不过因时代的变化，更多地表现为爱情与革命的关系，并且二者的关系随着各个时期的不同而有不同的表达。此外，由于女性作家的女性视角在革命斗争生活中磨砺得更加敏锐、成熟，女性主体意识在历史的进程中不断增长，对爱情与革命内涵的

① ［保加利亚］瓦西列夫：《情爱论》，赵永穆等译，生活·读书·新知三联书店1984年版，第34页。

理解，革命女作家与前一时代及同时期的其他女作家相比具有较大的差异。非革命女作家始终将爱情主要指向“人的精神解放”，而革命女作家的爱情内涵则首先指向“人身的政治、经济解放”，然后才是“人的精神解放”，从表面上看，确实存在着价值指向的起点层次过低的现象，但这正是一种非历史性的理解。如果我们从历史情境出发，在当时中国极其落后的农业社会中，作为“物”的广大劳动妇女连自己的人身权都谈不上，更何谈更高层次的精神解放，她们还需要经过物—奴隶—人的历程，这是古老中国特有的现实。因此，这不但不是层次上的下降、倒退，而是从中国现实出发的取向上的适度调整，这种新的认识正是革命女作家源于革命实践的最真切的亲身体悟，这是一条更适宜中国女性解放的道路。同时，由于女性作家更注重个体内在的感受与情感的体验，在解放区文学明朗的爱情天空下，女性小说中出现了一丝不和谐的面孔，在欢快的颂歌中，夹杂了一些较沉重的喟叹，显示了女性作家对女性生命更深切的关怀。这种努力在女性解放的道路上，在女性文学的创作上都显示出了它非凡的意义和长远的影响，爱情问题作为社会课题，文学对于爱情婚姻的审美表现，这两方面的探索与追求，都还远远没有结束，这条道路将继续走下去。

第三节　革命中的身体

人是被规训的动物。无论什么时代，什么社会，都对人有着一种明确或潜在的规范，正是这种规范将人塑造成符合社会需要的动物，以维护社会的稳定与正常运转。因此，社会的转变也必然以人的转变为基点。“首在立人，人立而后凡事举。”[①] 作为人的生命本体的承载，人的躯体在人的建构中占有关键的位置。对人的规训以人的躯体为基点，在以礼教立国的传统中国，对躯体的控制更为完善缜密，广泛影响社会以及文化结构。新人的诞生必须以打破传统对人躯体的控制方式为基础，只有解构了传统文化对人的控制方式，才有可能实现人的解放，并最终实现民族与社会的现代性转变。

中国漫长的历史直到“五四”时期，在思想革命的潮流中，鲁迅、周作人、陈独秀、李达等人才作为时代的代言人，站在中国历史前所未有的高度上，意识到躯体与人的解放的重要关系，他们力图解构传统文化以躯体为基点实行对人控制的模式，将人的躯体解放推上了历史的进程。

鲁迅发现：“医术和虐刑，是都要生理学和解剖学智识的。中国却怪得很，固有的医学书上的人身五脏图，真是草率错误到见不得人，但虐刑的方法，则往往好像古人早懂得了现代的科学。”[②] 鲁迅的这一简短论述，深刻地揭示了在中国传统文化中躯体所隐含的内涵：它不仅是知识的对象，同时也是权力的对象，并且具体在两个不同体系中的命运又有所不同，一方面是在知识体系中人对自身认识的极其愚昧，另一方面是在权力体系中统治者对躯体控制的高度发达，统治者通过知识体系与权力体系的这种共谋，完成对人的控制。尤其是中国的封建礼教作为权力体系的组成部分，更是注重立足于躯体规范对人的心灵的控制，它通过一整套的仪式，使得统治阶级的控制规范逐渐作为无意识浸润在人们的头脑中，从而强化人内在的“奴化”意识，来实现对整个社会的控制，使得千百年来中国人成为“暂时做稳

① 鲁迅：《文化偏至论》，《鲁迅全集》（第 1 卷），人民文学出版社 1981 年版，第 57 页。

② 鲁迅：《病后杂谈》，《鲁迅全集》（第 6 卷），人民文学出版社 1981 年版，第 165 页。

了奴隶的时代”，甚至是“想做奴隶而不得的时代”。[①]

如果说，男人是奴隶的话，那么女人则是奴隶的奴隶，在封建礼教中，以躯体为核心内容的道德规范是男女两重标准。在号称“礼仪之邦”的中国，历代统治者都把倡贞防淫作为治国风世的重要内容。妇人节贞就是要“从一而终”，而男人是制定法则的权力主宰者，没有向女性守贞的义务。在这种单向的道德规范中对“淫”的理解，最主要的含义是指男子受女色蛊惑而沉溺其中，女人是诱惑的主动者，“祸水”“狐狸精”等就是由此而专门送给女性的词语。为了加强对女性的控制，“贞节观”在逐渐异化，至宋代程颐提出“饿死事小，失节事大”，女性贞节的重要程度已开始超越生命价值的存在。到了明清，已到了制度化、经常化的程度，女性的“贞节”有了极严格的分类和档次，“其一从夫地下为烈，次则冰霜以事翁姑为节，三则恒人事也”[②]，夫死殉烈为上，守节为次，不烈不节皆贱之。并且由于政府对贞节的大力提倡与表彰，家庭也开始把劝诱女子守贞当作荣门楣、求升迁的捷径，网状的压力场形成了，“贞节观”变得空前繁盛，甚至形成了追求守得苦、死得惨的风气，如：割鼻、挖眼、截肢、毁容、上吊、投河、跳井、集体殉烈、提前殉烈……至此，两性道德成为一种畸形的病态——女性的物化与异化，人格已完全泯灭。[③] 在漫长的文明历程中，女性的地位失落使她逐渐进入“物”的屈辱历史，她的精神和肉体逐渐被纳入男权为中心的文化轨道，女性终于以沉默成为一种无声无息的存在。她们以男人的口吻主动承担起训诫妇女的重任，如班超在《女诫》中提出“夫有再娶之义，妇无二适之文”，

---

① 鲁迅：《灯下漫笔》，《鲁迅全集》（第1卷），人民文学出版社1981年版，第197页。

② 《列女传》，《二十五史 卷十三 明史》（下册），中国文史出版社2003年版，第1643页。

③ 参见杜芳琴《中国社会性别的历史文化寻踪》，天津社会科学院出版社1998年版，第103页。

自觉地承认了贞节对男女的两重标准，这标志着贞节的道德规范已作为一种观念在女性的心中内化，尼采说："男性为自己创造了女性的形象，而女性则模仿这个形象创造了自己。"[①] 封建礼教最终实现了自我监控，从而真正完成了对女性的控制，使之成为符合社会需要的工具，成为男性的私有财产。

女性的躯体除了涉及贞节之外，另外还有生育问题。生育在女性的生命中是天然的不可分割的组成部分，它促成了女性对生命的格外珍视。在男权社会中女性的躯体也被赋予了双重意义，"在强调男女防范的社会里，女性的身体一方面被视为藏污纳秽的不洁之处，公推为伦常礼教的劲敌，另一方面被视为孕育生命的神圣之处"[②]。母性因此常常被视为真、善、美的象征，代表着仁爱、牺牲、温柔等种种人类崇高品性。

西苏说："男人们受引诱去追求世俗功利，妇女们则只有身体。"[③] 随着"五四"新文化运动的浪潮，中国女性终于开始了"人"的觉醒，有了女性解放的要求。在第一代女性的写作中，"贞节"是她们首先必须面对的道德挑战，《旅行》《隔绝》《隔绝之后》等就是其中的代表作。但新旧思想的冲突使贞节观的阴影在她们的作品中普遍存在，第一代女作家不约而同对"性"的回避，就有力地说明了女性所受贞节观的潜在影响。

道德中国转入政治革命后，围绕着革命中的女性，各种新问题接踵涌现，在革命队伍中行进的女作家们通过自身的深切体验，写出了女性视角下对这些问题的深思与探索，女性躯体的遭遇无法用阶级斗

---

① 转引自吕树梅《中国现代女性写作与传统贞节观》，荒林、王红旗主编《中国女性文化》（第 2 卷），中国文联出版社 2001 年版，第 109 页。

② 王德威：《做了女人真倒霉》，《想象中国的方法》，生活·读书·新知三联书店 2003 年版，第 175 页。

③ ［法］埃莱娜·西苏：《美杜莎的笑声》，张京媛主编《当代女性主义文学批评》，北京大学出版社 1995 年版，第 202 页。

争或民族、国家的利益简单化解。在革命女作家的文本叙事中，她们看到了在革命时代，传统道德伦理对女性的贞节要求并没有放松，女性一旦失去了贞操，即使是为革命付出的代价，她的身上也要永远背负上国耻和失贞的双重重负，这种现实境遇对每一个女性来说都无处可逃。同时，在革命的艰苦岁月里，生育的磨难与失子的创痛也时时带给女性难以面对的人性、伦理挣扎。革命女作家们意识到了革命的征程中，女性自身难以摆脱的悲剧命运，但在磨砺中已逐渐成长起来的女性并没有将自己笔下的女性命运处理为男性作家常有的那种结局——失贞时便悲惨屈辱地死去，丧子时很快以最高的革命利益使自己得到解脱，这两种行为的实质都是一种回避，隐藏在后面的是面对矛盾冲突的怯懦心理与旧价值观念的坚持。女性作家们勇敢地正视包括自己在内的女性命运，经过多次痛苦艰难的内心斗争，种种磨难最终成为她们参与民族救亡和反抗复仇的更大动力，这种面对历史和现实敢于承担的命运自救，具有深刻的历史意义，它标志着中国女性在现实的磨难中自我意志、自我人格的坚强与成熟，革命的艰难困苦促使女性们在与国家、民族命运相连时，加快了自身成长的步伐。文本中的女性形象具象化了她们身为女性所特有的磨难与挣扎、痛苦与抗争，体现了同性间的独特理解与深切关怀，女性革命者的道路走得要比男性更为艰苦。另一方面，我们还可以看到在革命时期，关于生命、个体、躯体、人性等易被主流话语遮蔽的话题，正是因为女性作家的努力，才得以有所展示与深入，虽然这经常只是一股潜流，但是她们的探讨代表了时代所能达到的高度，为新时期的女性写作奠定了一个坚实的基础。

第四节　革命的沉重

什么是革命？革命在多大程度上对女性、对人类带来了解放？在革命血与火的洗礼中成长起来的革命女性逐渐认识到：一方面，在灾难深重的中国土地上，革命是追求真理与获得女性解放最坚实的途径，是历史进步的必然性。“什么是必然性？启蒙意识形态的历史进步的必然性，就是走向人类美好未来的必然性，人类美好的未来就是最高的价值，这种价值的实现是不以人们的意志为转移的历史进步，他的道德令要求人们牺牲自己的身体。”[①] 革命对女性性别群体承诺了一个美好的未来——女性获得自由与解放，男女平等不再是幻想，这种政治救赎对女性解放的重大作用正是众多女性毅然走上革命道路的最根本动力。另一方面，女性们也清醒地看到，革命不是灵丹妙药，它是一个暴风骤雨的过程，过去之后，历史的惰性常常会以久远以来的惯性继续向前延伸着，这是革命很难在短时间内消除的。在中国摧枯拉朽的革命中，女性获得了历史上从未有过的空前的解放，其速度之快，范围之广，是以往的任何社会变革所无法比拟的，但革命是一把双刃剑，在革命中，追寻解放的女性看到了女性的最终解放，更多要面对的是历史惰性的压抑，革命并没有撼动性别统治的基石，阶级的解放、经济的独立、政治制度的保障，只是妇女解放的必要前提，但它们之间并不存在必然的因果关系，更根本的问题还远未得到解决，女性的真正解放还需要一场更深刻的思想文化革命。

---

① 刘小枫：《沉重的肉身》，上海人民出版社 1999 年版，第 94 页。

另外在革命中，政治与人性、伦理等的冲突让女作家们也对革命的沉重有所思考。首先，这是革命的政治化与个体存在的冲突带来的一种沉重。为革命事业而奋斗的人生中，个人的真实生活究竟是怎样的？革命事业本身是崇高的、美好的，革命后建立的新的社会制度是更进步的、更完善的，然而，这些都是“不可能抹去个体偶在绝然属我的极有可能的偶然，在革命事业、社会制度、生活秩序与个体命运之间，有一条像平滑的镜子摔碎后拼合起来的生存裂缝”①。这种个体偶在意味着在革命事业隐喻层面，“一个人的生活有一体两面的可能性，一面是令人向往驻足的幸福，另一方面是令人身心破碎的受伤”②。这种个人命运中的伤痛在每一个革命者身上都不同程度存在着，在女性的身上更突出地显现着。在革命的年代里，女性一面承担着国家、民族要求的责任与使命，同时还要承担女性性别自身的生育苦难、母性压抑和身体伦理等的精神重负，这些生命中的难以承受之重，都是革命女性无法回避，不得不面对的，忽视女性个体的这种伤痛，只指向其社会意义，这是革命女作家与主流文学无法吻合之处，在这个层面上，革命女作家们显示了自己的疏离感。在创作中，女性们对这种沉重的质疑越来越鲜明，为革命牺牲腹中的胎儿；在革命利益受到威胁时舍弃孩子的生命；在爱国爱党的前提下，奉献身体做政治的工具等等都一一展现在文本中。叙述者在重负中的最终抉择是难以轻松表达的：她既认同革命利益的至高无上，又无法掩饰内心深处对女性身心创伤的怜惜。这种政治与个体存在的冲突常常是无法解决的，在这种关注中女性作家显示出了独特的人性关怀。

与个体存在的人性关怀紧密关联的，除了属于女性自身性别的问题之外，革命女作家们还推己及人，对普通人在革命中，尤其是在战

---

① 刘小枫：《沉重的肉身》，上海人民出版社 1999 年版，第 227 页。

② 同上书，第 225 页。

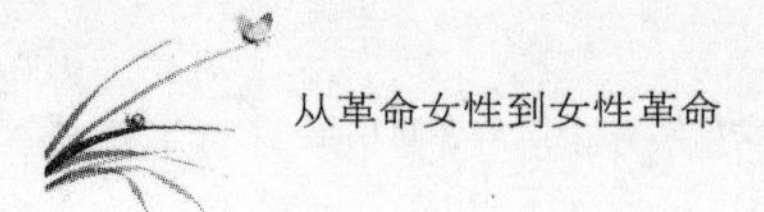

争状态下的生存境遇给予了一定的关注。

一个民族的文学观反映了一个民族的价值观，反映了这个民族对世界和人类的认知高度。在中国民族的价值观中，特别注重崇高品质、集体意识、国家民族的使命等观念，对弱小者，对普通人的生命价值常常有所忽略和轻视。尤其在战争中，从中国古代起就格外推崇军队的将领和某些英雄人物，认为是他们决定了战争的胜负，而那些在战争中献出了个人生命的广大普通士兵，战争灾难所波及的弱者，却显得无足轻重，这些普通人的作用不被历史学家和文学家所注意，在实际生活中，他们的现实存在和生命几乎被忽略不计，在历史纪录和文学中难以占据显要的位置，这些鲜活的生命是一个个默默无闻、悄无声息地离开世界的。这也是我国的战争文学没有进入一流行列作品的一个重要原因。在八年抗战和三年解放战争期间，女作家在创作中能在一定程度上返回本真的世俗世界，疏离使命角色之累，对这些最普通、最平凡的人给予了一定的描写，在崇高与纯洁的叙事中，看到了战争本身是人类的一种灾难，它带给人的生命是巨大的扼杀力，对人的心灵造成了重大伤害，这些沉重的后果是在较短的时间内难以消除的。女性文学中显示的多于男性创作的生命意识和人性意识，给中国文学提供了一些经验和借鉴，并起到了一定的补充作用。这种沉重还来源于对革命之后最终指向上产生的一种失落感。作为女性，作为一个人，女性革命者们参加到革命的行列中，其巨大的动力除了要改变命运对女性自身的束缚外，更是为了追求公正、正义的美好社会，但经受了种种苦难之后，现实却无法完全实现最初的理想。革命自身存在的某些不足之处，如封建意识的残余，小生产者思想习气的存在，新的官僚作风的出现，都引起了具有强烈国家民族责任感与使命感的革命女作家们的深深思考，对这些沉重话题的探讨，显示了对“中国革命”本身的一种成熟反思和对未来革命的道路应继续向何处

去的理性探索，这表明现代女性开始真正以自觉、自信的历史主体成熟地参与到历史的创造中去，中国历史、中国女性的历史从此具有了走向更快进步与更大发展的可能性。

第五节　探索男性世界

在中国传统的以血缘关系为基础建立起来的父权制社会体系里，从来没有过平等的两性互审结构，几千年的父权制文化所表达的只是单向度的男性的文化想象，男性作为人类的代表建立了不可动摇的主体地位，他们为自己建构了一整套以男性为中心的象征秩序。由于在文学史上男性叙事人的传统已根深蒂固，男性形象作为男权话语的重要组成部分，男权象征秩序的基本载体，创造大权不但始终被牢牢地把持在男性手中，而且在形象的设计上面，男性与女性之间判然有别。对男性形象设计的一个重要策略，是“将男性的社会形象同文治武功的历史结合起来。从眉眼、体形到服饰，男性躯体的形象特征将在历史的演变中得到合理的诠释……无形地表明，男性天生是历史的执掌者，男性对于历史的统治甚至获得了生物学的支持”①。男性是历史的主宰，在文化结构中已经被当作了不证自明的真理。

风起云涌的“五四”运动中，中国现代女性文学诞生了，它一开始即与“人”的解放、人格的独立等一系列人文主义的时代命题联结在一起，这种精神的滋养成为女作家们不间断地向深层开掘的动力。

① 南帆：《文学的维度》，上海三联书店1998年版，第160页。

它使得女性从“人”的觉醒、女儿的反抗走向女性的自我发现、自我认识，女性开始由“弑父”逐渐走向“审男”，意识到原来的同路人应是自己重新审视的对象。20世纪20年代末，在文化价值转型与文化秩序变动的历史契机中，拥有了女性话语权的女作家们开始要求在平等的基础上回审男性，“男性形象”便自然进入女性书写的视野，正如西蒙·波娃所说：“为了要做一个独立的人，和男人一样平等，女人一定要走进男人的世界，正如男人也要走进女人的世界一样。一切应该完全对称的交流。”[①] 女性作家开始以一种不同于男性作家写作的方式书写男性，从而达到女性话语之下的文化观照和文化批判的目的，并最终生成一种新的文化力量。

特别是对于革命女作家来说，在转向革命的抉择中，在革命征程的艰苦斗争中，在最终结成的革命家庭中……投身革命后的每一步成长历程都与男性紧密相连，因此，与其他女作家相比，革命女作家的文本创作在对男性形象的塑造上，显示了独有的特征：首先，对男性的审视一直是其持续不断的探索主题，她们对于男性的认知角度和评价标准具有更为强烈的时代性与社会性，涉及的范围较广，形象类型也更丰富。其次，在塑造男性形象的模式上，现代革命女作家打破了文学写作的传统，在作品中男性与女性的地位、位置等都发生了变化；她们也突破了女性写作的原有风格，不仅对人物的命运关注，而且对人物的生存状态也十分关切；她们不再只是纵向地叙述人物在事件中的结局，而且也横向地分析和描写人物于所处环境的尴尬；她们更不再只是主观地、自传体式地直接表露作家自身的情感，而是或隐匿其间，或超然物外地对生活和世界进行理性地反思。“正是女性社会性别特征和生理性别特征”使她们

---

① ［法］西蒙·波娃：《第二性——女人》，湖南文艺出版社1988年版，第478页。

产生了一种“异己”感，[①] 即使身处主流意识形态话语之中，但是在一片男性话语的霸权中，她们还是经常会感到身处其间又不在其间的隔膜感。

现代革命女作家对男性形象的审视，显示了在中国女性解放的道路上，一直以自己的生命来追寻、具有强烈主体意识的女性们最终找到的是自觉、自救以及在社会健全和谐的人类文化中求得解放。因为中国的历史已经告诉人们，女性绝不是一个可以独立于社会现实与意识形态之外的纯粹之物，恰恰相反，它一直就是在与现实生存问题的复杂纠葛中寻求出路、得到发展的，这才是中国本土上一种真实的显现。近年来评论界对女性文学的研究，较多关注的是男性作家如何写女性，以及女性作家如何写女性，也就是说，女性形象一直是学术界性别批评的一个焦点。对男性形象的塑造，较多地是将目光投向男性作家的作品，而对于女性作家如何写男性，男人在女性文学作品中被赋予了怎样的审美理想，获得怎样的价值评判，则缺少足够的关注。这里面也许本身就隐藏着文学批评的一种“男权默契”：回避被审视的“他者”地位，在有意无意中将“自性”“自在”的话语权牢牢掌控手中。

---

① 孟悦、戴锦华在《浮出历史地表》中提出，“异己感”是女性这个历史规定的性别群体一种与生俱来的文化、意识形态特征。“获得在黑暗中的异己感，标志中国现代文学的女性传统已有意无意地向前跨出了意义重大的一步，女性开始作为一个被压抑的但却是独立的性别群体出现在时代舞台，尽管是出现在边缘，这种异己的视点或许是中国现代女作家对现代文学的一份最宝贵的贡献。”“在中国现代文学史上，女性意识的充分自觉是与一份强烈的社会异己感共生的。……在某种意义上，这种个性和气质恰巧是她们作为被排斥的社会性别特征与‘女人’的生理性别特征的汇合点。极端些说，在男性中心的社会和文化中，‘异己’的自觉甚至是女性确立性别自我的先决条件，‘异己’这个字眼是女性在混沌莫名的男性政治无意识外景下所能称谓自身身份的唯一字眼，不然女性甚至无从谈论那个沉默的、隐伏在社会视线之外的自身。随着叛逆的女儿们脱离了认同逆子的阶段……在女作家创作中隐约可见一条由异己的视点所带来的对整个现代文化的必然的批判性传统。……这种异己感和这一份异己的、边缘的传统，应该说是女性这个历史规定的性别群体的一种与生俱来的文化、意识形态特征。”参见孟悦、戴锦华《浮出历史地表——现代妇女文学研究》，中国人民大学出版社2004年版，第105、106页。

女性文学视野中男性形象的塑造，其实质上蕴含了女作家们对迷失于男权传统文化中的女性自我寻找和自我体认。对男性审视意识的出现，反映的是女性文学趋向成熟，因为它表明了女性正在获得一种坚实的性别主体的独立性。这种独立性除了要求女性在思维方式上的独立，还要求在话语方式上的独立，而这些已经涉及了人们久远积淀的民族文化心理结构和文化价值观念，正是革命女作家着眼于女性解放所达至的一种深刻体认，为后人接近现代女性解放的内部现实，辨识触摸女性主体意识、平等观念、独立人格等方面的发展提供了隐秘而又真实的脉络。

第二章　大革命时期：在转变和激情中走出自我

岁月在新旧交替中成长，时代在新旧交替中演变。

1927 年至 1929 年，对于中国的命运，对于中国女性的命运都已到了最危急的时刻，社会创痛和文化迷失的灾难是中国几千年的历史前辈几乎无法想象的。

面对中国混乱的局面，1926 年 7 月 9 日北伐战争的开始曾经给中国统一带来了一丝可能性，但随着蒋介石在北伐途中背叛革命，怀有吞占整个中国野心的日本制造一系列侵华事件，资本主义因发展畸形与先天的软弱不足陷入重重的困境之中，民族危亡的阴影笼罩在了中华民族的头上。在各种矛盾危机中，民族国家被作为超越一切的首要问题凸显出来并被强调着，20 世纪 20 年代末起，中国开始了伟大而又艰难的新革命时代。

中国的左翼作家就是在这时完成了他们“左”倾思想转向的，这是文学面对浴血时代的重新选择。在此时代背景下，始于 1928 年的无产阶级文学，既不是一个纯粹的文学运动，也不是单纯的政治运动，而是一种更为复杂的文化现象：在进步青年陷入了历史的巨大苦闷之中时，正是“革命”为他们提供了伟大的抚慰、承诺和肯定，为迷途的灵魂提供了光明的出路和“历史的意义”“人生的价值”。承载了光明归宿的文学不再只是有闲阶级和学士之人茶余饭后的消遣，而是成为最迫切、最英勇的“生命斗争”方式，“艺术如果以人类之悲喜哀乐为内容，我们的艺术不能不以无产阶级在这黑暗的阶级社会之‘中世纪’里面所感觉的感情为内容”。“我们的艺术不能不呈现给‘胜利不然就死’的血腥的斗争。”[①] 左翼作家不仅生是为了个人的艺术，他们的死更是为了人类的解放。也正是从此时起，随着文学观念的转变，进步的作家纷纷追随时代前进的步伐，做一名革命者成为时代潮流。1927 年至 1929 年间现代女性文学书写路线的主要趋向也在屠杀、炮火中发生转变，这种转向与文学整体是一致的，相对于“五四时期”的文化倾向，它现在更突出的是政治倾向。这种倾向的形成除了离不开当时社会总的背景之外，更与女性关系密切的女性解放运动的发展变化直接相关。与男性作家相比较而言，现代女性创作的发展与中国社会变革及其紧密相连的女性解放运动之间有着更密切的特别关系。“新文学”第一个十年主要的女作家，绝大部分产生于“新文化运动”中心地的北平，并且集中在全国女性解放运动的领头羊和重镇的北京女高师[②]与燕京大学两所高校中，就是这更密切的特别关系的直接反映。[③] 造成这种

---

① 《中国左联作家联盟成立》，《拓荒者》第 1 卷第 3 期，1930 年 3 月。

② 北京女高师全称为北京女子高等师范，是当时中国唯一的一所国立女子高等学府，那时在国内接受高等教育的知识女性中有近三分之一就读于该校，（参见陈东原《中国妇女生活史》，商务印书馆 1928 年版，第 390—393 页。这一数字不包括就读于外国教会所办学校中的女大学生。）由女高师倡议，北京各女校于 1919 年 5 月在女高师召开成立了北京女界联合会。女高师成为全国女性解放运动的领头羊。

③ 新文学第一个十年主要女作家构成人员就读学校情况如下：

1. 北京女子高等师范学校

庐　隐　　1919—1922 年

冯沅君　　1917—1922 年

苏雪林　　1919—1921 年

石评梅　　1920—1923 年

陆晶清　　1922—1926 年

2. 燕京大学

冰　心　　1919—1923 年

凌叔华　　1922—1926 年

3. 中英女子医学院

陈衡哲　　1911—1913 年

4. 日本东京女子高等师范

白　薇　　1917—1926 年

特别关系的原因在于中国几千年男性中心文化社会的坚固和女性解放历史的短暂与力量的薄弱。这种现实状况对中国现代女性文学书写的发展状况与趋向的形成产生了较大的决定作用。

如果说，“五四”时期作为“新文化运动”重要组成部分的妇女解放运动表现出婚姻、教育、职业指向的话，那么，随着国共两党合作、第一次国内革命战争的爆发，中国各阶级妇女在政治原则及思想基本主张上渐趋前所未有的统一，这种统一，为妇女解放运动新的取向奠定了基础，[①] 即在与国家、社会革命保持一致的前提下，将女性解放融入社会解放中去。通过 1924 年至 1927 年国共合作时期妇女运动联盟的推动，妇女解放必须同社会革命、同国家命运紧密相连的思想路向被全国各派妇女在思想上普遍接受，成为今后整个 20 世纪妇女解放运动的根本指向。[②]

中国现代女作家作为妇女解放运动的代言人，由于她们最为敏感，在她们的文学书写中最早将中国女性解放走向的转变给予了显

---

① 这种新的取向首先被中国共产党在妇女运动中确立，同时也为国民党左派妇女革命家所认同、倡导。1923 年 6 月，中国共产党“三大”通过的《妇女运动决议案》首次将妇女运动与社会革命紧密联系在一起，明确提出在妇女运动中应“引导占国民半数的女子参加国民革命运动”，这标志着马克思主义妇女观与中国妇女运动真正结合初现端倪。1924 年 12 月，向警予在上海女界国民会议促成会成立大会上进一步阐明了妇女解放与社会解放的关系：“妇女运动与国民运动是常相伴侣的。妇女运动是跟着国民运动起来的，没有国民运动也便无所谓妇女运动，有了国民运动然后才有所谓妇女运动。”1927 年 2 月，国民党中央妇女部长宋庆龄在《妇女应当参加国民革命》一文中提出：“妇女是国民一分子，妇女解放运动是中国国民革命的一部分，所以为求全民族的自由平等，妇女应当参加国民革命。为求妇女自身的自由平等，妇女也应当参加国民革命。”标志着马克思主义妇女观与中国妇女运动结合的真正开端是 1927 年毛泽东的《湖南农民运动考察报告》。参见中华全国妇女联合会妇女运动历史研究室《中国妇女运动历史资料》（1921—1927），人民出版社 1986 年版，第 68、23 页；《宋庆龄选集》，中华书局 1966 年版，第 14 页；林吉玲《20 世纪中国女性发展史论》，山东人民出版社 2001 年版，第 188 页。

② 20 世纪中国的妇女解放思想是马克思主义妇女观与中国革命实践相结合的产物。马克思主义妇女观的主要内容有：私有制是妇女受压迫的根源，只有消灭剥削制度，才能实现妇女的彻底解放；妇女解放运动是整个无产阶级运动的一部分，无产阶级革命是妇女解放的根本途径；参加社会劳动是妇女解放的一个重要先决条件。参见林吉玲《20 世纪中国女性发展史论》，山东人民出版社 2001 年版，第 183—185 页；李静之、张心绪、丁鹏《马克思主义妇女观》，中国人民大学出版社 1992 年版，第 41—52 页。

现，并且从各个角度展露了新的女性问题，涉及了女性的现实人生困境，直逼妇女解放理论关怀所不及的区域。这也引起了一场对女性自身创作的革命，使得此后中国女性文学的书写由“五四”时期的一个文学世界演变为向内、向外两条发展的路向，其中向外开掘成为中国女性文学的主流。由于无论是深度、宽度上，还是更具有切实性来看，这一路向使得女性文学的发展同“五四”女性文学相比具有了巨大的以至根本性的区别，本质上更具现代性的女性文学特征，因此，在女性文学史上具有划时代的意义。但有一点我们还应注意到，中国现代文学的第一代主要女作家因皆出身于学生，所以与同代的男作家相比较而言她们的社会经验相对很少，生活面狭窄，对自我以外现实的认识相对肤浅、抽象，她们的创作很大程度上靠自我写真而繁荣，靠观念演绎来解释问题。这样，当中国处于社会及文化新的转向期时，一方面许多女性作家由于难以适应而使创作处于终止或明显的停顿之中；另一方面，一些女作家虽然能追随时代的潮流发生转变，但从整体上看，女性文学的创作转变要比男作家稍晚。直到1930年前后，中国现代女性文学书写走向的转变才形成潮流之势，在革命的潮流中终于走出了“自我”，面向社会。

1927年，对于生活在历史转变期的中国知识女性来说，既有着共同的命运，又有着不同的命运。共同的命运是，随着“五四”运动的落潮，作为在“五四”的潮流下被唤醒的中国第一批女性，在1927年前后，正是处于从校门中迈出，在时代爱情婚姻自由之风吹拂下走进家庭婚姻中之时，其中一小部分进入社会成为职业妇女，随着成长新的女性问题产生了：追寻到的爱情与自己心目中的理想反差很大；得到了爱情后，婚姻中的女性最终却没有获得人生的意义和价值，空虚与压抑时时伴随在身边；作为一个现代女性如何处理好婚姻与事业的矛盾。“时代的苦闷”笼罩在每一个曾以努力追寻“神圣爱情”为

自身解放奋斗目标的知识女性身上。不同的命运是，1927 年的中国大地正处于南北政府对峙的局面，北方以北平为中心，处于北洋军阀的白色恐怖统治之下；南方以广州、武汉为中心，已处于国共合作的国民革命洪流中，北伐战争已在前一年的 7 月打响，对于生活在南北不同区域的知识女性来说也就具有了不同的成长历程。

这样，在大革命时期，北方的一部分知识女性虽远离革命中心，却在革命潮流冲击下从时代的苦闷中走出自我，转变了原有的生活道路，实现了在革命潮流中的转变；南方一些知识女性走上革命的舞台，在激情中超越了自我，点燃了初登革命舞台的激情。这种共同的选择在女作家们笔下以各自不同的主题展现出来。

第一节　北方都市：娜拉的苦闷与出走

北方，在北洋军阀政府统治的中心北平，1927 年前后发生了一系列政治事件：有 1926 年 3 月北京女师大学生刘和珍等被害的“三一八惨案”；同年 4 月，著名的“京报事件”中疯狂捕杀社长邵飘萍，搜查各报社及大学，政治镇压迫使许多文化界人士纷纷逃离“恐慌时代”的北平，其中包括大批作家南下上海，原有的文化中心北平一时成为一座死气沉沉的“灰城”；1927 年 4 月 28 日出现李大钊等国共要人遇难事件。这些社会与文化界的动荡都造成了极大的社会震动与影响，特别是对于毕业于北京女高师的作家庐隐、石评梅、陆晶清等人来说，这些曾经亲密的同学、敬重的老师被害，促使她们从自我情感的恩恩怨怨中走出来，做出面对社会的新思考，这些又直接地作用于她们的创作，文本中开始笼罩上动荡时代的阴云与硝烟。“五四”运动高潮过后，封建保守势力又掀起了一股复古逆流，在这逆流之中，对于学生时代就已致力于女性解放运动的女作家们来说，不能不为女性解放之路进行重新思索与寻找。这些时代的变动不同程度地对女作家的“世界观”“人生观”产生了影响，上述种种政治、文化的巨大变动，使蛰居北方的女作家们文学观照的视域、思想意旨、书写格调等都发生了不同于以往的变化。

这种变化最早在“五四”最优秀的女作家之一——庐隐的创作中表现出来。1924 年 3 月，庐隐发表了一篇专门探讨女性问题的论文《中国的妇女运动问题》，文中谈到，妇女进入社会后，无处不遭遇“社会上那些冷面黑心的男子”的欺凌，“现代的妇女问题，已经不是独立的东西，早与社会问题打成一片了”①，“若果这社会是健全的状态，妇女问题简直不成其为问题；若果这社会是病的状态，我们单抱住妇女问题死咬，也不见得是根本的解决……为今之计，我们只有向那最根本的社会问题上努力，然后我们妇女才有真正解放的时候”②。这种思想，最先预示了庐隐对女性问题的关注与思考已开始呈现转变的趋势。她将妇女问题的解决不单看成是婚恋问题，而是与社会问题相关联，说明这种思考已由“五四”早期的立足女性自身转向社会。实际上，到了“五四”后期，在现实社会中以各种形式“出走”的娜拉都开始出现了危机。步入社会后直面仍然黑暗的现实，承受新旧交替时代的强烈压力时，充满苦闷彷徨的人生便不可避免成为新的时代病。为反抗“父母之命”、追求恋爱自由而冲出封建家庭，为追求事业而挥别恋爱婚姻，但是在“出走”之后得到了胜利果实的现代女性，并没有因此而得到幸福美满的生活，“胜利以后”的岁月出现了

① 钱虹编：《庐隐选集》（上册），福建人民出版社 1985 年版，第 25 页。

② 同上书，第 24 页。

许多“新的问题”，“苦的多乐的少，而且可希冀的事情更少”，女性们开始从追逐自由婚姻、新式生活的兴奋中走出，理性地思考自身在婚恋情感中的性别和角色定位。

“娜拉出走后怎样”——新女性的人生困境对于中国的男性知识分子们也一直是个很受关注的问题。虽然都以男女对婚恋大胆自由的追求来表现反封建的主题，但是与女性相比，具有不同的侧重点和思考角度。早在1923年12月26日，鲁迅就在《女子高等师范学校文艺会讲》上发表了著名的演讲《娜拉走后怎样》，指出“不是堕落，就是回来”，“诚然是无路可以走”，“还有一条，就是饿死了”①。鲁迅的深刻远远超越了那个时代，他最早指出了自由恋爱的结局远不是个人解放意义的终结。三年后在《伤逝》中，鲁迅让笔下的子君返回了曾经反抗出走的旧家庭，“在严威和冷眼中”死去。“人，必须活着，爱才有所附丽”，子君的悲哀在于婚后沉耽于爱情不再求更新，依附于家庭而不求自立，无法维持一日三餐的温饱便彻底摧毁了曾经无畏一切的他们。“五四”之后，聂绀弩的《谈娜拉》和师陀的《娜拉的下落》都为已经三十多岁的“出走后的娜拉”勾勒过可悲的结局：

> 这样的“娜拉”，说起来现在该有三十多岁了。形体上大约有一双裹坏过的大脚，扁平而又狭窄的胸脯，耳朵上留着永久长不还原的针眼，甚至还有一口还未洗白的黄牙齿。她们大约生在知书识理的地主绅士的家庭，脑子里也许装进过些“女诫”“女四书”什么的中国古先圣贤的大道，虽然始终莫测高深，多少也该被硬装进了一些，使她们很够资格做一个贤淑的妻子乃至母亲……本来是要被造成良妻贤母的她们却也被养成了能够感受三

① 鲁迅：《娜拉走后怎样》，《鲁迅全集》（第2卷），人民文学出版社2014年版，第359—360页。

从四德以外的新东西的能力，使她们敏锐地感到她们的母亲以前的女性所不能感到的生活上的苦痛。①

——聂绀弩《谈娜拉》

“娜拉”已经过去。跟着人事的变迁，现在是颇为冷落了。不过，五四前后的娜拉，是很不寂寞的，有人替她喝彩，有人惋惜，有人咒骂，总之很热闹……这次来时，途中曾遇见娜拉，人吃得白胖，很像一位太太了，只是模样也显得老了许多。她同一个男人同座。男人约四十岁光景，光头黄脸，像一个办税务局子的……当年……她老嚷着“我要征服全世界的男人”……这些都是无辜的女子，她们也需要反抗封建势力的淫毒。无如所落入的依旧是封建的圈套，这样便糊里糊涂被利用，被蹂躏了一番，结果且倒了大霉。②

——师陀《娜拉的下落》

这些叙述都省略了过程，从“出走的娜拉”到三十多岁的平庸甚至堕落的娜拉的过程。在“五四”那令人激荡的时代过去之后的漫漫时光里，当年无畏的娜拉有过怎样的令人唏嘘的经历？总之，等待着“出走的娜拉”的不会是多么美妙的、曾经期待的前程。应该说，表现“婚恋自由”的个性解放，是“五四”时代的共同追求，但男性作家更多的是从社会革命的角度来关注女性问题，将其作为社会问题的一个方面加以反映，常常忽略了男女两性的实际差异和处境。而女性作家则从女性体验和女性立场出发来讨论社会问题，特别着意于女性生活命运的描写，考察女性的真实处境，揭露

① 聂绀弩：《谈娜拉》，聂绀弩全集编辑委员会编《聂绀弩全集》（第 1 卷），武汉出版社 2004 年版，第 28 页。

② 师陀：《娜拉的下落》，范培松编《师陀散文全集》，百花文艺出版社 2009 年版，第 33 页。

带给女性的困境与伤害。

庐隐与“五四”运动有着“血统”的关系。作为“五四”的产儿，她是一个最忠实于自己的作家，她的创作“达到了五四新文学能达到的最大真实”[①]。情感充沛、敏锐和坦荡的个性，使她在生活和创作中从不隐瞒自己，在执着于女性的自主品格，表达女性内在世界和生存感悟方面，表现了极大的勇气和真诚。

作为庐隐在北京女高师的老师——李大钊，早在 1921 年就对庐隐做出了最敏锐的评价：“庐隐是个情感领域里的革命家。”[②] 在现实生活中，庐隐以惊世骇俗的行为给社会带来了多次震动。早在少女时代，她就自作主张，选择了一个家境贫寒的远房亲戚结婚。然而，当这个亲戚从日本留学归来准备与庐隐完婚时，意外遭到了拒绝。原因是庐隐觉得他俩之间在观念上存在很大的差异，让女性远离社会，做一个安分守己的家庭妇女绝不是她能接受的，没有共同追求的人难以生活在一起。之后，庐隐又经历了两次不寻常的婚姻，招致了无数的流言飞语。第一次是在 1923 年夏，大胆追求爱情的庐隐顶住世俗的各种议论，冲破无形的罗网，与有妇之夫郭梦良结婚，因为不忍心看到另一个女性被弃，甘心以“妾”的身份自居，一时引起京城上下轰动。第二次是在前夫死后五年的 1930 年，庐隐和一位比她小十岁的丈夫结了婚，并且这个男人身无分文。这两次婚姻在“传统”看来都是不可理喻的。为了供养孩子和丈夫，庐隐承担了多种职业，每日还要坚持大量的写作。社会上的各种偏见、指责、甚至侮辱、谩骂一直没有离开过庐隐，年复一年的过度劳累也拖垮了她的身体。最终，在 1934 年庐隐身体的隐疾在生第三个孩子的时候一并发作。36 岁的庐

---

① 乐铄：《中国现代女性创作及其社会性别》，郑州大学出版社 2003 年版，第 51 页。

② 蒋丽萍：《女生·妇人：“五四”四女性肖像》，上海文艺出版社 1995 年版，第 102 页。

隐在日军进攻上海期间死于难产。庐隐以非凡的勇气向顽固的“传统”社会性别规范发出挑战，成为最具典型意义的“五四”精神之女。

与“五四”其他女作家相同，庐隐的写作带有强烈的自传性，出走、再次出走，在多次的出走中，她写出了一个“真实”的自我，一个离家出走的娜拉对女性角色和位置的寻找。庐隐是挣扎着向前追求的，她以自己的“情感革命”通过生命实践和文字书写表达出了对传统社会规范的拒绝，对改变性别秩序的渴望。

婚后刚刚几个月，庐隐就以自觉的女性意识创作了小说《前尘》，触及到了女性解放过程中新的人生问题。刚刚自由恋爱结婚才几天的“伊”每天忙于下厨煮菜做饭，“拈笔在手，写不成三行两语，陡想起锅里的鸡子，熟了没有？便忙放下笔，收拾起斯文的模样，到灶下作厨娘”。从前最为奋斗的伊感到“从此担子一天重似一天了，什么服务社会？什么经济独立？不都要为了爱情的果而抛弃吗？”“现在自己到了危险的地步，能否争一口气，作一个合宜家庭，也合宜社会的人？”困厄在家的伊陷入难以解脱的烦恼之中，发出了这样的感慨“少女的生活，现在收束了，新生命的稚蕊，正在茁长；如火如荼的红花，还不曾含苞；环境的陷人，又正如鱼投罗网，朋友呵！伊的红花几时可以开放？”① 作品以自己的亲身感受提出了恋爱胜利后进入家庭的女性面临的新的现实困境：女性的角色应是怎样的？为女儿、为妻、为母，还是其他？哪一种角色才意味着女性生存价值的实现？这里构成的是社会与家庭之间女性角色的冲突，这是女性解放的一个最基本、同时又是最重要的层面。庐隐显然开始清醒地认识到之前女性解放的一些不切实际的幻想，敏锐地捕捉到了新的时代问题，表现出

① 庐隐：《前尘》，钱虹编《庐隐选集》（上册），福建人民出版社 1985 年版，第 226—239 页。

对此的困惑和思考。

此后，经由几位女作家联袂演绎，女性角色的主题至 1927 年前后开始确立于女性文学中，并以此为起点，经过现代女作家的共同努力，开创了中国女性文学书写史上从未有过的小说视域，构建了具有特别的性别意义的女性文学主题之一。

围绕“女性角色”的困惑这一主题，继《前尘》之后，庐隐又陆续创作了《胜利以后》（1925）、《幽弦》（1925）、《何处是归程》(1929)① 等小说，对女性解放道路上深深困扰女性的问题进行了进一步的深入探讨。其中以发表于 1925 年 6 月《小说月报》上的《胜利以后》最有代表性。《胜利以后》是以女主人公给某女友的信，报道其他女友的情况，揭示了几位曾经同窗的新女性走向社会后“回顾前尘，厌烦现在，和恐惧将来的心理”。受了高等教育的女性结婚后都受家务之累，只有文琪“还保持她处女的生活”，并因为学问好被聘为女校校长，但是文琪的工作其实也只是“为小学生编些童歌……不自然之工作逼人，将何术计及自修”。当终于找到了人生的意义只是恋爱时，因发现这种人生终究无意义而悲哀。经历了新文化运动洗礼的女性们感慨：“当我们和家庭奋斗，一定要为爱情牺牲一切的时候，是何等气概？而今总算都得了胜利，而胜利以后原来依旧是苦的多乐的少，而可希冀的事情更少了。可藉以自慰的念头一打消，人生还有什么趣味？从前认为只要得一个有爱情的伴侣，便可以废我们理想的生活，现在尝试的结果，一切都不能避免事情的支配……身心却感飘泊。”这里对女性角色的思考与之前相比显然更有所深入，不再局限于女性个人自身的纠葛，所感受到的时代困境已由女性为人妻、母与社会角色之间的冲突转向了对

① 因为考虑到革命时期的特殊社会环境，一部作品的写作时间与发表时间常常相隔较远，所以论文中涉及的作品一般以女作家创作的时间为准。

所处环境的忧虑，显示出对社会批判的趋向，发现了女性们面临新问题的根本原因："女子入了家庭，对于社会事业，固然有多少阻碍，然而不是绝对没有顾及社会事业的可能。现在我们所愁的，都不是家庭放不开，而是社会没有事业可作……"这是新女性由天真的女儿长大成熟后所必须面对的第一个困境。女性的奋斗的道路上"何处是归程?"在对女性的人生意义和价值的执着探究中，庐隐把这个普遍意义的命题摆到人们面前。显然这种困境，实际上是女性们以争取社会身份、社会权利为支柱，实现自身价值的渴望，与整个社会不能给女性提供立足之地这种现实的矛盾冲突。经过痛苦的反思，最终女性们认识到，只有社会发生根本的改变，即经历社会解放之后，中国女性的真正解放才可能实现："唉！社会如此，不从根本想法，是永无光明时候的！""人生的大问题结婚问题算是解决了，但人绝不是如此单纯，除了这个大问题，更有其他的大问题呢"，"只要想到女子不仅为整理家庭而生，便不觉要想到以后应当怎么做"①。这之后，女性们又经历了一系列的社会政治洗礼，北伐战争、大革命失败，推动她们在困境中完成转变，在对政治/革命的关注中确立了女性角色的最终定位：追随时代的潮流走出自我，勇敢地投身社会革命，在推动社会前进的伟大事业中，实现女性的人生价值。如果说，为争取婚恋自由而抗婚离家是"五四"时代青年的第一次"出走"，在爱情与事业、女人价值与家庭职责的两难选择境遇中最终指向投身社会革命，则是新时代下的再次"出走"，这是一部分新女性的重新选择。这种转变意味着中国女性在解放的道路上与传统的家庭舞台作了挥手告别，淑女的文学时代结束了，叛女的文学时代开始了。在人生与文学创作的道路上中国现代女性至此才终于实现了

① 庐隐：《胜利以后》，钱虹编《庐隐选集》（上册），福建人民出版社1985年版，第289—290页。

女性角色的划时代超越。

1927年，这种最终投身社会革命的转变在居于北方的中国第一代较优秀的现代女性作家中，仍在坚持创作的许多女作家身上都已明显地表露出来，并形成了一种逐渐占据女性文坛主流的趋势，这其中包括庐隐、石评梅、陆晶清、丁玲等人，而其余的女性作家，如冰心、凌叔华、冯沅君、陈衡哲等人仍远离时代的大潮，固守在“自我”的狭小世界中，她们或嫁人做全职的贤妻良母，或教书，或留学出国，她们的创作处于终止或明显的停滞之中。从一定意义上说，这些都意味着面对历史的主流她们主动选择了“疏离”与“逃避”，这时她们又做回了“女人”，重新向女性自我的内在世界开掘。

现代女性文学中最先尝试这种角色超越的仍是始终执着于女性自我认识的庐隐。

1927年左右，庐隐连续创作了《风欺雪虐》《曼丽》，两篇小说都叙述了一个曾追随时代潮流的革命新女性，文中对女性在革命舞台中的遭遇和感受虽带有许多困惑和迷茫，但仍对革命之路满怀期待：“世界上有大路，有小路，有走得通的路，有走不通的路，我并不曾都走遍，我怎么就绝望呢！我想我自己本没有下过探路的功夫，只闭着眼睛跟人家走，失败了！还不是自作自受吗？”在对自身的反省中，女性的意志由软弱渐渐转变为坚强，人物最终都能自信地面对这些挫折，“病好以后，要努力找那走得通的路，去寻找光明”[①]，显然只有在这种奋斗、抗争的意志下，才有走出“五四”女性的幻想，走向行动的可能。同年，在极端的政治高压下，庐隐以小说《秋风秋雨愁煞人》表达了对追求革命，以国家、民族为己任的秋瑾的赞美。借这一历史上的巾帼人物，再次肯定了女性走向革命的价值所在。

---

① 庐隐：《曼丽》，钱虹编《庐隐选集》（上册），福建人民出版社1985年版，第358页。

接续庐隐这一书写尝试的是她的好友石评梅，她将这一书写向前推进了一大步，文本中女性的革命已由思想上的向往转变为切实的实践行动，与在南方战场上完成这一超越性身份的谢冰莹几乎是在同时具备了“革命女性”的标志性身份。除了就读、工作在女高师这一当时妇女解放运动的先锋队伍中外，石评梅还是中国最早的集创作和主编刊物于一身的女作家，她与师妹陆晶清一起主编的《妇女周刊》在当时就已被视为“妇女界”的喉舌。此外，石评梅还有幸与中国共产党早期活动家高君宇相恋，这种环境与机遇，都使得女诗人成长很快，不再沉浸于早期的以泪洗面、凄艳哀婉的爱情书写之中，开始自觉向着社会革命趋近。

早在 1927 年 5 月 14 日，身在南方战场的谢冰莹发表引起文坛强烈反响的《从军日记》之前的5天，即 1927 年5月9日，石评梅已在《晨报副刊》发表的小说《红鬃马》中，最早表达了中国女性投身现实革命的“战斗姿态”：“我依稀看见……一条路径，这条路中我又仿佛望见我已陨落的希望之星的旧址上，重新发射出一种光芒！这光芒复燃起我烬余的火花，刹那间我由这个世界踏入另一个世界，一种如焚的热情在我胸头缭绕着——燃烧着。”[①] 之后，石评梅在同年 5 月、8 月、9 月连续创作了《余辉》《白云庵》《流浪的歌者》多篇革命题材的小说，构成一个小说系列，从不同角度揭示出社会革命带给人的复杂感受，虽然仍不免伴随着一些初入革命时悲观与哀鸣的叹息，却总能听到人物心底里清醒的自我激励的觉悟。即将跨进 1928 年的时候，石评梅的小说代表作《匹马嘶风录》发表在《蔷薇周刊》“周年纪念增刊”上，在文中作者以第一人称的视角，展示了时代政治风云激变对女性的严酷考验。小说描写了女主人公何雪樵舍弃了富家小姐

① 石评梅：《红鬃马》，杨扬编《石评梅作品集·诗歌、小说卷》，书目文献出版社 1984 年版，第 183 页。

的舒适生活，投身于大革命热潮，在枪林弹雨的激情中从军的革命经历。最终她以“歼灭和打倒民众之敌”的信念一面承受着爱人牺牲的痛苦，一面仍继续“匹马嘶风驰驱战场”，充满了凛然赴死的豪迈气概。

新旧交替的时代，以庐隐、石评梅等为代表的“五四”女作家以持续的写作探讨了彷徨苦闷的女性个体尤其是城市知识分子女性个体在“五四”前后动荡社会中的女性角色与困境。她们虽蛰居北方，远离革命的中心，但却以与革命女性相通的思想与精神内质在北方女性的写作中将女性角色的社会价值充分明确，南北方的女性文坛虽身处两地，但却遥相呼应，都走向了同一种书写趋向，这不能不说是历史的必然。但由于时代的历史局限，承受了过多传统重负的庐隐、石评梅只能是“历史的中间人物”。她们能很好地完成她们的“过渡性”作用，新因素得以萌芽，但却永远无法成为最终完成者。这只能期待下一时期女作家来完成。在革命的潮流中，北方女性创作最终将女性角色从传统社会规范彻底突围出来，以一种新的姿态屹立于文学作品中，这一伟大的“历史意义”是由丁玲来完成的。

丁玲从她登上文坛的那天起，就以“好似在这死寂的文坛上，投下一颗炸弹一样”[①] 的轰动效应，显示了与上一时期女作家截然不同、独树一帜的“新的姿态”。

从 1927 年处女作《梦珂》的发表，至 1929 年末的《野草》，丁玲先后创作了 14 篇短篇小说，[②] 除去 1 篇《过年》写儿童题材外，13 篇小说以“莎菲”为核心人物形象塑造了“新女性”，显示了对以往

---

① 毅真：《几位当代中国女小说家·丁玲女士》，黄人影编《当代中国女作家论》，上海光华书局 1933 年版，第 31 页。

② 这一系列小说中，丁玲具有标志性的小说《莎菲女士的日记》和另外一篇《梦珂》是在北京创作的，其余各篇虽然是丁玲 1928 年春后在上海、杭州、济南等地所作，但仍然与北京时的思想内涵、感情基调保持着一致，因此把丁玲归入北方文坛起步的作家。

女作家的突破与超越。不仅在现代女性文学史上，而且在整个现代文学史上，“新女性”的崛起都成为一种醒目的标记：从根本上改变了中国女性为妻为母的传统家庭角色意义，确定了在家庭网络之外的社会中以主体独立存在的现代女性的角色价值与意义。这种更加契合现代社会、具有现代意味的女性观，使得丁玲最早成为更新旧路的女作家，莎菲形象系列标志着中国女性小说终于踏上了“现代”这新一级的台阶。

《莎菲女士的日记》中，展示了一场女性欲望与灵魂的激烈搏斗，但丁玲的“叛逆”超越之处不只在于她强烈意识到的女性身体、欲望，也不只在于她大胆、坦率地对“灵与肉”搏斗的展示，更重要的在于两性交往中显示的女性自尊和对男性的蔑视与挑战。正是在对欲望和情感的掌控中，一代女性独立的主体意识成熟了，它试图拒绝与颠覆男权为中心的性别秩序与规范。在传统礼教中，妇女是被愚弄侮辱的对象，莎菲却享受苇弟体贴的情意；妇女毫无选择的自由，莎菲却主动追求凌吉士，并决心“占有他”。在女性的审视下，苇弟的怯弱与凌吉士的卑陋被莎菲所不齿。最为重要的是，莎菲心里对这场男女之间的角斗是有着清醒的认识的，她清醒地剖析着自己：“我了解我自己，不过是一个女性十足的女人，女人是只把心思放在她要征服的男人们身上。”在与凌吉士的较量中，她竭尽全力去奔赴这场没有硝烟的战争，以征服有着“骑士”风度、骨子里却十分卑劣庸俗的男人为荣，要“让那高小子来尝尝我的不柔顺，不近情理的倨傲和侮弄”[①]。与其说这是一场青年男女的恋爱，不如说这更是一场性别战争。一个生着肺病、穷困潦倒的女性，施展着各种降敌之术、甚至近乎一种游戏的手段，始终掌握着主动权，最终在凌吉士主动拜倒在她

① 参见丁玲《莎菲女士的日记》，李定周编《丁玲选集》（第2卷），四川人民出版社1984年版，第58—87页。

的石榴裙下后，又一脚把他踢开，这不能不说是以女性的极大胜利而告终。

然而，对于凌吉士的征服，实际上莎菲并没有获得多少鏖战之后胜利的快意，她甚至感受不到对男权的沉重打击。与之前大胆、炽烈的欲望表达相比，结尾莎菲的悄然离去更具深刻的意味。在小说结尾，凌吉士吻过莎菲之后，莎菲一面在心里喊着“我胜利了！我胜利了！”旋即就陷入深深的疑虑、懊悔与自责中：

> ……我同时鄙夷我自己了。
>
> ……他走后，我想起适间的事情。我用所有的力量，来痛击我的心！为什么呢，给一个如此我看不起的男人接吻？既不爱他，还嘲笑他，又让他来拥抱？真的，单凭了一种骑士般的风度，就能使我堕落到如此地步吗？
>
> 总之，我是给我自己糟蹋了，凡一个人的仇敌就是自己，我的天，这有什么法子去报复而偿还一切的损失？①

作为一个贫病交加、孤傲不驯的女性在灵与肉、渴望与否定、爱与恨的交战中，最后她不无懊悔甚至有些“鄙夷”自己，意识到这种与男性的周旋无疑是一种生命的浪费，在一度被欲望和爱情之火燃烧之后沉寂下来的莎菲更多意识到的是沉重的危机，这危机便是社会的困厄现实，她陷入了进退两难看不到前程的黑暗之中，这是一种没有出路的迷茫、悲哀与绝望。于是，莎菲悄然离开，搭车南下到一个无人认识的地方“悄悄的活下来，悄悄的死去”。莎菲意识到，这种胜利无法把她从危机中解脱出来，更多只能是一种自我心理上的胜利，在黑暗的社会现实中显得那么虚幻、渺茫，漂泊的女性命运是无法改

---

① 丁玲：《莎菲女士的日记》，李定周编《丁玲选集》（第2卷），四川人民出版社1984年版，第89页。

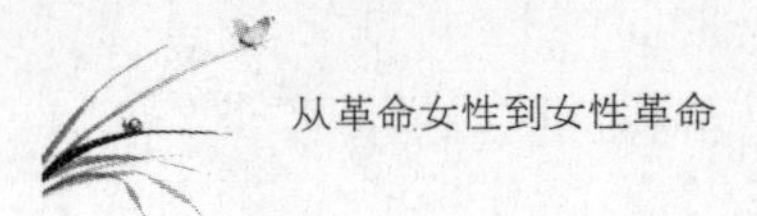

变的。但莎菲拒绝绝望，在结尾的孤独离开中我们看到的是一个“倔强”灵魂在挣扎中奋斗的坚持。丁玲创造的大胆挑战与反叛的现代女性“莎菲”作为“一个明显的标志，五四新女性那青春时代的爱情罗曼史，至《莎菲女士的日记》打上了句号”①。

莎菲之后，不到两年时间，丁玲陆续创作了《暑假中》《阿毛姑娘》《潜来客的月夜》《自杀日记》《庆云间里的一间小屋》《过年》《岁暮》《小火轮上》《一个女人和一个男人》《他走后》《在一个晚上》《日》《野草》，继续书写都市自由女性孤独灵魂在黑暗中的“倔强”挣扎。与以往的女作家相比，丁玲笔下的这些莎菲式女性们显然已经处于不同的“人生场”。以往女作家笔下的女性，以家庭为活动场景，女性以嫁人还是不嫁人，婚前婚后的矛盾为内心苦闷、人生冲突的焦点，女性在其中虽有一定的觉醒意识，但却无力逃脱“家庭”这张网，无权主宰自己，更无机会创造外面的世界。而丁玲笔下的莎菲们，则成为中国第一批离家后漂泊于社会的单身女性，她们以家庭之外的“社会场”为活动场景，面对的是自己独立生存的世界及这种生存的意义，已超出了把嫁人看作唯一出路的思维模式。背负着家庭的包袱艰难爬行了几千年的中国女性终于有机会卸下包袱细细审视自己作为人、作为女人的真正意义所在了。从最早出场的梦珂，到后来依次出现的莎菲、嘉瑛、伊萨、阿英、佩芳、节大姐、丽婀、伊赛、野草、辛等人，她们都以社会生活中女性自身为主体的方式，通过与外部世界发生的一系列关系来思考女性生存的价值与意义。这些单身女性从思想精神到言说都体现着对社会固有的女性角色及性别秩序的嘲弄、反叛和否定，在这种反叛中她们与现实搏斗着、挣扎着，寻找着

---

① 钱虹：《文学与性别》，同济大学出版社2008年版，第220页。

女性的出路。“飞蛾扑火，非死不止”[1]，正是这种想要获得女性自身解放就必须努力走出狭隘的小我格局，积极参与社会，决不向恶劣环境低头的认识为女作家们转向革命的生活道路和创作方向奠定了坚实的思想基础，成为最切合中国社会现实的最早文本，这是丁玲走向“社会场”的单身女性系列对现代中国女性及女性文学的意义所在。在生活的挣扎中，梦珂最后选择了“隐忍”，莎菲最后选择了“孤独”，阿毛和伊萨则选择了自杀。这一时期的最后一篇作品《日》是写一个居住在上海的贫病潦倒的独身女子伊赛日复一日地过着沉闷无聊的日子，这令人窒息的生活“证实了一切的无望”。这预示着丁玲下一个时期即将开始的创作转向，转向的标志性作品便是1930年的三篇作品《韦护》《一九三〇年春上海》（之一）（之二）。在那里，她将女性问题最终与广阔的社会革命相联系，以此寻找女性的出路和生存的意义。

第二节　爱情与革命的交融

1927年至1930年期间，正是“革命加恋爱”模式的革命浪漫蒂克文学潮流风靡文坛之时，这一主题的作品在女性文学的花园里却寥寥无几，就仅有的几部作品来看，男女作家笔下的爱情与革命，无论

---

① 这是瞿秋白对丁玲的评价，赞扬她“在火中追求真理，为讴歌真理之火而死”的精神。1933年5月鲁迅在接受朝鲜记者申彦俊采访时，对“在中国现代文坛上，您认为谁是无产阶级代表作家?”这一问题的回答是：“丁玲女士才是唯一的无产阶级作家。”联系中国文学史中其他与丁玲有着共同人生经历与精神实质的革命女作家，应该说这是对以丁玲为代表的革命女作家所选择的生活道路和创作实践的最好概括。见丁玲《我所认识的瞿秋白同志》和《鲁迅先生于我·补记》，《丁玲全集》（第6卷），河北人民出版社2001年版，第58、121页。

是外在的关系还是内在意蕴都存在一定的差异。

“五四”时期的第一代女作家中许多人的创作在这一时期都已处于停顿或终止状态，仍坚守在文坛继续创作的是少数几个人，新生代的丁玲、白薇、冯铿、谢冰莹等人刚刚踏入文坛，作品数量还极其有限。刚刚走出校门的女作家们此时对一己之外的社会缺乏深入了解，同革命实践更是尚有一段距离，在她们的头脑中，除了“五四”以来的平等自由、个性解放思想之外，此时还没有接受其他的思想影响。这些都使得她们的创作没有与男性同步向政治化与大众化方向转变，而是向后推迟到1930年左右才完成，[①]因此现实性、政治性极强的与“革命”相关的题材在女性文学中还难寻踪迹。

如果说晚清知识分子发现了民族国家，“五四”一代开始倡导的是个人与思想革命，那么到了20世纪20年代中期就开始转变为对阶级和社会革命的重视了。瞿秋白说：“五四时代，大家争着谈社会主义，五卅之后，大家争着辟阶级。”[②]“五卅”以来民众斗争发生了重大影响，工农力量迅速发展，思想界开始意识到政治斗争、以“武力”夺取斗争的必要性。从1927年“四一二”事变开始，随着国民党的反动统治到来，革命进入了低潮，但革命的意识形态方面却出现了高潮。因为时代遭遇的挫折使得寻求理想的青年陷入了历史的巨大苦闷和焦虑之中，个性解放、思想革命已然不能解决时代的新问题，这时，新的社会革命的呼唤便为他们提供了新的“光明出路”和历史的意义，也是新的“人生价值”，原先依靠思想革命求革新的道路开始转变。同时，马克思主义在中国的迅猛传播，也使得“越来越多的

① 参见乐铄《中国现代女性创作及其社会性别》，郑州大学出版社2003年版，第183页。

② 瞿秋白：《国民革命中之阶级分化》，《新青年》第3号，1926年3月25日。

知识分子倾向革命，共产党在思想文化领域及文艺领域占据了绝对的优势”[①]。于是，在这种普遍急速“左”倾的社会心理下，革命文学就这样应运而生了，对于处于革命低潮的广大读者来说，最重要的是“中国的出路在哪里？这是一个需要叫喊，需要回答时代的提问，需要给人指示光明之路的特定历史时期”[②]。因此在这样的时代氛围下，革命文学初期的“革命加恋爱”模式以一种崭新的浪漫带给了文坛以激情和超越现实的巨大想象力，强烈地振奋着低潮中的进步青年，在新的书写中正是革命代替了“五四”时期的爱情，为苦闷的他们提供了新的出路，以一种“伟大的抚慰、承诺和肯定，为迷途的灵魂提供了温暖的、辉煌的归宿”[③]。因此“革命加恋爱”题材一时成为这一时期的文学时尚。在新的文学趋向下，“阶级”的观念开始代替“五四”时期的“个人”意识，越来越鲜明地渗透到文学的表述里了。在新的价值体系中，“五四”时期高扬的个性解放、个人本位主义被贬低为资产阶级价值观的代表，原本属于个人情感的“爱情”从这个时期开始在文学中有了不同的含义。

在马克思文艺观影响下，男性作家笔下几年前还是革封建主义命的自由恋爱已经蜕变成一种力比多宣泄。革命与爱情的相连，一定意义上源自于作家对革命的浪漫想象而使宣泄具有了合法性，在男性作家看来，性解放也象征着革命本身，它也是一种革命，与集体的革命激情并不矛盾。因此虽然革命文学下对爱情的表述有所控制，但放荡的身体、浪漫的爱情与革命的精神，仍成为这一时期最普遍的文学表述。蒋光慈曾有过这样的自豪表白：“浪漫？我自己是浪漫的，所有的革命者是浪漫的，没有浪漫谁会参加革命？……理想主义、激情、

① 温儒敏：《新文学现实主义的流变》，北京大学出版社 1988 年版，第 95 页。

② 阳翰笙：《〈两个女性〉小序》，《阳翰笙研究资料》，中国戏剧出版社 1992 年版，第 253 页。

③ 旷新年：《1928 革命文学》，山东教育出版社 1998 年版，第 104 页。

不满现状以及渴望创造新事物——这就是你拥有的浪漫精神。一个浪漫主义者就是拥有这样一种精神的人。"① 我们可以发现，在男性作家的"革命加恋爱"书写中，无论是革命对爱情的替代、转移，还是革命与爱情从冲突到瓦解分离，两种常见的模式最终都成功地将主人公从"恋爱"导向"革命"。借助于爱情，革命更多地被展示为个人与集体、小我与大我的冲突，而他们在这种矛盾与困境中徘徊，这种徘徊让他们的痛苦得以展现，他们发现在爱情和革命那里他们处于的是自我与民族、现实与理想、落后与进步的困境。因此可以说正是"革命加恋爱"这种写作模式使他们一方面品尝到了苦闷与彷徨，另一方面他们也可以热情地拥抱爱情和革命，从"小我"升华到"大我"，从"个体"升华到"集体"，在这种超越中使新的"革命"认同得以完成，正是在二者的巨大张力中，最终以革命对爱情的胜利来凸显革命的巨大真理性和不可战胜的必然。②

而对于正在发生但还没有完成转向的女作家们来说，她们的写作仍属于"五四"的个人主义话语。作为在"五四"启蒙思想熏陶下成长起来的一代人，平等自由、个性解放是她们主要的理论资源，在她们的价值观中，作为自由象征的爱情仍高踞本体的位置，同时新时代下代表了"进步""创新""历史必然性"的现代意义的革命也得到了她们的认可。在她们看来二者都具有独立价值，对个体尤其是对女性解放的作用意义重大。这样，缺少社会实践经验的女性作家们便在自己的创作中，将革命与爱情想象为终身追求的可兼得的两个最美好目标，它们是二元价值并立，互相等同关系。在她们的乌托邦理想中，缺失任何一个，人的生命都会是残缺的，革命与爱情呈现和谐的相交

① 转引自夏济安《黑暗的闸门：中国左翼文学运动研究》，华盛顿大学出版社 1968 年版，第 60 页。

② 参见刘剑梅《革命与情爱》，上海三联书店 2009 年版，第 29 页。

融的关系成为此时期女性作家“革命加恋爱”小说的主题特征。

这一时期在文学书写中传递了“革命”新因素的女作家主要是石评梅。1927 年以后，石评梅写作了一系列爱情与革命的小说，如《红鬃马》《归来》《白云庵》《匹马嘶风录》等。一向以缠绵感伤风格的诗歌闻名文坛的女作家明确的转向尝试，在从“五四文学”到“革命文学”的过渡时期，应该说具有典型意义。从时间上看，其中几部作品发表的时间比蒋光慈、洪灵菲、孟超等人都要早，但文学史更多关注的是“革命加恋爱”这一文学时尚潮流中曝得大名的几名男性作家，而对更早书写这一模式的石评梅却有所遗忘。

与其他女作家相比，石评梅能较早地认同革命，主要和她与高君宇之间的恋情有直接的关系。高君宇与石评梅同是山西人，曾是北京大学学生会负责人，又是共产党、共青团早期的中央委员。这段恋情让她有了直接与时代先锋接触的机缘，并进而受到进步的革命思想影响，“他们‘现实生活’中的爱情故事与他们的革命文学事业，产生了极客观的互动关系”[①]。石评梅的写作明显显现出在高君宇革命思想渗透下逐渐转变的轨迹。1923 年 4 月 16 日，高君宇在一封信中曾这样开导沉溺在悲哀中难以自拔的石评梅：

> 说不出的悲哀，这恐怕是很普遍的重压的烦闷之青年的笔下一句话罢？我曾告你我是没有过烦闷的，也常拿这话来告一切朋友，然而实际何尝是这样？我想着：世界而使人有悲哀，这世界是要换过了，所以我就决心来担我应负改造世界的责任了。这诚然是很大而烦难的工作，然而不这样，悲哀是何时终了的呢？我决心走我的路了……我很信换一个制度，青年们在现社会享受的悲哀是会免去的——虽然不能完全，所以我要我的意念和努力完

① 王德威：《现代中国小说十讲》，复旦大学出版社 2003 年版，第 95 页。

全贯注在我要做的“改造”上去了……我可断定你是现在世界桎梏下的呻吟呵！谁是要我们青年走他们烦闷之路的？——虚伪的社会罢！虚伪成了使我们悲哀的原因了，我们挨受的是他结下的苦果！我们忍着让着这样唉声叹气了却一生吗？还是积极地起来，粉碎这些桎梏呢？都是悲哀者因悲哀而失望，便走了消极不抗拒的路了，被悲哀而激起来，来担当破坏悲哀原因的事业，就成了奋斗的人了。

他鼓励石评梅：

愿你自信，你是很有力的，一切的不满意将由你自己的力量破碎了！过渡的我们，很容易彷徨了，象失业者踯躅在道旁的无所归依了。但我们只是往前抢着走罢，我们抢上前去迎未来的文化罢！①

12天后，石评梅写下诗歌《罪恶之迹》，在对高君宇的回应中我们可以发现她创作的变化，已经将个人命运的悲哀同社会的苦难、革命者为改变民族国家命运而奋斗的事业联结在一起，并有了愿意一起奋斗的要求。这首诗歌，已然开始有激昂的激情在回响了：

同情之泪呵，
我不禁为人类而洒！
罪恶之迹啊，
我不禁为人类而悲！
压在心尖上的雁儿，
终于为了宣传正义，

① 高君宇：《1923年4月16日致评梅信》，杨扬编《石评梅作品集·诗歌、小说卷》，书目文献出版社1984年版，第1、2页。

在空中狂呼了！

……

我傍着花慢慢底走过去，

恐怕我的裙角

飞吓你的幽思；

心中蓄满了爱慕和敬仰，

只可在我的灵府供养，

不愿在你面前张扬。

为了创造新文化，

为了建设新国家，

为了警觉沉睡的同胞，

为了领导迷途的朋友，

我情愿在你的裙下，

求仁爱的上帝挈助你。①

之后的半年里，石评梅先后写下了《京汉途中的残痕》《流萤的火焰》《烟水余影——西湖》等多首诗歌，反映了这一时期她的深入思考和思想认识上的进一步变化。如一个多月后的6月28日，在《流萤的火焰》中写道：

……

望着云天苍苍，

回忆那人间的前尘后影呵！

“前尘后影呵”那堪回忆！

……

① 石评梅：《罪恶之迹》，杨扬编《石评梅作品集·诗歌、小说卷》，书目文献出版社1984年版，第27—30页。

花梦醒来来，

流萤何在？

人间的落伍者呵！

在夜色迷漫的花里，

幻想着人间的悲哀

……

明月的光——皎洁啊；

繁星的光——灿烂啊；

烛光爆开了红花——辉煌啊！

都赞美流萤的复活！

美艳的花枝袅娜着，

幽扬的鸟声歌唱着，

一轮红日捧出，

光明了锦绣的花园；

人间的乐园出现了！

缥缈中奏着天乐。[①]

前期一直悲哀在人生道路上的石评梅，因着高君宇的鼓励和引导开始感受到了崇高理想的呼唤力量，她看到了引领时代革命的精英化身，他们是终结“悲哀人间”的英雄和导师，带给国家民族以希望，带给这世界“人间的乐园”。它扶助着在悲海中挣扎的石评梅一步步开始“成了奋斗的人”，表现出“担当破灭悲哀原因的事业”的姿态。高君宇追求爱情的执着热烈，对革命事业的忠诚、勇于担负，使得石评梅在与他的交往中，对爱情的理解上升到了一个新的境界，这就是

① 石评梅：《流萤的火焰》，杨扬编《石评梅作品集·诗歌、小说卷》，书目文献出版社 1984 年版，第 35—38 页。

将理想爱情的追求与对革命事业的忠诚结合在一起，二者的共同实现，才是最完美的人生。

除了情感上的因素外，石评梅尝试革命文学的创作还有时代潮流的影响。1919年，正是“五四”运动爆发的一年，石评梅进入北京女高师读书，毕业后又来到师大附中任体育、国文教员。至1928年去世，前后九年的时间石评梅都是在北京度过的，应该说北京时光对石评梅一生影响最大。北京是新文化运动的摇篮之地，运动中一直起着先锋作用的男生学校是以北京大学为代表，女生学校就以女高师为代表。独特的校园文化氛围，不仅让她接受了“五四”精神熏陶和现代知识传授，从事文学创作也得到积极的鼓励和支持。“五四”第一代女作家中除石评梅外，庐隐、冯沅君、苏雪林、陆晶清也都是从女高师走出来的，庐隐、陆晶清、石评梅三人还是最要好的朋友。置身这样的环境，石评梅的生命激情被激发，开始了自己新的人生道路。她不但成为学校各种社会活动中的积极分子，而且早在1921年就加入了李大钊组织的马克思学说研究会，较早地接触到了革命的相关理论。

在国民党的白色恐怖统治之下，自大革命失败后发生的一系列政治惨案，使得转向革命的“左”倾风气迅速在“五四”运动中成长起来的青年知识分子一代中蔓延，突变的社会现实让他们从思想革命转向了对政治斗争、武装革命的重视，石评梅也成为“左”倾青年群体中的一员。1925年3月5日，高君宇因病去世。在他去世后的几年里，石评梅先后经历了北伐风暴和大革命失败的血雨腥风，尤其是“三一八”惨案中好友刘和珍、刘德群等被杀，震惊、悲愤中，她“激进”的情绪也越发剧烈起来。在悲痛欲绝中她连续写了《血尸》《痛哭和珍》《深夜絮语》等文章以示悼念。1927年4月，邵飘萍、李大钊因“赤化”罪名先后被军阀政府杀害，京城知识界笼罩在空前的白色恐怖中，也给石评梅造成沉重打击。对她来说，李大钊是自己非常熟悉和敬爱的师长，而对“铁肩棘手”的《京报》社长邵飘萍除了敬重之外，石评梅对他还怀有无限的感激之情。因为自1924年年末后，石评梅受其信任一直与陆晶清合作主编《京报副刊·妇女周刊》合作，她的许多作品都刊载于此。“铁肩棘手”的一代报人邵飘萍突然被杀，《京报》从此永诀。血腥的现实下，投身革命，寻找新的道路成为众多青年知识分子的时代选择。在好友陆晶清加入南下风潮后，石评梅更是决定也动身南下。“北京是这样的杀人，晶清是革命去了，北京只剩下我了，暑假后我一定往南边去，让他们认识我评梅，做革命的事业，至少我还可多搜集点材料做文章呢!”[①] 南下虽因种种原因没有去成，但努力寻找另一种新生命新生活的“革命”方向在石评梅身上已经越来越明确了。

1928年，从爱情的磨难中走出来的石评梅写下了爱国激情奔涌如泉的诗篇《我告诉你，母亲》，在这首诗中，表现出了与以往不同的战斗姿态：

> 我告诉你，母亲！
> 你不忍听吧这凄惨号啕的声音，
> 是济南同胞和残暴的倭奴扎挣，
> 枪炮铁骑践踏蹂躏我光华圣城，
> 血和泪凝结着这弥天地的悲愤。
> ……
> 我告诉你，母亲！
> 你那忍看中华凋零到如此模样，

---

① 袁君珊：《我所认识的评梅》，杨扬编《石评梅作品集·戏剧、游记、书信卷》，书目文献出版社1985年版，第277页。

这碧水青山呵任狂奴到处徜徉，
晨光熹微中强扶起颓败的病身，

母亲你让我去吧战鼓正在催行。
你莫过分悲痛这晚景荒凉凄清，
我有四万万同胞他们都还年轻，
有一日国富兵强誓将敌人擒杀！
沸我热血燃我火把重兴我中华！[①]

这已经是激昂的进行曲了，甚至带有急迫的政治信念的直白呼唤了，却展示出了石评梅早期写作中极少见的广阔的大境界。石评梅的思想感情是越来越趋向于同革命事业声息相关的了，她的作品也就越来越力求反映时代的风云，以至反映出革命要求的声音。从悲哀到激昂的创作轨迹发生的重要变化，它显示了石评梅思想和艺术上的新进展，以“沸我热血”来“重兴我中华”，已经超越了身份主体的性别，完成了“自我的蜕变”[②]。

1927年，石评梅接连发表了多篇对革命向往的小说。在李大钊、邵飘萍逝世一个月后，发表在《晨报副刊》的《红鬃马》是最早的一篇书写革命与爱情的小说。作品是以一个儿童的视角展开叙述的。主人公郝梦雄是辛亥革命时期“声威煊赫”的革命军首领，红鬃马是他的爱骑。在征讨逆军的一次战役中，由于郝梦雄曾是“我”父亲的学生，年仅十岁的女孩——“我”有幸结识了这位雄壮英武的青年将领。征讨逆军时的勇敢无敌和对当地逃难百姓的保护，博得了全城百姓对他的爱戴，也让“我”对英雄陡生敬意，当坐在父亲马上与英雄

---

① 石评梅：《我告诉你，母亲！》，杨扬编《石评梅作品集·诗歌、小说卷》，书目文献出版社1984年版，第144、145页。

② 王绯：《空前之迹：中国妇女思想与文学发展史论》，商务印书馆2004年版，第620页。

策马同行时，幼小的心灵“感到了一种荣光”。更有幸的是，与英雄郝梦雄一起走进“我”的生活的，还有他美丽英武的爱人冯小珊。作为邻居，六年朝夕相处的日子很快就过去了，我目睹这对意气风发的革命伴侣并肩驰骋的英姿，“光荣的铁蹄，驰骋于万军百战的沙场，是何等雄壮英武!”他们的爱情使“我”艳羡，革命功绩使“我”敬仰。后来，这对革命伴侣离开我们去驻守雁门关，从此杳无音信。八年后，异地漂泊的“我”重返家乡，再次见到珊姐时，才得知“如今英雄已死，名马无主”。郝梦雄第二次革命，是因“不满意破坏人民幸福、利益的现代军阀”，但不幸在革命尚未成功时就慷慨就义了。如今英雄早逝，只留下了幼子和“憔悴如妇人”的爱侣来陪伴着他这“静默的英魂”。听了珊姐的叙述后，“我阴霾包围的心情中忽然发现了一道白采”：

> 我依稀看见梦雄骑马举鞭指着一条路径，这路径中我又仿佛望见我已陨落的希望之星的旧址上，重新发射出一种光芒！这光芒复燃起我烬余的火花，刹那间我由这个世界踏入另一世界，一种如焚的热情在我心头缭绕着——燃烧着![①]

在小说结尾，已长大成人的“我”在革命者精神的鼓舞下，继承了英雄的遗志，踏着他的足迹愤然前行了。在石评梅的诗化书写中，激情的革命与美满的爱情伴随着英雄生前驰骋疆场，告慰着死后的英灵。这是一篇革命者“壮志未酬身先死”的小说，也是一篇关于女性在革命激励下成长的小说。在两位烈士刚刚牺牲不久的时间书写这样的一部作品，在悲愤的心境中诉求“革命”，试图建构超越现实的理想，显然小说具有鲜明的象征意义。

---

① 石评梅：《红鬃马》，杨扬编《石评梅作品集·诗歌、小说卷》，书目文献出版社1984年版，第183页。

仅隔三个月，《白云庵》发表。在不足万字的一部短篇小说中，石评梅安排了复杂的“双线”结构，情节曲折，颇具戏剧性。文本中一个是老英雄历经百战充满传奇色彩的“革命”故事，另一个是凄美哀伤的“爱情”悲剧，最后以激昂的认同革命而结束，显然这是一个多主题的小说。讲述是在久已消沉的“我”和“刘伯伯”之间的对话中开始的。三十年前，出身官宦世家的刘伯伯在西子湖畔邂逅“清幽秀美”的姑娘梅林，一见钟情。回家不久发现她原来是佣人的女儿，意外机缘让两个年轻人很快成为一对恋人。但由于门第悬殊，二人恋情被发现后，梅林母女被驱逐出刘家。回乡后的梅林不堪朋友乡亲的耻笑，在爱情无望的绝望中投湖自尽。悲愤的刘伯伯与家庭决裂，从此走上了与旧制度抗争的革命道路。支撑着刘伯伯“溅此鲜血而不顾”的革命信念的，是“勇武柔美，霜雪凛然”的梅林，她激发了“这许多轰轰烈烈的事业”，爱情的力量促使刘伯伯投身革命，也激励他转战南北戎马一生，终身未娶。经历了十多年的征战后，枪林弹雨中活下来的刘伯伯对革命后军阀割据的现实有所失望，所以他决定解甲归田隐居山林。但经过多年的冷静反思，刘伯伯最后仍对革命带给社会的改造作用给予了肯定，他告诉“我”：“革命的动机有时虽因为是反抗自己的痛苦，但其结果却是大多数民众的福利。”最终，刘伯伯的“侠骨柔情”和革命信念除却了“我”的哀愁，激荡“我”重整待发，准备去拯救苦海中的民众，“为后来的青年人造个比较完善的环境”，肩负上“壮志如长虹的铁担”[①]。恋爱不成，投身革命，这已经是一篇典型的“革命加恋爱”小说了。此外，“我”从消沉到决心肩负铁担，女性的“转向”也更加完整鲜明。一定意义上可以说与《红鬃马》相同，这仍然是一部关于革命之于女性成长的小说，同时

① 石评梅：《白云庵》，杨扬编《石评梅作品集·诗歌、小说卷》，书目文献出版社1984年版，第206页。

在一定程度上也带有对革命的反思。

《匹马嘶风录》是石评梅关于革命与爱情小说最有代表性的一部，也是作者用力最多的一篇，以盎然的诗情呈现了投身革命浪潮的女主人公何雪樵复杂的心灵世界。通过在枪林弹雨中叱咤风云的从军经历，反映出时代风云的激变以及对女性的考验。小说以第一人称视角展开。在与爱人离别的痛苦中，何雪樵以“歼灭和打倒民众之敌”的革命信念斩断儿女私情，怅然离别，自愿到前方，“匹马嘶风驰驱战场”。军队刚刚打了胜仗，却传来噩耗，留在C城从事革命工作的爱人吴云生和几十位同志被捕，成为“断头台畔”的英雄。得知死讯的何雪樵悲恸欲绝，“眼前忽然有许多金星向四边迸散，顿时全宇宙都黑了……血都奔涌向脑海……冥然地失了知觉”。在极度悲哀中何雪樵驰马狂奔，想自杀追随爱人而去。当把手枪握在右手，对准脑门准备扣动扳机时，冰冷的枪管在刹那间让她恢复了理智：“不能这样死，至少我也要打死几个敌人我再死！这样消极者的自杀，是我的耻辱，假使我现在这样死了便该早死，何必又跑到这里来从军呢！我要挣扎起来干！给我惨死的云哥报仇！”深夜荒野中，何雪樵独自痛哭，直到“再无泪可流”，拾起地上的手枪，继续踏上革命征程。在女主人公的诀别信中，石评梅借高君宇写给自己的话对革命者心中革命与爱情的关系作了最经典的阐释：“我生命中是有两个世界的，一个世界是属于你的，愿把我的灵魂做你座下永禁的俘虏，另一个世界我不属于你，也不属于我自己，我只是历史使命中的一个走卒。”何雪樵“匹马嘶风驰骋于战场上”时这样想起云生：“假如他这时和我銮铃并骑，双枪杀敌，这是多么勇武而痛快的事。”[①] 在得到爱人的死讯后，她不仅悲痛万分，而且觉得陷入“无底的深洞”，“只有沉没下去”，

① 石评梅：《匹马嘶风啸》，杨扬编《石评梅作品集·诗歌、小说卷》，书目文献出版社1984年版，第218—233页。

甚至有了自杀的念头。男女主人公对爱情的忠贞，爱情不得宁死，这是“五四”的精神，“把生命完全付给事业”这是革命时代的信仰。这里强调的不是个人与群体，小我与大我的冲突，而是两种理想的并立，在石评梅笔下，革命者的爱情与革命始终是相融的。

如果说在《红鬃马》《白云庵》中表达的是前人激励下女性的成长、投身革命的愿望，《匹马嘶风啸》则书写了投身革命后，在生命与鲜血的考验下自我超越的努力，实际上，石评梅是以“革命加恋爱”的“三部曲”表达了自己对革命的渴望和认识。

三部曲之后半年，石评梅又创作了《归来》，故事情节上可以看作是对“三部曲”的延续，但它更重在通过对爱情与革命关系的思考，书写了对“革命之后”终极意义的一丝困惑。革命胜利后，群众召开了热烈的庆祝会，征战沙场十年的马子凌在这光荣胜利的欢笑、群众热烈的掌声中，惊醒了他的幻梦，他失望了，感到“虚空的怅惘”，“满怀忧愁和创痛”，因为与他一同革命肝胆相照、情意相投的妻子君曼已死，革命胜利了，却再无爱情可求。在马子凌看来，“在枪林弹雨中十年奔走湖海飘零，如今虽然是获得一时的胜利成功，不过在人类永久的战斗里，他只是一个历史使命的走卒，对他自己只是增加生命的黯淡和凄惨，毫无一些的安慰”，因为“他知道自己的幸福欢乐已埋葬了”。一个驰骋疆场、叱咤风云的英雄，如今夕阳鞭影，古道单骑，这是一种“马儿驮也驮不动那人间的忧愁和创痛”[①]。最终他抛弃了一切的虚荣名利，独自策马走向故乡。显然，在革命者马子凌心中，革命无法因为它的正义与进步性而取代个体生命的幸福，失去爱情的创痛对个人来说一生无法被抚平。作为问题这里第一次出现了“革命”与“爱情”的冲突，但人物的最终选择明确倾向了个人本

① 石评梅：《归来》，杨扬编《石评梅作品集·诗歌、小说卷》，书目文献出版社 1984 年版，第 187—190 页，

位的“爱情”。石评梅借人物之手表达了自己的价值抉择，这种书写在“革命加恋爱”的模式中是很独特的。

这一时期涉及爱情与革命的小说，除石评梅创作的这几部外，只在南方文坛冯铿 1928 年的小说《最后的出路》中，作为一个背景稍稍有所涉及，简单交代了一对情意甚笃的恋人后来共同走上革命的道路，在斗争中互相激励前进的故事，这里革命与爱情同样是一种融合状态。

对于 20 世纪 20 年代末中国文学中爱情与革命的叙事，茅盾曾做过细致研究和经典概括：

> 我们这“文坛”上，曾经风行过“革命与恋爱”的小说。这些小说里的主人公，干革命，同时又闹恋爱；作者借这主人公的“现身说法”，指出了“恋爱”会妨碍“革命”，于是归结于“为了革命而牺牲恋爱”的宗旨。有的人称这样的作品为——“革命”＋(加)“恋爱”的公式。
>
> 稍后，这“公式”被修改了一些。小说里的主人公还是又干革命，又闹恋爱，但作者所要注重说明的，却不是“革命与恋爱的冲突”，而是“革命与恋爱”怎样“相因相成”了。这，通常被表现为几个男性追求一个女性，而结果，女性挑中了那最“革命”的男性。如果要给这样的结构起一个称呼，那么，套用一句惯用的术语，就是“革命决定了恋爱”。这样的作品已经不及上一类那样多了。
>
> 但是“革命”“决定了”“恋爱”这样的“方式”依然还有“修改”之可能。于是就有第三类的“革命与恋爱”的小说。这是注重在描写：干同样的工作而且同样地努力的一对男女怎样自然而然成熟了恋爱。如果也给这样的“结构”起一个称呼，我们

就不妨称为：革命产生了恋爱。[1]

茅盾的总结虽然有些粗简，但还是抓住了当时男性作家们占据文坛主流的“革命加恋爱”模式的本质。在这一叙事中，革命的“比重”虽然是渐渐压倒“恋爱”的，但都表达出“革命战胜爱情”的历史本质化的进化逻辑，而石评梅的革命话语显然与男性存在较大差异。

对于石评梅来说，在写作中开始诉求“革命”显然有着两种最主要的原因，一方面宣泄悲愤与压抑的情绪，另一方面努力寻求新的精神出路。[2] 石评梅在言说革命的尝试中，积极描画革命，在极短的时间内，对革命这一对象做了高密度反复书写。但这些“转向”小说就精神本质来说仍属“五四文学”，以个人本位来想象和理解革命，这是她的创作与同时期男性作家最根本的差异。

蒋光慈曾将“五四文学”称为“在象牙塔中曼声吟唱的诗人”，将革命文学称为“粗暴的抱不平的歌者”[3]，还是极为敏锐的。在二元价值并立的前提下，石评梅的革命小说中爱情与革命是和谐的，从来不需要挣扎与抉择的矛盾冲突。与男性作家的“革命决定了恋爱”“为了革命牺牲恋爱”相比，在她看来“革命就是爱情，爱情就是革命”，革命者既是从事革命事业的英雄，又是追求个性解放的英雄，他们参加革命既是反封建的时代潮流使然，也是通过参与社会变革来确立个体独立、完善自我生命的愿望的结果，革命与爱情都是个人在时代困境中努力寻求的一种出路。男女二人要么并驾齐驱、驰

① 茅盾：《“革命”与“恋爱”的公式》，《茅盾全集》（第 20 卷），人民出版社 1990 年版，第 337 页。

② 参见熊权《“革命加恋爱”现象与左翼文学思潮研究》，人民出版社 2013 年版，第 110 页。

③ 蒋光慈：《鸭绿江上》，《蒋光慈文集》（第 1 卷），上海文艺出版社 1982 年版，第 86 页。

骋疆场，做一对既情深义重、又志同道合的革命伴侣，要么在毅然走向革命的道路中仍时时回顾个人的爱情挫折，革命的成功也无法取代心灵的创伤。应该说，在历史骤然转折的时代，现实经验有限的石评梅这种对革命与爱情有机统一的“交融”式书写与她自身对革命的理解是吻合的，但是这种叙述显然更多地只能存在于她的想象之中，而难以经得起现实的推敲。并且，这种取消革命与恋爱两种现代性话语之间冲突的书写，实际上使得文本本身失去了巨大的张力，它导致的是“革命必然性”的直接危机。同时，这种交融的二元价值观会带来另一种潜在隐患，那就是当两者不能同时实现时如何取舍的问题。作为“五四”精神之女，石评梅是应然倾向个人本位的，这让她在对“革命之后”的展望中，总是自觉不自觉地在认同革命的同时又禁不住产生怀疑和悲哀、感伤的情绪，看到革命的成功并不能弥补对个人带来的伤害。于是，在石评梅的革命言说中，在书写英雄的豪气万丈同时，又常常从个人生命角度出发，映现了革命的路途上个体可能具有的创伤和失落，她笔下的英雄总带有挥之不去的悲剧感。这是对革命磨难下个人创伤的哀鸣，是石评梅从生命体验角度早已形成的一种哀怨细腻的表达模式。显然，在石评梅的革命言说中，更多地遭遇了个人话语的限制，尤其是不自觉感伤的流露，她所建构的这样一种革命话语，与时代要求的对革命热情的召唤和对民众的乐观鼓动精神明显不符。

《野祭》是蒋光慈“革命加恋爱”的第一部小说，钱杏邨对这种新开创的文学模式给予的最大肯定就是它在意义方面开了一个“新的局面”[①]，他指出：“这部小说高出于其他恋爱小说的最重要点，就是作者没有忘却他的时代，同时主人公们也不是放在任何时代都适宜的

① 钱杏邨：《野祭》，方铭编《蒋光慈研究资料》，宁夏人民出版社 1983 年版，第 358 页。

人物……真正代表时代的恋爱小说，这是中国文坛上的第一部。”[①] 就小说的时代性来说，钱杏邨指出蒋光慈的最大贡献在于他通过《野祭》试图告诉读者，在社会制度没有改变前，真正的爱情是“永没有希望的”[②]，它只能是一种小资产阶级观念的幻想，显然“五四”时期所强调的个人性的恋爱在新的时代面前已然遭到否定，革命才是苦闷的进步青年唯一的出路。

与男性作家的创作相比，石评梅的革命书写还有一个明显的不同，就是“阶级”意识的缺乏，显示出她革命观的模糊与粗浅。作为“革命加恋爱”模式中最重要的新质素——“阶级”在石评梅的小说中是混乱的。仅就 1927 年石评梅的四篇“革命”小说来看，《红鬃马》中的郝梦雄出身贫寒，但在遇到从县署衙出逃的县太爷时并没有采取革命的行动，就因为老爷曾是他的老师，之后两人仍以师生关系和睦地相处六年之久。《白云庵》中刘伯伯出身官宦世家，祖父和父亲都是亡国盛朝的大臣，只因一次爱情的挫折便能愤然离家，投身以追求公平正义为目标的革命，那么他的革命对象是谁呢？小说中的回答只能是模糊的。《归来》中王子凌的家是镇上的首富，军阀的败兵驻扎在他家里是因为在那些当兵的眼里，他的家族因为有钱所以“人格资产房屋都较为伟大”。他父亲的死虽然是他参加铁血团的直接原因，但死因作家却交代不明。《匹马嘶风啸》中林雪樵原是“花园派小姐”，参加革命是因为要给死去的亲人报仇，而他的父母死于土匪之手，哥哥死于流弹，死因与阶级仇民族恨都无多少关联。甚至文中有这样一段描写：“这一车的同志们，英武活泼，看起来最低限的程度也是高小毕业，又都是志愿从

① 钱杏邨：《野祭》，方铭编《蒋光慈研究资料》，宁夏人民出版社 1983 年版，第 360 页。

② 同上书，第 358 页。

军，经过训练的，自然较比那些用一个招兵旗帜拉来的无知识的丘八，不啻天渊之别，这样的军队不打胜仗我真不信呢!”显然，对“阶级”没有明确的意识而带来的混乱，在石评梅的写作中是一个普遍的存在，因此在她的革命想象中，有关革命的起源、意义等这些关键因素都显得新旧驳杂、暧昧不清，反映了她“革命观”认识的有限，这对“革命文学”宣扬的“反抗”合理性与强烈性无疑是最大的问题。因此，我们在石评梅的革命小说中看到的更多是一种与传统除暴安良的侠义精神相似的东西，她笔下的英雄与其说是革命者形象不如说是穿上了军装的侠客更为准确。在蒋光慈等人对被压迫者粗暴的“力”的呐喊下，石评梅的革命激情必然显示出一丝柔弱与空泛。

因此总体上说，在从“五四”文学向革命文学转型时期，石评梅的革命言说仍延续的是五四时期的个人主义价值标准，这从革命意识形态的要求来说，书写的最大问题就是不符合“时代性”。“五四”文学重在启蒙，强调的是个人的觉醒，革命文学则要求抨击不公平的社会来激发被压迫者的愤怒和抗争，这是一个提倡暴力斗争的时代。如果说文学除了艺术性以外，还要紧扣时代脉搏，那么石评梅的革命小说显然无法满足那个时代的要求。而这一点恰恰是男性作家“革命加恋爱”模式的作品文学水准不高，却能迅速成为时代潮流的最主要原因。

时代呼唤着文学，时代需要唤起民众革命的号角和鼓点。在新的历史阶段，男性作家的革命书写顺应了时代的要求，他们使文学“发挥了巨大的战斗力，召唤了一批又一批群众投入时代的洪流”①。钱杏邨就指出，蒋光慈的文学是“定做”的，是当时“中国民众所渴求的

① 阳翰笙：《〈两个女性〉小序》，潘光武编《阳翰笙研究资料》，中国戏剧出版社1992年版，第255页。

说诉者”，民众有什么需要他就写什么，是“民众文艺的喇叭手”[①]。在钱杏邨看来，沿用小资产阶级式的优美句子来写粗暴生活、来写革命的狂飙本来就是不可能的，在无产阶级崛起的时代，在一个呼唤革命狂潮的时代，蒋光慈用爆裂的文风来叫喊、来鼓动，恰恰是最强音，因为他符合时代的需求，同时作为文艺前驱开创出了一个“全新的气派，全新的时代精神”[②]。

我们看到，在石评梅对革命的想象中，她以不同的方式建构了同一种叙述模式，在她有限经验所想象的革命图景里，仍然与个人性的爱情紧密相关。她以自己的方式和独特的气质展示了那一时代革命文学的丰富性，凸显的是对“五四”文学的一种自觉与不自觉的延伸，革命并没有从根本上改变她的思想和文学。同时经验的有限性也使得她对革命的书写更多是靠想象来填充，无法注入充满活力的时代新内涵，因此，仅从接受的角度来看，读来单纯干瘪、平淡脆弱，空有幻想的激情也就不足为怪了。

这一时期这种“交融”的爱情与革命的关系，代表了过渡时代的过渡属性。但石评梅这时的深层思想感情同革命文学已经具有了相通的可能，[③] 如果能再多活几年，相信她会继续这一与她的生命相连的文学主题，可惜这一使命只能由下一时期的丁玲等人来接继了。

---

① 钱杏邨：《蒋光慈与革命文学》，方铭编《蒋光慈研究资料》，宁夏人民出版社 1983 年版，第 267—271 页。

② 阳翰笙：《〈两个女性〉小序》，潘光武编《阳翰笙研究资料》，中国戏剧出版社 1992 年版，第 255 页。

③ 刘思谦：《“娜拉”言说——中国现代女作家心路纪程》，上海文艺出版社 1993 年版，第 95 页。

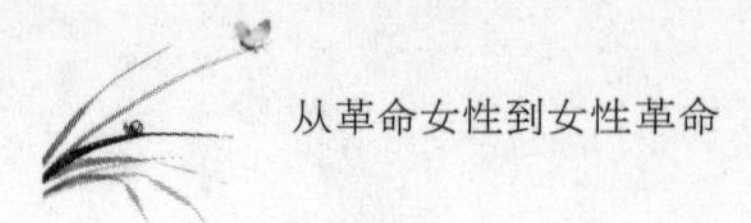

第三节　同盟幻灭与男性的销蚀

现代女性文学本是随着“五四”运动的时代潮涌而诞生的，它对女性命运的追寻，从一开始即与人的解放、人的自由与尊严这些人文命题联结在一起，正是这种终极性的目标指向，成为女作家们不断地向“存在”的深层开掘的动力，女性自我意识的觉醒便因此有了阶段性的递进。

在“五四”这个“弑父”的时代，随着反封建精神同盟的建立，中国女性终于打破了几千年历史性的文化失语，但在此时，现代女性获得的仅是言说的权利，而言说的话语仍带有强烈的男性文化色彩。作为女性她们继而观察到，在这曾被“五四”风潮席卷过的国土，直至20世纪20年代末并未给叛逆的女儿们提供一席生存空间。女性不仅受封建社会压迫，还处于被男权轻蔑和愚弄的压抑地位，她们在反抗社会的同时，开始了对男性中心意识的叛离，昔日的同盟成为审视、批判的对象。它显示了女性要争取与男性平等的权利，实现女性自身的生命价值和生存意义的追求。

从“弑父”到“审男”，标志着反抗封建男权文化下，女性主体意识的进一步自觉与成熟。获得了自觉女性意识的女性，由于思维模式的逐渐成熟使女性们开始致力于与男子平等对话的能力与机会，这种自觉地对异性审视与批判不但是现代女性由女儿成长为“女人”成熟的标志，而且意味着女性文学从此时开始具备了现代性的最根本因素。

对男性中心意识的挑战与抗衡，就是居于性别立场的、被压抑的

女性对于“男性”即统治性别的一种疏离与颠覆，这自然使得“男性形象”最先进入女性文本关照视野，对男性的审视实质仍是女性对自我的认识，因为女性是在社会中生成的，社会不是抽象的，它由具体的男性和女性构成，而社会化的过程主要是男性主宰的过程，因此，女性对自身的认识很大程度是依据对社会的认识和对男性的认识来完成的。从20世纪20年代末起，在女性文本中，探索男性世界便成为现代女性文学的一个重大主题。

最早走入男性世界，试图给予女性立场关注的作家是庐隐。从1925年发表的《父亲》开始，之后的《秦教授的失败》《一幕》《兰田的忏悔录》等都是相关题材的作品，就性别批判的深度和力度上，《一幕》（1927）最有代表性，同年稍后的《时代的牺牲者》在主题与情节上与它很相似。有“社会柱石”之称的教育家徐伟先生，“他提倡男女平权，他主张男女同学，他更注重人道”，“真有些神圣不可轻犯之势”。然而，这位自诩的“时代伟人”在自己的家里却背弃了曾含辛茹苦支持他事业的发妻，迎娶了一位年轻貌美的娇妻。小说中被遗弃老妇的觉醒显然是来自妇女自身的痛苦经历，这种性别觉醒蕴含着批判的力量：

> 我常常怀疑女人老了……被家务操劳，生育子女辛苦，以致毁灭了青年的丰韵，便该被丈夫厌弃。男人们纵是老得驼背弯腰，但也有美貌青春的女子嫁给他，这不是稀奇吗？……自然女人们，要靠男人吃饭，仿佛应该受他们的摆弄，可是天知道，女人真不是白吃男人的饭呢！①

庐隐通过所谓新时代的“正人君子”对女性所造成的伤害展现了

① 庐隐：《一幕》，钱虹编《庐隐选集》（上册），福建人民出版社1985年版，第336页。

男性的道德虚伪性。作为女性，她敏感地看到了在时代潮流下女性千古不变的弃妇命运！借老妇之口，庐隐对男性的无情揭露与批判已触及了男权历史文化以男权利益的维护来进行单向度建构的弊病。在小说中，性别特权受到了审判，反封建的爱情主题已经被觉醒了的女性对男权世界的质疑和鞭挞所取代：

> 我的想头，完全错了。男人们看待妻子，仿佛是一副行头，阔了就要换行头，那从前替他们尽奴隶而得的报酬，就是我现在的样子……正如一副不用的马鞍，扔在厨房时，没有人理会它呢！①

在男性特权下，男性的背信弃义、道德沦丧与爱情无关，都是出于男性的私心和算计。年轻时家里贫寒，便找一位贤妻良母式的女人做妻子，等到事业有成，成了有钱人，便又闹着浪漫，娶了一位年轻貌美女性做新妻。而旧妻既做妻子，又做母亲，又做佣人，为了多挣几个钱，白天奶着孩子，晚上又做针线，操持着繁重的家务负担。新旧两个时代的女性都成了男权下的婚恋牺牲品。庐隐在女性意识觉醒上显然又向前推进了一步，这里的男女两性已不再是婚恋的个人问题，而是成为男权的社会问题。除鲜明的批判立场外，结尾庐隐借小说人物之口表达了对社会现状及女性命运的忧虑，并发出了对女性解放前景的期待：

> 在现代文明下的妇女，原没地方去讲理，但这绝不是长久的局面，将来必有一天久郁地层的火焰，直冲破大地呢！②

---

① 庐隐：《一幕》，钱虹编《庐隐选集》（上册），福建人民出版社1985年版，第336页。

② 同上。

除庐隐的创作外，同时期涉及这类书写主题的还有石评梅的《弃妇》(1925)、《林楠的日记》(1928)、丁玲的《梦珂》(1927) 等小说。同时南方的文坛上，女作家们的创作也与这一主题呼应着，其中包括冯铿的《C女士的日记》(1928)、《最后的出路》(1928)、《友人C君》(1930)、谢冰莹的《巧云之死》(1929)、《老五与妻》(1929) 等。这说明在时代中成长起来的现代女作家，此时已在爱情同盟的虚幻中共同认识到男权对女性的压迫问题，并不约而同地在创作中表明了这种女性的觉醒，粉碎了男权世界的神话，正是这些女作家的共同创作，使得这一主题在女性文学中得以逐步确立。

1929 年，陈学昭发表《南风的梦》，通过留学法国一个痴情的中国女性被恋人玩弄、抛弃的故事，以长篇巨幅在跨度更为广阔的时代与地域背景中再次抨击揭露了男性虚伪、自私、冷酷、肉欲的劣性，从而对这一时代女性质疑、批判男性世界的主题予以进一步拓展。

在这一阶段中，是丁玲将这一主题推进到时代所能达到的最大限度的。从 1927 年发表处女作《梦珂》到 1929 年末发表《野草》，在一系列小说中，丁玲以她特有的敏感与深刻的认识指出女性所面对的不是个别男人的品性，而是充斥着男权文化的社会整体这个“纯肉感的社会”，从而将整个男性社会都放在了女性的审视之下。丁玲小说中的女性渴望爱情，但已经自觉地以一种不信任、深刻怀疑的眼光看待爱情、看待婚姻，也重新看待男性和自我，在怀疑中，男女两性关系开始被拆解。在男女情爱纠葛中，丁玲的两性关系大都隐含有“一女二男”的关系，从《梦珂》到《阿毛》《莎菲女士的日记》，到后来的《一九三Ｏ年春上海》(之一)、《一九三Ｏ年春上海》(之二) 等都是如此。在男性作家笔下的三角关系中，往往是“二男一女”关系模式，在模式中对男性的想象要么是女性危难之际的拯救者，要么是女性歧途徘徊上的启蒙者，要么是情欲中的支配者形象。而在丁玲笔下，男性失去了男权社会赋予他们的种种光芒和特权，担当不了启蒙、拯救的重任，也无法成为情欲的支配者，他们没有这样的能力。在强大的女性主体面前，他们总是显得那么的平庸懦弱，甚至可笑。《莎菲女士的日记》中，在“为掌握控制权而相互争夺”[①] 的斗争中，男性在桀骜不驯的、强大的莎菲面前纷纷败阵。他们都比身患肺病的莎菲强壮，但在精神上却丝毫不是女性的对手。在现代女性面前男权神话遭遇到前所未有的质疑与挑战。

在试图对男性进行审视时，其原初意义就是居于被压抑的女性对男性统治的一种挑战与颠覆，因此，在女性主体意识刚刚确立的第一个阶段，与旧的男性中心文化相悖反的一种新文化力量必然只能运用“逆向性别歧视”来完成这一使命，在文本中，便表现为女性对“男性世界”抨击、蔑视的态度，这种蔑视男性世界的态度最突出地外化为对男性形象的刻画之上。与“五四”时期现代女作家相比，女性主体意识的建立，使得第二代现代女作家笔下的男性形象发生了鲜明的变化。在“五四”时期的小说创作中，男性通常只在小说中作为一种背景存在，是一个抽象、空泛的符号而已，常常只出现一个人名，甚至连人名都没有，而是以一个人称代词“他”代替，女作家们很少将男性作为具体的审美对象加以关注，未曾表现出男女之间的性别差异和男性个体之间的差异。在第二代现代女作家笔下，颠覆了传统的只限于男性对女性的窥视或赏玩，男性开始成为一种从女性视角出发的审美对象，“他”从背景走到了前台，比较清晰具体的男子个体形象终于开始浮现于现代女性的小说文本中。并且，基于“逆向性别歧视”的思维模式，女作家们在创作中不约而同地使用了两种话语策

---

① ［美］白露：《〈三八节有感〉和丁玲的女权主义在她文学作品中的表现》，郜元宝、孙洁编《三八节有感——关于丁玲》，北京广播学院出版社 2000 年版，第 116 页。

略，这使得这一时期的男性形象具有了销蚀的特征。

一种话语策略是对男性“人格”的贬降。在男权中心文化中，男性向来是高大阳刚，处于“尊”的地位，拥有男权社会赋予他们坚毅、果敢、伟岸的大丈夫的英雄气概和美好品质的文化特权。在刚刚拥有了话语权利的女性，对“男性”的阐释却是几乎集中了人类所有的缺点，与男权文化中完美的理想人格相比，她们笔下创造了许多“有问题”的男性形象，这些男性现出了各种卑陋人格：庐隐笔下的“父亲”好色、贪财、卑劣，“教育家”徐伟道貌岸然、忘恩负义；石评梅笔下的微之、王林无情无义；谢冰莹笔下的军官劣迹斑斑、玩弄女性，杨雄无主见、愚钝，石秀心胸狭窄、阴险；冯铿笔下的敏浅薄庸俗，“叔叔”冷酷、自私，C君懦弱、无能，浮夸；陈学昭笔下的慕欧趋炎附势、虚伪狡诈。丁玲这一时期的作品更是“从来不给男性形象以任何光彩”[①]。《梦珂》的晓淞表面真挚多情其实虚伪好色，《阿毛姑娘》中陆小二专横鲁莽、行为粗俗，《自杀日记》里追求伊萨的小章空虚软弱，像只可怜的小绵羊。《莎菲女士的日记》中，丁玲笔下出现了四位男性，在莎菲目光咄咄的锐利审视下，男性现出的无一不是卑陋的品质：与苇弟交往她看到了男性的懦弱，与凌吉士交往她看到了男性的卑劣，在云霖那里，她看到了男性的呆笨，而安徽男人则让她看到了男性的粗莽。这样的男性世界，莎菲不再抱有任何渴望与向往、怜悯与同情，在鄙视与嘲笑中莎菲绝望了。这是丁玲强烈的女性主体意识下对男性世界的深刻把握。在与传统的男性中心文化相反的思维模式中，在颠覆男尊女卑的观念中，女性文本中的男性形象显出了病态的特征，女性对男性再没有了往日的信任、依赖、尊重。与此相反，在女性优越的心理下，女性形象变得高大完美，集各种优

① 钱荫愉：《叛逆“闺秀”——丁玲与现代女性写作》，《苍茫集》，贵州人民出版社1993年版，第100页。

点于一身：智慧、勇敢、坚强、忠贞、有能力、有责任感、淡泊名利等等。通过与男性的参照，女性获得了自信、自尊、自傲。

另一种话语策略是对男性气质的“女性化”。在传统文化中，男人按自己的标准塑造出了女人，那么当女性拥有了话语权时，她们最初是怎样阐释男性的呢？应该说，当男性形象成为女性主体视角下的书写对象时，男性身体不再是女性书写的禁忌，反而以对男性叙事传统的颠覆成为初获女性意识的女性作家突破性书写的一个有效途径。出现在小说中的，常常是从外貌到形体、动作、情感、心理等各方面都充分女性化的男性。这些男性一反高大、强壮、阳刚、有力量的形象，都变成柔弱的、犹豫的、甚至哭哭啼啼的男人。《莎菲女士的日记》对凌吉士的外貌描写最具有代表性。丁玲描绘道：“我将怎样去形容他的美呢？固然，他的颀长的身躯，白嫩的面庞，薄薄的小嘴唇，柔软的头发，都足以闪耀人的眼睛，但他还有另外一种说不出、抓不到的丰仪来煽动你的心。如同，当我请问他的名字时，他会用那种我想不到的不急遽的态度递过那只擎有名片的手来。我抬起头去，呀，我看见那两个鲜红的、嫩腻的、深深凸进的嘴角了。”“嫩玫瑰般的脸庞，柔软的嘴唇，惹人的眼角。”如果我们只看这几句中嫩嫩、玫瑰般的脸庞，鲜红嫩腻的嘴唇，柔软的头发，谁会想到这是个男性的外貌呢？这更符合传统的美女标准。在形体动作上，谢冰莹的小说《老五与妻》有几处典型的描写：“懒得像一只猫，驯服得像一头绵羊，一种小儿的睡态，看着可笑，又觉得可爱”，“呀的一声伏在妻的膝上哭了”。俗话说“男儿有泪不轻弹”，哭向来是被刻画成女性的专属动作，但是在这个时期的女作家笔下，出现的常常是爱哭的男人，如《初得到异性的温柔》中的达武、《月》中的晓钟、《巧云之死》中的杨雄、《莎菲女士的日记》中的苇弟等等。与哭相连的其他常被认定为女性化

“专属”的行为也常常出现在对男性形象的描写上，如给女方写信哀求或咒骂，摔小东西，使小性不理人……与之相反，在女性身上倒出现了“男性化”的行为特征。如《梦珂》中的梦珂：“有一个穿黑长衫的女郎，默默地愣着一双大眼，冷冷地注视着室内所有人。”后来“移动她那直立得像雕像般的身躯”命令女模特揩干眼泪，在众人的喧闹声中护卫女孩离去。《巧云之死》中谢冰莹让巧云在临死前面不改色，义正词严，侃侃而谈。这是出现在女作家笔下典型的英雄救美和英雄赴难的场面，这里的女性正义、勇敢、充满阳刚之气，与软弱的男性形成了鲜明的对比。

总之，在女性主体意识进一步自觉与成熟下，女作家们的思维模式具有了与男性文化相区别的独立的一种新文化力量，与同时期的男性作家相比，在女作家的创作中，不仅女性成为思维、观察的主体，拥有话语主权，而且在文本中女性处于主导、支配的地位，即使主人公是男性，背后也总是属于女性的审视目光，男性退到了从属、陪衬的地位。在女性话语的挑战与冲击下，显示出了与男权文化的悖反与抗衡。

实际上，这些都是社会变动时期女性“厌男症”的表现，它离不开当时的时代病，在对男女同盟神话的失望中显示了女性对自我认同的焦虑。同时我们还应看到，在女性小说创作中，男性形象虽然由以往的抽象、空泛变为具体可感，但由于女性仍处于对于“男性世界”探索的起步阶段，也由于女作家生活经历、活动范围的限制，因此，这一时期女性小说中的男性形象首先常给人一种贴标签之感，显得单薄苍白，无性格变化的轨迹，致使男性更为丰富细腻的精神世界与复杂深刻的性格矛盾没有得到较充分、具体的展开与揭示，未能塑造出具有个性特征的人物形象。其次对男性世界的认识带有很强的主观色彩，仍大多停留在感性层面，“还未能上升到理性层面加以深入的剖析，尤其缺乏对男性所依靠的整个社会权力结构的深度认识和批判”①，这些都导致这一时期女作家笔下的男性形象不够丰满、鲜明，还不足以在现代文学史上留下自己的身影。

从更深层的意义上讲，这种“逆向性别歧视”下对男性的不无偏激的否定，是刚刚获得话语权的女性以挑战、颠覆男权中心意识为目的所必需的态度与策略。同时，我们还应该看到，女性对男性的认知必然要经历一个由偏激到公正，由局部到全面，由表及里的过程，事实上，这一过程在经历了20世纪百年历史之后，至今仍在继续着。因此，这一时期女性作家对男性世界在认识上的种种局限，正是留给后来者的问题，对这些困扰女性问题的不断思索与解答，便构成了20世纪女性文学中一个重要的文学主题。

第四节　南方战场：换装与越位的“女兵”

1927年至1929年的中国南方，政治上处于革命的中心。首先是1926年7月爆发了中国历史上轰轰烈烈的第一次国内革命战争，也就是北伐战争，一时间革命的洪流席卷了全国，许多青年纷纷奔赴革命的中心，投身革命成为时代对进步青年最有力的召唤。1927年，“四一二”反革命政变之后，大革命进入低潮，但中国共产党独立领导的无产阶级革命随之开始了。1927年9月9日秋收起义之后，随着南方红色苏维埃革命根据地的建立和土地革命的进行，中国共产党领导的无产阶级革命以燎原之势向前发展着。1926年4月，北平发生了著名

① 李有亮：《给男人命名——20世纪女性文学中男权批判意识的流变》，社会科学文献出版社2005年版，第32页。

的“京报事件”后，许多文化界人士，包括大批作家的南下，使得中国的文化中心南移至上海；1927年4月大革命失败后，许多曾在前一年北伐的炮火声中南下广州的一批左派作家也聚首上海，上海成为文化上各派势力集中的重镇。随着帝国主义侵略的加强及国民党统治合法性的丧失，资本主义发展的受挫，文坛“为人生”还是“为艺术”的笔战开始共同导向对文学革命思想的空前强化。浸润在儒家文化下的中国知识分子忧国忧民的精神传统，19世纪以来内忧外患的危急形势，“使五四新文化和新文学运动从一开始就不是作为纯粹的文艺运动和单纯的个人解放运动发生和发展的。作为一种社会运动的目的，它以文艺为手段来实现‘救国’‘救民’的历史任务；作为一个思想过程，它把西方文艺复兴的人本主义思想主题和启蒙运动的社会革命主题浓缩为一个连续的思想逻辑，并通过个体解放向群体解放的主题转化表达出来……这一主题的转化分为前后两期，前期表现为人道主义思想对个性主义思想的补充与调控……个性解放向群体解放转化的后期过程，是以阶级解放、民族解放主题的融入和演变来完成的”[①]。在时代形势的转变下，在阶级解放、民族解放的迫切要求中，指向群体解放的革命文学终于以风起云涌之势到来了，一时间，“革命文学”成为时代最强者。成仿吾的话语代表了这一时期广大进步作家的共同心声：“我们要努力获得阶级意识，我们要使我们的媒质接近农工大众的用语，我们要以农工为我们的对象”，“克服自己的小资产阶级的根性”，“以真挚的热诚描写在战场所闻见的，农工大众的激烈的悲愤，英勇的行为与胜利的欢喜！这样，你可以保障最后的胜利，你将建立殊勋，你将不愧为一个战士”[②]。这实际上是“‘人的解放’的口

① 张福贵、刘中树：《晚明文学与五四文学的时差与异质》，《中国社会科学》1996年第6期，第177页。

② 成仿吾：《从文学革命到革命文学》，《创造月刊》第1卷第9期，1928年2月1日。

号经过外在化过程而得到了具体的实现，另一方面也说明了社会时代的发展对个性主义主题乃至一般人道主义主题的相对冷落”[①]。

如此的文坛趋势，不同程度地对女作家发生了影响，使得她们的创作与政治、革命发生了密切的联系，在时代革命的激情中女作家们走出了自我，开始了不同以往的创作趋向。

如果将这一时期南方女作家陈学昭、冯铿、白薇、谢冰莹[②]等的小说创作与同时期北方文坛的庐隐、石评梅、丁玲等人的创作相比较，就会发现她们的文学书写有着相同的转变过程。与北方女作家相同，在这一转变中，南方女作家们首先关注的也是女性的角色问题。

在南方的几位女性作家中，冯铿的小说创作不仅起步最早，数量最多，她文学书写的发展也呈现出清晰的转变轨迹，应该说冯铿的创作在南方女作家中最具有代表性。

1925 年至 1926 年，处于学生时代的冯铿热心于社会活动，这期间她发表的小说主要是以抒情笔调歌咏自然、青春和爱情，但是已初

① 张福贵、刘中树：《晚明文学与五四文学的时差与异质》，《中国社会科学》1996 年第 6 期，第 178 页。

② 在文学史上，谢冰莹以 1927 年《女兵日记》的创作被认为是在革命文学萌芽期率先进行创作实践的女作家。北伐失败后，从战场上下来的谢冰莹解除了包办婚姻，经长沙、上海辗转来到北平，1930 年与潘漠华、孙席珍、李俊民、李霁野、杨刚等人一起，共同筹备中国左翼作家联盟北平分盟（即北方左联）。同年 9 月，北方左联成立，谢冰莹当选为执行委员，但不久她对当时左翼文艺内部的某些状况产生了一些看法和意见，（据杨纤如回忆，1931 年初谢冰莹因为“参加了非常委员会领导下的北平新市委筹备处，被以筹备处分子开除出党”。但对这种说法因无其他资料参照证明，因此不被文学史认可。参见杨纤如：《北方左翼作家联盟杂忆》，1979 年 8 月第 4 辑《新文学史料》）1931 年 3 月至 4 月间独自南下，先后在长沙、上海住过一段时间，这期间，谢冰莹虽然与左翼文学阵营有了一定的疏远，但是还没有完全脱离，有时仍参加左翼作家的一些活动，与左翼作家白薇等人也保持着密切的联系。直到 1933 年李济深、蒋光鼐、蔡廷锴等人以十九路军为主体，在福建福州成立中华共和国人民革命政府，谢冰莹参加了这一革命政府，还担任了宣传科长。因此，按照组织关系和往来的人际圈子、作品的思想内容，论文将 1933 年及以后的谢冰莹视为是具有进步倾向的民主主义作家，创作的小说不再列入革命小说之列，只将谢冰莹 1932 年及以前的作品划入革命女作家创作的小说范畴。参见杨义《中国现代小说史》（中），人民出版社 1998 年版，第 419—421 页；盛英《20 世纪中国女性文学史》，天津人民出版社 1995 年版，第 228—230 页；钦鸿《关于谢冰莹》，《新文学史料》2002 年第 4 期，第 131—133 页。

步显示出了对女性命运的格外关注，如《一个可怜的女子》《月下》《觉悟》均表现妇女婚姻的不幸，涉及童养媳和未婚守寡等女性特有的悲惨命运，这是冯铿对女性角色的最早思考。

1927年毕业后曾热情投身革命活动的冯铿在大革命失败的白色恐怖中沉浮，开始了她对社会、对女性自身生存的深层思考。

1928年2月，北方的丁玲发表《莎菲女士的日记》之后仅半年，7月，南方的冯铿发表了《C女士的日记》，二者在结构、内容、人物性格等各方面都堪称“孪生”，只是结尾提供的出路上展示出一定的“光明”所在。这篇小说通过女主人公C女士向社会、向自己的种种挑战，在几度挣扎中终于振作起来，成为战胜命运的强者，“我还要找求光明的道路，我如何能够沦落，消沉下去呢?”文本中，表达了女作家对女性生存价值的思考和对把握命运的渴望。1928年冬，冯铿在中篇小说《最后的出路》中，继续对女性角色这一主题进行探讨。作品中描写了大革命时期知识女性郑若莲的生活道路。她受女友许慕欧的鼓动，参加了一些革命活动，但由于思想不坚定，一度动摇乃至沉沦。母亲去世后，她停学回乡，先是幻想靠家族的遗产和自己到乡村当教师的谋职生存下去，后来又想依靠嫁人来解决生计问题。已成为革命者的许慕鸥的来信促使她振作起来与旧家庭决裂，投身革命，并将这视为最后的道路。小说真实地表现了时代知识青年思想演变的轨迹，揭示了在革命到来之际的重要历史关头，女性应抓住这历史的契机，走出自我，走出家庭，走出为妻、为母的传统角色束缚，这才是现代女性应有的角色意义。此时，刚刚回国的白薇在同年发表的剧作《打出幽灵塔》中表达了相同的主题。至1929年冬，这一转变路向，在冯铿入党后写的小说《乐园的幻灭》中表现得更为明确，她提出“要忍耐，要合力，要组织，然后才反抗，对一切丑恶的反抗”。

1930年5月，冯铿《红的日记》发表，它与1927年5月谢冰莹

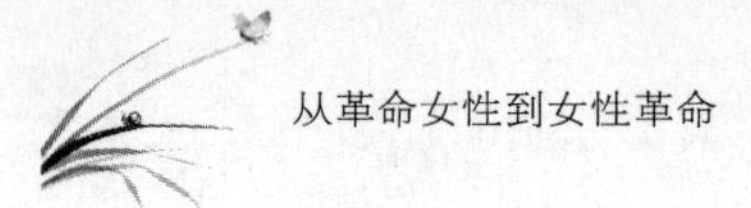

发表的《从军日记》形成了“女兵从军”系列。这个系列成为中国女性作家以革命文学超越闺阁文学，迈入“现代”文学总行列的第一步标志性作品。

女性文学迈入“现代”的第一步是以“女性角色”这一主题为突破口，绝对不是历史的偶然。内忧外患的社会现实，中国社会的阶级和民族对立已经远远超越了男女之间的性别对立。拯救民族的责任感推动着女性自觉地将女性的小我世界转向广阔社会。同时在那个时代看来，民族的解放、阶级的反抗还包容了女性寻求解放的所有奋斗内容，因此将自己的命运与民族生存的命运紧密相连，自觉地承担起与男性同样的历史责任是女性应有的历史选择。“女兵”这一新的女性角色对于中国女性具有重大意义，它标志着女性历史地位和社会权利的变化。在中国几千年的历史中，男性中心文化对女性角色的规定就是禁锢在家庭的范围之内，女性作为一个性别，永远是政治、经济、文化生活的槛外人，成为这一社会的“无政治层”。“牝鸡不司晨”天经地义，已成为文化场中无须质疑的性别角色规范。男性中心文化传统下，“戎装”作为一种身份认可，蕴含着独特的文化指定和性别符码，它作为男性的专属有着特权力量的象征。借助一身戎装，女性以换装获得了性别易位的身份“僭越”，得以进入历史舞台这一男性专属领地。这一超越传统性别角色的“越位”形式，让她们找到了一条能最大限度地背叛传统角色规范可能性的现实途径。冯铿、谢冰莹等最先投身革命的女作家们，从身边女性和自身坎坷的生活经历出发，对传统女性饱受压抑的残酷生存境遇有着深刻的感悟，她们看到革命战争直接作用于现实的巨大改造作用，是女性解放的最佳历史契机，它将使女性在具体的革命实践中改变自己的角色地位，这是历史上从来没有过的巨大变化。“那时女学生去当兵的动机，十有八九是为了想摆脱封建家庭的

压迫，和寻找自己的出路的”，“当兵是惟一解放自己的路，只有参加革命，婚姻问题和将来的出路问题，才有办法”①。显然，女性革命的动力，除了与男子相同的以民族国家为己任的责任感、使命感之外，还有另一种属于女性自身的对传统角色规范性别再造的反叛。投身革命对她们来说是获得性别与政治双重解放的最好途径，为女性塑造自我提供了特殊的方式，赋予了她们自身最大的价值。

“女兵”让她们拥有了崭新的精神世界和人生追求，因此投身革命的女作家们，首先格外敏感、执着于这样的全新角色。借助于一身戎装，推动女性迅速从历史的边缘处境登上几千年来从未对女性开放的政治大舞台，女性的生命从此具有了历史上从未有过的意义。从这个前提出发，女作家在创作的第一批革命小说——“女兵”系列中到处都洋溢着巨大的欢欣和激情，这成为“女兵”书写的最大特征。

最先发表的《从军日记》是谢冰莹于 1927 年 5 月寄自北伐前线的即时创作，这是中国第一部由女作家讲述自己从军故事的作品。作为“中国第一个女兵作家”，作者以自己的真实经历，塑造了一位在第一次大革命中走上战场志气昂扬、意气风发的革命女兵形象，文本中始终充满了激昂的精神和革命的意识。相对于沉滞的家庭和学校生活，富于挑战、生机勃勃的战地生涯极大地激发了蕴藏在女性体内从未被发掘的勇毅与活力。在《从军日记》中，通篇洋溢着抱着“改造宇宙”决心的女兵们作为中国历史上第一次与男性一样参与伟大事业时的那份骄傲与自豪。《寄自嘉鱼》段写道：

我一个人先抵嘉鱼，为了找我们的住址，在街上走了好几次。呵呀！

① 谢冰莹：《当兵去·女兵自传》，《谢冰莹文集》（上册），湖南文艺出版社 2001 年版，第 60 页。

> 兵来了！女兵来了！这个骑马的女兵恐怕是什么官长吧？一片喊声连关在九层楼上的闺女也通通出来了……跟随我的有各种各样的人物约有二三百，他们或者她们有叫我做老总的，有叫女先生的，有叫女官长的，还有一个小孩子叫我女司令官的……她们从我头顶一直望到脚跟，我的头发有多少恐怕她们都数清了！一位拄拐杖的老婆婆说："我长到八十多岁了，从没有见过这样大脚，没头发，穿兵衣的女人。"哈哈哈！她笑出眼泪来了！我也和着大众们笑了。有位四十多岁的婆婆送茶与我喝，我真感谢她，她说了一句使我很难过（其实并不难过）的话。她说："这样年纪轻轻活活泼泼的女孩，假使在战场上打死了，她家里的父母怎么办呢？"我当时很勇敢地回答："'你家'不要难过，我出来当兵是下了决心的，即使我马上死了，我是很愿意的。为革命而死，为百姓的利益而死，这是多么痛快的事呀！至于父母当然是舍不得，但我们可不要管他，因为革命是牺牲少数人为大多数人谋利益谋幸福的。"①

在这种自豪感中，女兵们几乎完全遗忘了战争的残酷和艰辛。在新的角色面前，她们"把死灰的过去，颓废的思想，消极的精神，无名的悲哀，人生之烦恼"都一同告别，开始女性全新的生活。"我们没有生命，生命已经交给痛苦的民众了。他们需要我们去流血，去牺牲，我们就肩负着重大的使命往前奔！"② 在谢冰莹笔下，女兵尽管出身不同，经历各异，有来自学校的学生，有结了婚有孩子的母亲，还有母女二人同时参加队伍的，从军的道路虽然艰苦，但是作为"战士"她们充满了勇气与活力，经受住了各种磨炼，表现出坚毅、进取

① 谢冰莹：《从军日记》，光明书局1933年版，第29页。

② 同上书，第73页。

的人生姿态和新的个性气质。

同时小说中仍生活在传统束缚之中的“女性”会时时引起女作家的关注，文本中写道：女兵“我”见到“这里的小脚太难堪了，她们短的只有二寸长，长的其实也不过四寸”；女兵们走到哪里，总被老婆婆们问年龄后再问“你的老板在哪里，你嫁了吗?”“她们为什么脑子里总是记挂着这些问题，总是担心我们，担心我们的‘老板’?”新堤关住着的人家，十之九是“窑子”，“我”那天穿着西装，因此被误认成是男的，“一群打扮得妖精般的妓女”“都跑出来‘欢迎’”，“我想，一个个活泼的少女都跑到堕落的路上来……这是谁的罪呢?”普通女性的生存境遇，激发的是革命女性们试图改变女性整体命运，和不懈追求社会解放为革命目标的新的认识。小说中可以看到，女兵每到一个地方，最先关心的总是当地妇女协会的组织、活动情况以及女子对革命军的态度等等，而对女性在革命战争生活中的种种改变则感到由衷的欣喜。在当前研究界流行的女性主义观点看来，“女兵”是以压制了自己性别特征变为雄性化才实现其自身社会价值的，“她们并没有作为一个社会性别群体出现在政治舞台，军装与战场类似一副男性的面具。她们为了反抗传统角色还不得不忘记性别”，“女性通过忘却、抹杀性别走上战场，走向革命、流血牺牲而后不复成为自我，这也正是我们历史向女人这个性别索取的代价”①，即在“女兵”角色的叙事中，女性话语最终被湮没于男权政治话语中。但是我们通过对文本的解读会很容易发现与这种结论不完全吻合之处，我们到处都可触摸到一种女性生命本能的张扬，一种反封建和承担社会责任的充实、自豪与满足。

《从军日记》的发表引起了巨大反响，当时已是名作家的林语堂

① 孟悦、戴锦华：《浮出历史地表——现代妇女文学研究》，中国人民大学出版社2004年版，第136页。

亲自把它译成英文；世界著名的法国大文豪罗曼·罗兰给谢冰莹写了赞誉和鼓励的信；在 1927 年至 1936 年短短的九年间已再版 19 次。《从军日记》是一部没有雕琢的最自然的作品，但是它却是那个时代青年人真情的流露，正是这种“硬冲前去”的“气骨”① 真实地代表了那个时代，因此它才受到读者的厚爱。

像《从军日记》中革命女兵的形象在谢冰莹以前的“五四”女作家笔下还不曾有过，那时她们生活和创作的中心还多只是围绕家庭、学校，为个人情感所困扰，作品的闺阁气息浓厚。“谢冰莹可以说是第一个在革命文学萌芽期投身它的创作实践的女作家”②。对于这一点，在《从军日记》出版时就已经获得较高的评价：“革命文学的理论……鼓乐喧闹，但革命文学到底是怎般的风味，却始终……不能体会分明，文学如果是以情感为神髓的，而革命文学又是革命者情感的宣露，那么这一部从军日记的内涵庶几当的住革命文学的称号。”③

冯铿于 1930 年创作了小说《红的日记》。这部作品是 1935 年她以“左联”代表身份参加全国苏维埃区域代表大会时，听了苏区代表的发言后，又将自己“在潮汕地区斗争的生活实践融入其中”④ 后创作的，有着个人的真实体验。冯铿以一位参加红军一年零五个月的红军女战士马英日记的形式，记录了一段如火如荼的战斗生活。作者以激情澎湃的笔触描绘了苏区军民在共产党领导下所进行的革命斗争和新型的工农革命政权，在现代文学史上第一次塑造了一位红军女战士的形象。如果说《从军日记》中女兵形象令人感受最深的是挣脱传统

---

① 林语堂：《冰莹从军日记序》，谢冰莹《从军日记》，春潮书局 1929 年 9 月版，第 10、11 页。

② 盛英：《20 世纪中国女性文学史》，天津人民出版社 1995 年版，第 234 页。

③ 《编印者的话》，谢冰莹《从军日记》，春潮书局 1929 年 9 月版，第 2 页。

④ 郑择魁等：《左联五烈士评传》，重庆出版社 1995 年版，第 376 页。

角色束缚后的那种重生感，那么《红的日记》中红军女战士已更具有民族国家的责任感和使命感，更具有“铁和火的集合”的乐观、坚定的革命意志和充沛的革命热情。马英是一位投身革命队伍的知识女性，她舍弃了“学校死的生活”参加了红军，在血与火的革命中锻炼得越来越刚强、英勇。在革命的战场上她感受最深的是“风帆似的红旗从人群里飘展着高飞上来，替代了一片黑茫茫望不尽的头颅的，是黄赤色的仰望着的脸孔的海”，“腾跃的血管，跳动的肌肉”。每天她都在热盼“为什么军号还不响起来呢？……不是已经收拾停当，不是已经吃饱了肚子吗?!”在攻城战斗中，她与战士们一起“拼命地飘荡我们红的旗帜，拼命地高喊从心底迸发出来的叫声!”进城以后，她不知疲倦地整日奔走宣传，以狂热的喊声来煽动这座古城，为苏维埃政权的建设提出议案，特别关心妇女觉悟的解放，主动热情去接近城里落后的妇女……她永远是热烈的。

如果说《女兵日记》里人物还在强调自己的女性身份，为此感受的是与男性并肩作战的性别自豪感，《红的日记》中的女主人公更激进，已在努力忘掉自己的性别。她宣称“真的，现在的我简直忘掉了我自己是个女人，我跟同志们一道过着这项有意义的红军生活已经快满一年零五个月了！我是一个人，一个完完全全的顶天立地的红军兵士！别的什么男人，女人这些鸟分别谁耐烦理他!”她不赞成女性在这特殊时期去谈情说爱，“听说在别的部队里女兵们总爱和异性忸搅，以致弄出许多纠纷！这真是可痛恨的一件事呀！这不妨碍了战斗的进展么?!……女人呀！红的女人呀！我希望你们都暂时把自己是女人这回事忘掉干净罢！也不要以为别的同志们是什么鸟男人呵！我们只是一个红军，一个要努力进展革命势力的红军同志兄弟!!”她劝告那些谈恋爱的女兵“碰到什么妇女部的干部人员时，第一件是劝告他们不要给男同志们眯眼睛!”甚至认为“这个时候女人还应该负着停止生产的责任”[1]。显然，冯铿笔下的女战士，从意识到行为已经在努力剔除自己的性别特征，她们只有政治身份的认同，试图以忘掉身体来抹平性别差异，以“相同”代替“平等”。在一定意义上，革命女性在追求自身解放、追求自我价值的同时是以隐藏性别身份为特征的。在对性别身份的遗忘中，女性品尝了摆脱传统性别规范的成果。但阶级、民族解放是否就一定意味着女性解放？这是激情时代无法回答的问题，也是来不及回答的问题，在民族抗争的时代呼唤下，“女兵”用行动选择了女性权利与民族国家利益的统一。应该看到由于民族历史、文化的差异和民族利益的介入，“用女性的立场来解构以男权为中心的政治话语是必要的，但试图用女性的立场来解构民族国家话语却是危险的”[2]，因为在不同的民族国家之间“共同经验”是很难共通的，在目前的人类社会中，如果无视民族国家这一现实依托，无论是男性还是女性，都将失掉最基本的生存权利，民族国家问题是男性女性都需要认真面对的问题。

总体上说，两部作品虽然也写到了革命的艰辛，但燃烧岁月的激情中作家重点表现的是女性们在磨难中没有退却，勇敢挑战自我和超越自我的精神气魄。谢冰莹、冯铿等女作家用她们的生活道路和创作实践对中国女性的解放之路做出了回答，向我们传达了一种坚韧的人格魅力和积极的人生态度。在作品中我们深刻地感受到一代人冲破传统禁锢，走向女性自觉与自立的坚强与博大，也看到了自觉地把女性解放与国家民族命运相融合的努力，她们的道路具有强大的时代象征意义。“她们中的英勇战士更是在那个尚未为女性提供充分权利的历史上，以生命划出了通向未来的印迹。”[3] 革命女性身份使女性得以最

---

① 冯铿：《红的日记》，中国社会科学出版社 1998 年版，第 15、16 页。

② 王寰鹏：《从左翼至抗战：文学英雄叙事的当代阐释》，齐鲁书社 2005 年版，第 216 页。

③ 孟悦、戴锦华：《浮出历史地表》，中国人民大学出版社 2004 年版，第 141 页。

大限度越位性别规范，第一次参与了对于历史的创造，女性的生命因此具有了历史上从未有过的意义与价值，这是中国女性的历史性突破。这是时代女性在革命血与火的洗礼中真实的成长，正是这种成长，使女性在革命的道路上越来越清晰地明确了自身的社会角色，对革命中女性角色意义的追寻与探究从此在以后几代作家的笔下一直延续着。

在《红的日记》结尾处作家这样写道：

> 喂！掮起步枪，抓起我们的战器呀！红军的同志兄弟们!!撑起红的旗帜迈开步呀！冲过前面的一层层障碍物!!
>
> 全世界红色革命成功!!
>
> 革命的红军成功万岁!!!

这是革命女性对时代的呼唤与回答，尽管她们知道前面仍有“一层层障碍物”①。

第五节　“忘记自己是女性”

谢冰莹在当年上战场之前，曾写了《给女同学》《出发前给三哥的信》，文中流露了作者投身革命的动机：“革命不是在口头上喊几声所能做到的，更不是在纸上写几个‘牺牲’‘牺牲’‘流血’‘流血’就算完功的……我们不要作个唱革命的高调者，应当作个革命

① 冯铿：《红的日记》，中国社会科学出版社1998年版，第19页。

的实行者。"[①]"妇女运动是社会革命的一部分，欲求妇女解放，非待整个的社会革命成功后不能实现。"[②]"革命是要大多数参加才能达到成功目的的，所以我们要唤醒……一切被压迫的妇女一同奋斗，一同站在革命战线上奋斗。"[③]这些言辞既激昂奋进，又真实自然，洋溢着暴风雨时代的革命热情，这种认识代表了那一时代青年女性投身从戎的共识。但是，革命与"性别再造"之间的这种共谋关系究竟带给了女性多大程度的解放？革命中，女性在遭遇历史契机的同时，会遇到哪些新的冲突与挑战？这些，在现代女性走上革命道路的同时，作为一个新问题已引起了敏感的女性们的关注，女性作家们纷纷把创作之笔对准革命/政治进行审视，初步揭示了现代女性在革命中成长的沉重。但这一主题在下一时期阶级斗争和民族解放空前高涨的20世纪30年代中期之前无暇引起女作家们的关注，直到30年代中期之后，随着革命斗争生活的持续发展，女作家们才得以再次对这一女性问题进行思考，使得这一创作主题延续下来，并且达到一定的深度和力度。

在南方这个革命舞台中心，白薇、谢冰莹、冯铿等几位视自由为生命的较优秀的女作家都先后在创作中揭示了"革命中女性成长的沉重"这一主题，最先、也是较深入地在创作中显示了这一萌芽的是以剧作著称的白薇。

1927年夏，怀着巨大革命热情从日本回到祖国，并在武汉总政治部国际编译局任职的白薇，在刚刚经历了蒋介石"四一二"反革命政变和汪精卫"七一五""清洗"屠杀之后仅一个星期就写出了话剧

---

① 谢冰莹：《给女同学》，《从军日记》（附二），春潮书局1929年9月版，第142、143页。

② 谢冰莹：《出发前给三哥的信》，《从军日记》（附一），春潮书局1929年9月版，第130页。

③ 谢冰莹：《给女同学》，《从军日记》（附二），春潮书局1929年9月版，第145页。

《打出幽灵塔》①，这是她从“爱神”转向“革命神”后革命文学创作的最早成果之一，剧本的创作目标直指大革命，其中对妇女解放与阶级解放之间一致又不相同之处已有所强调，显示了清醒的女性立场。

1928年，白薇创作了长篇小说《炸弹与征鸟》，这部作品是中国现代文学史上第一部女性长篇小说，发表后在当时的广大青年读者中产生了较大反响，它所带来的文学主题意义是极具标志性的。小说探讨了革命与女性解放的关系，作品中的两姐妹象征着从“五四”走出来的新女性进入大革命时代后两种不同的处境。

主人公余彬和余玥，是在时代影响下渴望自由与革命的两姐妹。她们一个以“炸弹”自命，带着“我要与炸弹的速度赛跑，我要与炸弹赛跑”的狂热与强悍，冲到革命前沿；一个以“征鸟”自喻，带着“除了征你那能来的前程，除了征你那能来的生命”的坚定信念，投向革命的怀抱。可是革命中心为余玥和余彬准备的女性角色是“点缀这个革命舞台的花瓶”，因此，曾经寄希望以“女子汉”成就一番事业的她们，被女性独有的“革命中成长的沉重”所困厄，以往期待与男子试比高的革命激情，很快被仍盘踞在革命中的男权社会打成碎片。面对革命分派给女性的新角色与自我追求之间的巨大差异，曾以“炸弹”自诩的余彬日渐消沉，沉溺于安逸、刺激的生活中难以自拔，在对异性的诱惑周旋中来显示自己的力量。但同时余彬又无法在爱情游戏中彻底麻醉自己，女性意识总是把她不断拉回自我，让她意识到自己的空虚、无聊和堕落，她不断反问自己：“姐姐是旧礼教的牺牲品，我就是新时代的烂铜锣吗?”“我彬究竟是来做什么的？……交男子？交男子就是我的职业？呸！不要炸弹变了古沉钟，永远沉沦在海

① 因手稿被向培良丢失，后来1928年6月发表在鲁迅主编的《奔流》创刊号上的《打出幽灵塔》是重新写的再稿，原题目为《去，死去!》。见白舒荣、何由《白薇评传》，湖南人民出版社1983年版，第82页。

底。”可是失掉“自我”的恐惧总是不断被欠钱的账单、幻想的爱情、威仪的权力、涌动的肉欲接连打断，样样都催逼着她日日如陀螺一样周旋在一个又一个男人当中。“像断了线的风筝，在渺茫的风浪中不能自已。”这与其说是在游戏异性，不如说在灵与肉的搏斗中撕裂着自己，“以自虐的方式完成施虐的行为”①。在革命中心的经历，让余彬对革命开始有了怀疑的态度，也认识到实际革命中女性位置的可疑。“革命是什么？”“感到自己底一点灵光，将在阴霾的黑夜会被暴雨打灭了，她惊惧，她怀疑了。她怀疑革命是如此的不进步吗？革命时妇女底工作领域，是如此狭小而卑下吗？革命时妇女在社会的地位，如此不自由，如此尽做男子的傀儡吗？哼！革命！……把女权安放在马蹄血践下的革命！……女权是这样渺小么？……啊，这样的革命！这样的革命！把我底奋斗去点缀男子牺牲的街心！我炸弹一般的力和心呦，这样，将澌灭殆尽!!”另一方面余彬发现自己陷入了与吴诗茀的热恋中难以自拔，觉得“全心诚意爱上了这个人”，颓废的她终于心里有了一丝对未来的美好渴望。但是她最后发现吴诗茀与姐姐深爱过的韶航是同一个男人，而这个男人的解释却是为了革命工作做间谍才不得已不断地换女朋友和名字，他甚至振振有词为自己辩解：“我底爱情不能专一的，纵有天下第一的美人放在我面前，我也不能因此而抛弃其他次一等的美人。”革命成了玩弄女性的最好借口。爱情的打击让余彬悲痛欲绝。小说最后，颓废而无聊的余彬精疲力竭，内心充满了凄楚和悲伤，在绝望中彻底崩溃。投身革命并没有给女性带来新生，在革命阵营中，她们仍然是客体的角色，处在被压抑的地位，认同规范带来的是新一轮的精神之死，革命女性的身份仍然无法摆脱被异化的命运。

---

① 孟悦、戴锦华：《浮出历史地表》，中国人民大学出版社 2004 年版，第 42 页。

与消沉颓废的余彬相反，姐姐余玥经历过旧式婚姻痛苦，始终有着明确的奋斗方向。她选择了革命，同时警惕地与爱情保持距离，因为她认识到，在当时的社会环境中，爱情已成为一种女人的标志，意味着女人所能做的一切。最重要的一点是，余玥虽然对革命满怀着渴望，但却始终追问革命的意义，追问革命对女性的意义，关注革命中女性的命运，保持着清醒的头脑。当她得知曾经参加过辛亥革命的父亲不顾女儿的死活，将她推到包办婚姻火坑里的原因仅仅是为了防止一个小人告密，泄露关于当年革命的一些事情时，余彬对革命开始有了自己的怀疑。随着革命的发展，余玥越来越感到困惑，因为她对革命的想象与现实有着巨大差异。她看到在武汉这个革命的中心，许多青年纷纷奔来都是为了求个高薪的职业而不是为了革命；革命的思想家、先锋官僚作风浓厚；左派、右派儿戏般按年龄划分；革命队伍里的妇女运动也成了问题，“女党部放弃妇女问题不管”，只做些简单的工作；当进攻的军队离武汉越来越近的时候，党部里热热闹闹谈论的只有“钱……钱……薪水领不足……国库券兑换现洋”；在抗议游行的队伍中，她看到被动员起来的群众并非积极参加、情绪激昂，而是“乌合之众”，她不禁怀疑：“啊，这是民众底精神么？这所谓革命的表现么？……看他们拖拖沓沓的不是提不起脚劲，便是喘息的样子，头低低而垂下，无神的眼皮。……他们还哪里有革命的热、力？他们哪里懂得革命的意义？革命，革命，是乌合之群仅仅在街上喊的？”“革命……中华民族的革命是什么？我不知道！”在小说结尾，共产党员马腾劝说她去色诱G部长来盗取情报，“为要达我们底目的，我们不要顾惜牺牲我们底身体，也不要顾惜牺牲身体以上的东西”。“牺牲是最高的快乐！”在革命利益高于一切的鼓动下，余玥竟然同意了，决定以色报国，做实现政治目的的“工具”，开始“过异常刺激的生活了”。实际上，白薇提供给我们的是一个开放式的结尾，余玥作为继续革命的“征鸟”，她对女性身体与政治的关系是困惑的，在革命的最高利益下她的焦虑要远远大于退出革命的“炸弹”余彬。明明看到了革命的虚幻性可能，怀疑革命，却又牺牲身体以色报国，这种悖论性选择昭示的是女性在历史与现实中将再次面临哈姆雷特式的两难境地。余玥真诚的追求和失败，作者实际上在提醒我们，革命是否有寻找自救的可能？她暴露出女性寻求政治救赎的艰辛。①

“生为女人，何所逃遁；只有革命，只有恋爱。正是潜藏在她字里行间的虚无与不安，白薇掏空了新旧写实公式里的（男性的）理性假设。”② 对爱情深刻怀疑、对革命深感困惑，这是作为“五四”到大革命两个时代的亲历者——白薇痛苦而真实的人生体验。与男性的革命叙事不同，爱情与革命更多的含义不过是他们眼中欲望与信仰的寓言，从孙舞阳、章秋柳到孙曼英，对他们笔下走上革命道路的“时代女性”来说，作为主体性缺失的女性，她们的身体如何，是欲望的沉沦还是革命的武器都取决于她们最终被充注的革命思想。当这些“时代女性”自信地运用着她们的性感身体来完成浪漫的革命目标时，她们自身精神与身体的感受是男性对革命的想象中所缺席的。可见，探寻革命中女性的命运及意义，以自己的女性认同重新界定所谓“时代女性”，并挑战男性话语对女性的塑造与定义，这正是白薇革命书写的意义。通过对爱情和革命的双重追问，白薇以强烈的女性意识给予了女性深切关怀，质疑了“五四”以来的浪漫爱情，也质疑了“五四”之后的激情革命。在白薇那里，她以来自同一革命阵营内部的性

① 参见颜海平《中国现代女作家与中国革命》，北京大学出版社 2011 年版，第 238 页。

② 王德威：《现代中国小说十讲》，复旦大学出版社 2003 年版，第 94 页。

别经验与境遇，深刻地揭示了男性所秉持话语的虚假性——在个性解放、女性解放、男女平等的口号里，是赤裸裸的女性物化的事实。新文化运动、社会革命可以让女性改变自己的生存状况，但无法改变女性在社会秩序中的位置。“时代女性”在爱情与革命道路上左右奔突，浪漫与激情遮蔽的是身体的残缺、心灵的挣扎，是无以救赎的迷惘，是“幻灭后痛苦的尖叫”[①]，这是白薇书写的聚焦所在。对女性来说，在革命中旧有的社会规范虽然被抛弃，但新的性别规范同样带有强烈的男权特征，这一新规范常常把参加革命的女性还原为“性的工具”，阻碍她们寻求自我的实现。作者痛苦地认识到，在中国的现代化进程上女性投身革命找到的可能仅是女性解放的一个起点，以后的路依然漫长。

这个指向“革命中女性的沉重”的主题，在其他女作家笔下继续延伸着。谢冰莹的《女兵自传》，虽然在《从军日记》九年后创作，但其中军校、学兵生活、女生队解散后归家这段内容，是对当年女兵生涯的回忆，因此，《女兵自传》与《从军日记》构成了互为参照的文本。如果说前者是女战士南征北战的光荣履历，那么后者则是女生队解散，主人公面对“回到封建的家庭中去”这最真实的女兵出路问题。她们慨叹：“明天！唉，想不到我们所期待着实现的明天，竟是埋葬我们的地狱！”[②] 回到家庭中去的女性有的重新嫁为人妇，有的漂泊、流浪在社会，有的削发为僧，还有的很快抑郁而终……两个文本对照之下我们不难读出现代“花木兰”的沉重。在那个尚未为女性的政治权利提供多少保证的时代，女性与革命之间的联系便不可回避地具有了偶然性。因此，女性从军，是她们对自身命运的一种抉择，而到头来，这种抉择终究是被历史所限定的。冯铿《红的日记》在对伟

① ［美］刘剑梅：《革命与情爱》，上海三联书店 2009 年版，第 125 页。

② 范桥等编：《谢冰莹散文集》（下集），中国广播电视出版社 1993 年版，第 110 页。

大的革命进程进行乐观的叙述时，也透露出了某种不和谐之音，那是当红军女战士马英以大家都是“红军同志兄弟”的心态对待男性士兵时，一个晚上却发觉“有人压在自己身上”[①]。这说明即使在革命队伍中，性别差异的现实依旧存在，它并不能随着革命的发生而化为无形。表现“革命中女性的沉重”的主题，在同一时期北方女作家的作品中也经常出现，如1927、1928年两年间，庐隐创作的《公事房》《风欺雪虐》《曼丽》《何处是归程》，石评梅创作的《晚宴》《偶然来临的贵妇人》等都是这类题材的书写。众多女作家对这一女性问题的关注，使得这一主题不断充实、丰厚起来。

同时，对革命的反思还拓宽到了除女性自身外的其他问题，显示出了女性作家思考的深入。除上述白薇的《炸弹与征鸟》外，其他一些女作家也有所涉及。如石评梅在《余辉》《归来》《流浪的歌者》三部小说中都写到了革命中的问题。《余辉》写一位“风尘仆仆二十余年”的红十字会女看护，抱着实现“理想事业”的愿望参加北伐革命，经历了“横尸残骸，血泊刀光”的残酷战争，但革命“尚未成功时，便私见纷争，自图自利，到如今依然是陷溺同胞于水火之中，不能拯救”[②]，失望中疲倦了的她决定暂时休息，归家守候在年迈的老母身边。《归来》中凯旋的马子凌欣慰之余又夹杂着一丝悲哀，他看到了战争给人带来的创伤：“两旁的观众，扶老携幼，有认子的老母，有寻夫的娇妻，也有是合着悲酸哀痛，来迎接那些归来的沙场英魂，这时也许哀悼之感甚于欢欣之情。”原来他只希望着战争胜利，如今如愿归来，他感到自己只是“增加生命的黯淡和凄悲，毫无一些的安慰”，他无法在这光荣胜利的欢笑中“求幸福求爱情求名利了”，因为

① 冯铿：《红的日记》，中国社会科学出版社1998年版，第15页。

② 石评梅：《余辉》，杨扬编《石评梅作品集·诗歌、小说卷》，书目文献出版社1984年版，第185页。

在他看来，虽然是获得一时的胜利成功，不过在人类永久的战斗里，“他只是一个历史使命的走卒”[①]，父母和爱人的死更永远是他心底的创痛。《流浪的歌者》叙述一位满怀“建设一个自由和平国家愿望”的青年，奋勇从军，哪想到这一番衷心热诚，反造成人民流离颠沛的痛苦，于是绝望于“黑幕日深，前途黯淡”的社会现实而投海自杀。革命的有效性和个体自由、解放的可行性在这些女作家的追问下都成了疑问，这些小说流露出失望、悲哀的情绪，从多个角度反映了革命和战争带给人们的复杂感受。

女性在革命的道路上，成长的步履是格外沉重的，尤其是作为由叛逆女儿成长为自由女性的第一代人，她们付出的更是以血肉和生命写成的历史。但是由于久困于历史的重生感的更大喜悦和改造社会、参与伟大历史进程的空前激励，这些关于女性沉重的主题在这一时期虽有所表现但无暇受到较多的顾及，女性可能承受的痛苦、牺牲和代价，都无法深入展开，时代女性们只能是毅然前行，以执着的奋斗来忽略“性别”与社会政治革命之间的分歧与冲突。于是，在文本《炸弹与征鸟》中的姐姐余玥离开某部后追随了共产党，妹妹余彬则与爱人一起参加革命北伐西征，她们又踏上了“炸弹与征鸟”之途；《红的日记》中的马英“把自己是女人这回事忘掉干净罢！也不要以为别的同志是什么鸟男人!”，“什么男人、女人，这些鸟分别谁耐烦理它!”;[②]《女兵日记》中的“我”在历尽艰险逃出封建家庭之后，又立即加入到革命队伍中去。

女性文学从此时开创的这一主题，使个人与国家、女性与革命之间的关系得到了相对丰富的、复杂化的呈现，与主流文学趋同中又有

---

① 石评梅：《余辉》，杨扬编《石评梅作品集·诗歌、小说卷》，书目文献出版社 1984 年版，第 187—190 页。

② 冯铿：《红的日记》，中国社会科学出版社 1998 年版，第 16 页。

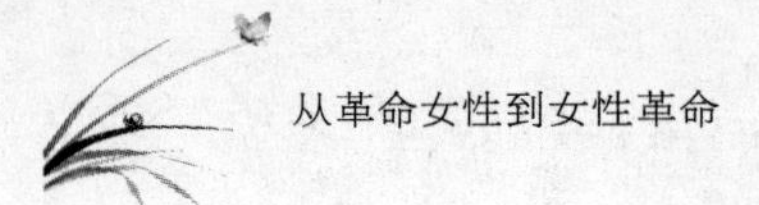

一定的疏离，在与革命话语的缝隙与分歧中，给我们提供了男性作家们很难给出的对于“革命”宏大叙事的另一种阐释和表达。在女性的书写中，女性作家们给予了革命中女性独特的关怀，革命话语也同样遭遇了女性意识下的表达限制。

第三章　左联时期：在革命磨砺中面向社会

1930年，对于中国现代文学来说是最有历史意义的一个年份。随着第二次国内革命战争的爆发，中国共产党制定新的路线方针后，军事上革命重心转移到农村。至1930年，在江西、福建、湖南等14个省300多个县、市中建立起大小15块革命根据地，建立了工农苏维埃政权，打破了国民党的军事围剿。针对国民党的文化围剿，中国共产党进行了有力的“反文化围剿”，并积极宣传革命思想，鼓励群众的反抗斗争。在此时代背景下，1930年中国共产党领导下的中国左翼作家联盟在上海成立，这意味着革命文学的发展进入一个新阶段。1931年“九一八”事变发生，东北沦亡，1932年“一·二八淞沪保卫战”爆发，日本全面侵略中国的行动开始，空前的民族危机更加速了大批作家及文学创作活动的集体性转向，左翼文学日益成为中国文学的主潮流。

在中国文学主潮流的历史转变中，“五四”时期成长起来的老一代女作家很大一部分在女性成长的内在危机与意识形态转变的合力中，完成了与文学主潮相一致的转向，从上一阶段走出自我的努力终于实现了面向社会的革命文学之转变。

1930年至1936年左联时期内，作为左联的第一批成员，白薇曾在上海参与“左联”的筹备工作，是第一批会员；“左联五烈士之一”

冯铿，是筹备“左联”的50个发起人之一；以《从军日记》登上新文坛后的谢冰莹在1930年参与筹备了北方“左联”的成立；丁玲也加入左联，还担任了左联机关刊物《北斗》主编及左联党团书记。在革命潮流中成长起来的新一代女作家如关露、葛琴、草明、白朗、杨刚等也相继加入了左联。这批女作家的大多数，从个人出身到成长经历与上一代女作家有了很大的不同。她们大都来自社会中下层和偏远落后的乡村，底层挣扎的苦难经历，使她们更容易把目光投向广大社会领域的不幸，投向感同身受的底层女性生存痛苦的揭示。随着新老两代女作家较自觉地以革命者身份写作，“政治意识、阶级意识成为她们主体意识中的新支点”[①]，但基于女性的生命体验，对革命中女性生存与成长的关注仍是她们创作中无法抹杀的持续性主题。在革命进行的年代里，革命女性的圣与苦、爱情与革命的艰难抉择、身体的受辱反抗、对男性新的敬仰，各种主题在承接中都有了新的发展变化，女性们在革命的磨砺中已逐渐成长起来。

第一节 “要革命还是做母亲”

“没有做过母亲的女人不是一个完整的女人。”女性与母亲角色具有天然的不可分割的关系。革命初期，刚刚获得“战士”角色的女性沉浸在激动、喜悦的情绪之中，无暇顾及女性的“母亲”角色在革命中面临着怎样的考验？将会具有什么新的内涵？左联时期随着革命的发展，在漫漫的革命征途之中，艰难困苦的环境使激情过后的女性们开始面对这一问题。

① 盛英主编：《二十世纪中国女性文学史》，天津人民出版社1995年版，第186页。

20 世纪 30 年代以后，随着女性创作主体走向社会，原有的女性意识当中注入了新的时代意识。伴随着革命的烽火，以一种超越了宗族与血缘关系在血与火、生与死中形成的英雄“圣母”形象纷纷进入女性创作的视域，表现出了与时代主流文学相趋同的书写。

革命精神与坚忍顽强、博大宽容、勇于奉献的“地母”形象结合，铸成了中华大地“英雄圣母”的特质。白朗的《生与死》（1936）、《轮下》（1936）、《四年间》（1936）、冯铿的《贩卖婴儿的妇人》（1931）、杨刚的《肉刑》（1933）、谢冰莹的《抛弃》（1932）等，以及延伸到抗日战争、解放战争时期的草明的《阿衍伯母》（1938）、《秦垄的老妇人》（1939）、《延安人》（1947）、白朗的《老夫妻》（1940）、崔旋的《周大娘》（1945）、曾克的《掩护》（1946）等都是构建这一主题的典型文本。这一时期革命女作家的创作由于自觉服务于中国革命的伟大斗争，她们笔下的母亲形象是民族灾难中崛起的与神圣的大目标相结合而升华了的母亲形象，基本上是沿着阶级斗争与民族压迫下的苦难控诉和觉醒抗争的叙述模式，即压迫与反压迫的政治模式进行主题建构的，“抗战的怒吼和为民族受难”意义的承载，使得母亲已上升为一种极富政治色彩的象征性形象，在革命时代召唤下，母亲形象的这一寓意在男女作家创作中达到了空前的一致。

“英雄母亲”由两种类型构成，一种是出身底层劳动妇女的“英雄母亲”，一种是来自革命阵营内部革命女性的“英雄母亲”。女性作家笔下两种类型的英雄母亲呈现着不同的特点。对于前一种类型，在一致的政治模式下，这一时期女性作家的创作相比较来看比较注重人物从底层的劳动妇女升华为“英雄圣母”的心理变化过程的展示，个体情感一定程度的书写，使得革命话语中尚保留有一些人性真实。

如白朗的《轮下》以 1932 年哈尔滨一场突如其来的大水灾为背景，表现敌人的暴虐与民众自发反抗。日本人以有碍观瞻为理由，要强行拆除灾后难民搭建的临时窝棚，于是陷入绝境的难民在陆雄等人的带领下愤然保卫家园，与敌人展开了面对面的斗争。陆雄嫂刚开始听闻日本鬼子要来时是极度惊恐的，心咚咚直跳，吓得连忙把所有的可能被认为违禁的东西东藏西藏都藏了起来，“一条顶门的铁棍，被陆雄嫂丢进灶坑里，昨天小柱捡来的那把生了锈的小尖刀，在陆雄嫂那里也成了违禁的东西，她顺手把它扔进水缸里。全屋都清查过了——其实昨天就清查好了——每个角落，甚至每件东西都仔细端详过，考虑过，直到她认为再没有什么犯法的痕迹了，她才停了下来。于是，悬在高空的心，才降到半空了”①。闻了风的邻居也都吓得忙乱起来。随着众人到市政府门口请愿后，与守卫士兵反复交涉，众人商量各种办法，陆雄嫂一步步从失望、痛苦、愤懑，到最后终于坚定反抗信念，等看到丈夫等 70 人被抓到囚车中时，在民众激昂的斗争情绪中陆雄嫂才变得异常勇敢起来，毫不犹豫地躺在了囚车的轮下，为抗争侵略者的罪行献出了自己血肉之躯。小说的情节简单，主体部分都用来描述以陆雄嫂为代表的个人心理变化和在众人的对话中群众的情绪是如何一步步从消沉到奋激起来的。直到小说结尾，在陆雄嫂躺到轮下的那刻起，她才变成了民族的英雄圣母形象，从普通民众、柱子的母亲到民族的母亲，完成了从具体的生命个体到抽象的政治主体的转变。但这个过程还没有完全过滤掉属于个体的情感欲求，具有一定的历史真实和人性真实。

《生与死》描写的是一位普通老伯母走上革命的反抗道路的故事。1931 年日本入侵东北，老伯母的儿子作为一个热血青年毅然离家参军，反抗日本的入侵。但老伯母对儿子的行为并不理解，“不明白知书达理的儿子怎么会发了疯，竟抛下了老母、爱妻，更抛掉了职业而

① 白朗：《轮下》，《白朗文集》，春风文艺出版社 1984 年版，第 46 页。

逃到‘胡子队’里去。她为这愤恨，她为这痛苦，她为这不体面的事件愁白了头发”。为了生活，她来到一个监狱当看守，最初看管的女囚虽然是藏赃的窝主、抽大烟的老太婆、不起牌照的私娼，可是，“她们的食宿，她们的疾病和失掉自由的痛苦”，以母性特有的慈爱、善良，老伯母已经觉得够凄惨了，她“以一颗天真的慈爱的心和所有的力量，来帮助他们，爱护她们”。后来她做了女政治犯看守，每天看着这些跟自己儿女一样大的青年人和这些所谓的“重要犯”接触，可是她以朴素的老百姓的想法无论如何也想不通“这样文质彬彬的女孩子们会去杀人放火做强盗”。她像母亲一样关心她们，用自己仅有的一点收入给女犯们买冬衣棉被，买菜送药，甚至偷偷传递书信。一声“老伯母、老伯母”的呼唤，女犯们的小小要求她都想尽办法满足她们，每天欢快地为她们“筹思着、奔跑着、并且提心吊胆”。晚上，当她把身子放在床上时，“那疲倦是带着一种轻松滋味的”。在她心里，只要这些孩子不受委屈她也就心里安稳些。当后来看到女犯们被提审遭刑讯，身上的伤旧的去新的又来时，对东洋人的仇恨才“一天天地堆积起来”。促使老伯母最终觉醒的是怀孕的儿媳惨遭日军奸污后自杀，儿子也在前线阵亡。经历了家仇后，当屠杀的厄运即将降临到八名女政治犯头上时，老伯母无法接受这个残酷的现实，眼看着年轻的生命被杀害，她经过激烈的心理斗争，毅然决定用自己的生命来换取八个女孩子的生命。最后，女孩们逃走了，五天后老伯母“被拖上为她往日所恐惧的黑车，那部车，神秘而神速地驶向郊外去了”[①]。我们看到老伯母是经历了一个对革命者不理解，到母性的同情，到激起对日本鬼子强烈仇恨的一个心理过程的，最后“民族”的道德价值才注入个体，完成了一个“超个体”的道德主体的置换过

① 白朗：《生与死》，《白朗文集》，春风文艺出版社 1984 年版，第 91 页。

程，显示了民族主义高于一切的价值观。但白朗的革命叙事并没有以革命的名义完全抹杀人间情意，在政治神话中完全简单化约生活的丰富与复杂性。相比较来看，下一个战争时期发表的《延安人》《周大娘》《老夫妻》《阿衍伯母》等作品对政治神话中“超个体”的建立显得突兀，脱离了生活与人性的真实，显示了越来越公式化、脸谱化的趋势，随着“英雄母亲”异质性因素的被剔除，这一人物塑造更多地化约为一种政治图解。

以更多感同身受的个人经验为基础，革命女作家的创作总忘不了对革命阵营中革命女性的生存关注。如果说在底层劳动妇女“英雄母亲”塑造上男女作家达到了空前的一致，在对“革命女性”英雄母亲的书写上却出现了较大的差异。革命女作家对“革命者母亲”的书写并非都是对政治话语模式的图解套用，在一些作家的叙事中出现了较大裂隙。革命女作家们以特有的亲身体验一定程度上写出了革命阵营中母亲的心灵痛苦，深挚的母爱因这痛苦饱受折磨，母爱被扼杀，母性被侵犯、剥夺下的压抑与扭曲。这种裂隙常常是在同一文本中以“圣”与“苦”一显一隐两种话语的形式存在，这种对政治模式的难以简单化约，蕴含了丰富的内涵，也正是在这里保留了一定的性别意味和创作的独特性。

别尔嘉耶夫认为民族和民族观念是一种理性化的产物，“民族主义”具有异常复杂的含义。凡是与民族相关的战争中，民族主义都是最具有强烈感召力的口号。“在所有‘超个体’的价值中，人极易隶属于民族主义价值，极易把自己许配给民族这个整体。民族似乎是人奉献激情冲动的永在的青春偶像，甚至一切党派都会毫不犹豫地将民族主义镌刻在自己的旗帜上。”[①] 因为在民族主义号召下，可以将个人

① ［俄］尼古拉·别尔嘉耶夫：《人的奴役与自由》，徐黎明译，贵州人民出版社 1994 年版，第 142 页。

建构成具有同一价值的共同体，在这个共同体中，个体“可以通过民族的生存而延续下去”[①]，从而获得安全感，得到安慰和力量。但“民族主义既受动于爱欲，也受动于对爱欲的拒斥”[②]。一方面民族主义需要靠个体的激情去填充，另一方面，民族主义的理性反过来又会压抑甚至剥夺个体爱欲。别尔嘉耶夫的发现揭示了民族主义与个体之间的冲突，在民族战争环境下这种冲突常常构成人的生存状态。

革命阵营中的女性更无法逃离被这种冲突困囿的命运。个体的生死爱欲与民族主义在她们身上以一种悖论存在。作为革命的亲历者，女性作家们以自己的体验敏锐感受到了革命中“母亲”的痛苦磨难与两难选择。“虽然，首先是一名战士，但毕竟仍是一个女人”[③]，“干革命”与“做母亲”在革命时期是无法回避的问题。刚刚投身革命的冯铿早在1930年就明确意识到：“这个时候女人还应该负着停止生产的责任”[④]。在革命斗争中，常常为避免怀孕，无论是相濡以沫的夫妻，还是刚刚走入洞房的新婚夫妇，都自觉地保持单身的生活，甚至因为夫妻在一起睡了一次觉，马上大家想到的就是“万一怀孕了怎么办?”[⑤] 在动荡、艰苦的生活中，怀孕的妇女或者想尽办法打胎，或者将孩子送给百姓，生产则常常是在难以想象的条件下进行的。[⑥] 这种经历在革命女作家自身也常常发生着，有着做母亲的心灵痛史。白朗在《西行散记》中对自己的遭遇就有过惨痛的记录。参加革命后，因为条件的艰苦和颠沛流离的奔波，白朗先后夭折了四个孩子，这让她一度对应不应该再做母亲迟疑不决。第五个孩子又降临了，白朗却接

① ［俄］尼古拉·别尔嘉耶夫：《人的奴役与自由》，徐黎明译，贵州人民出版社1994年版，第142页。

② 同上书，第120页。

③ 菡子主编：《女兵列传》（第1集），上海文艺出版社1985年版，第103页。

④ 冯铿：《红的日记》，中国社会科学出版社1998年版，第15页。

⑤ 菡子主编：《女兵列传》（第1集），上海文艺出版社1985年版，第106页。

⑥ 同上书，第298页。

到与丈夫奔赴抗日前线的命令。看着即将分离的襁褓中爱子，白朗难下决心："离弃了襁褓的婴儿是一种残忍的举动，施残忍于亲生孩子更是加倍的残忍。我想：离开了他，我会痛苦死的。"① 最后，走向战场的白朗心情是无限悲凉的："别了，我可爱的宝宝，我是用了多么锋利的刀才割断这难断的感情呵！"② 在民族的危难中，女性已经没有多少在干革命与做母亲之间选择的空间了。这种痛苦的经历，促使女作家们比男性多了一份对女性的关怀，革命者和母亲两种身份的冲突中，女性挣扎着前行。

谢冰莹在1932年创作了短篇小说《抛弃》，通过一个革命女性的经历，第一次展现了"干革命"与"做女人"的矛盾给女性带来的痛苦磨难。珊珊是在北伐时期投身革命的第一代女兵，在上海做地下工作后，对大革命时期受过铁窗之苦的若星产生了好感，两人结婚后共同在异常贫困的生活条件和极其严峻的白色恐怖下为革命工作着。在身边只剩下十三枚铜板时，他们冒着夜晚的寒风，忍受着饥饿和羞辱，连走五家当铺才得到六毛钱，但两人对生活、对革命仍是满怀着热情，"做着玫瑰色的梦"，因为，"他们高兴的是群众革命的情绪一天天高涨起来"了，美好的明天向他们召唤着。意外来临的一件事彻底打碎了他们的梦想，女儿降生后，面对抚养还是抛弃的问题两人有了争执，两种思想在珊珊内心反复激烈地斗争着，在艰难的抉择中，她的内心被撕裂：

> 她爱孩子，经过整整几个月的怀胎，尤其是生她的痛苦以后她更觉得孩子是自己的心肝，自己的生命！听到孩子的哭声她就想抱她，吻她！虽然她全身的骨节痛得使她不能翻身……但

① 白朗：《到前线去》，《白朗文集·散文集、报告文学集》，春风文艺出版社1986年版，第109页。

② 同上。

> 是……现在唯一横在她脑海里的困难，就是要怎样才能养活孩子……她忘记一切了，她要孩子……她闭着眼睛想到孩子的天真烂漫，倒在怀里吃奶，牙牙学语，初试走路，牵着衣角叫妈妈……时的快乐。——我的小宝贝！她在内心害羞地如此叫唤。①

一面是无法阻挡的伟大母爱，对未来的想象唤起了她强烈的母性本能，体验到了一个生命来到人世间的欢欣，但同时另一个声音，一个超越母性的革命伦理律令开始劝阻、指责她：

> 更困难的是我如果带了她，一天到晚就不能做别的事了，我不能参加群众工作……不！我不能为了她而妨碍我的工作，牺牲了我的时间，我应该想到整个的事业……为了孩子，为什么要牺牲一切，唉！仅仅只为了孩子呵！②

革命女性担心母亲的身份使得自我丧失，孩子成为她们的拖累。如果留下孩子，那么就会在革命的大潮中落伍，牺牲的将是自己的奋斗与追求，投身社会工作对她们来说意味着要争取得到“光明的前途”。而女性解放竟是以生命权利的被剥夺和对人性的践踏为代价，这是残酷与冷漠的，小说中大段的对话与争执显示了二者之间的难以抉择。在多次争执之后，小说结尾是若星将孩子抛弃后，回家骗珊珊说已送到了育婴堂，等长大了还可以领回来抚养，但在珊珊的疑惑和追问中，若星也只能找一个暂时敷衍的借口来搪塞。孩子被抛弃前，珊珊试图说服自己的革命理由确实是富于理性的，具有不可置疑的合法性，但在深挚母爱的人性光辉面前，这种最终胜利不能不让人感到一些无力，一点勉强。文中的最后一段，虽借人物之口表达了对革命

---

① 谢冰莹：《抛弃》，《谢冰莹作品选》，湖南人民出版社1985年版，第539页。

② 同上书，第541页。

伦理的认同，却也不能不让人感到一种人生的无奈：“经过这次大的痛苦，大的困难后，更明白了自身的责任，女人不等到新社会产生时连孩子都不能生的！”[①] 这里作家实际上看到了人性与革命伦理之间的冲突，两者有着深刻的矛盾性。她试图在民族主义的框架内重新思考个人的价值，前者的合理性到底有多大？它对个体的权威是绝对不容置疑的吗？作家感到了焦虑和不安。

杨刚在小说《肉刑》中，再一次对“干革命”与“做母亲”的悖论做出了更深的追问。1933 年秋，时任燕京大学新闻系的美籍教授斯诺与萧乾一道，正在编译中国现代短篇小说选——《活的中国》，《肉刑》是杨刚应斯诺“写一部自传体小说”的要求用英文写的一部小说，当时题为《日记拾遗》。[②] 可见这个主题是杨刚经过深思后选就的。这部小说是作者以她丈夫的弟弟为原型创作的。这对革命夫妻原是北京大学政法系的学生，“七七事变”后奔赴延安，后被派遣回城市做地下工作。妻子流产后因感染而死，这时她的丈夫被捕，在狱中备受折磨，被判了三年徒刑，出狱后才知道自己的妻子已死。在杨刚看来，生育问题对于女性革命者来说不只是肉体上的煎熬，更是一种精神上的摧残，女性革命者与这种“刑罚”之间的搏斗是惨烈与悲壮的。

小说以日记的形式，记述了女革命者“我”在五天里，从打胎意识的萌生到最后打胎陷入昏死之中内心焦虑与撕裂的经历。“我”怀孕后，同为革命者的丈夫“井”无暇照顾，仍紧张地在外为工作忙碌着，“无止境的饥饿，无止境的呕吐……一会冷一会热”，“我”独自一人忍受着生理上的折磨。最为不安的是“我”越来越意识到这种恶

---

① 谢冰莹：《抛弃》，《谢冰莹作品选》，湖南人民出版社 1985 年版，第 551 页。

② 萧乾：《活的中国》代序，［美］埃德加·斯诺编《活的中国》，当时杨刚的署名为“失名”，1935 年在《国闻周报》发表时将原名《日记拾遗》易名为《肉刑》。湖南人民出版社 1983 年版，第 7 页。

劣的环境下孩子来得不合时宜，“井”在工作、筹钱和“我”之间紧张忙乱地来回跑着，“既是佣人，又是护士、厨子、听差，又是乞丐”，工作开始受到影响，还时刻有被捕的危险。但同时已经感受到体内生命的我又渴盼做一个母亲：“自从胎儿在子宫里开始活动，这种奇妙的感觉就一直使我的心大为震动，简直难以形容。我的喉咙渴望向全世界宣布它的存在。尽管这个年轻人那么纯洁，那么神采奕奕，他的第一次笑容将是属于我的！我将是他喊作母亲的那个人！对，这是我梦寐以求的，是我的欢乐、力量和憧憬。”刚刚萌发的打胎念头马上被这浓烈的母爱否定了。“有什么女人能够坚强到不做这样的梦呢？不，没有这样的女人，我肯定不是这样的女人。”但“我”仍有清醒的理性，它在告诉我孩子的到来将意味着什么：革命工作的影响、雪上加霜的贫困、被捕的威胁……想到这些我又再一次否定了自己，“我又掐又按，甚至使劲捶自己的小腹。我多么盼望这小家伙死掉！”“然而同时我的心好像又在用尽最后那点力气在抗议。我每捶它一下，就对我报以一击。”无数次的内心搏斗之后，“我”认识到了，这是“两种相互矛盾的本能”，可能“只有母婴双亡，才能彻底解决问题”。促使我最后下决心打胎的是传来了丈夫被捕的噩耗。当我来到另外一对革命夫妇处准备堕胎时，得知李的妻子因革命工作的劳碌和丈夫多次被捕，七个孩子先后都流产了，唯一生下来的一个男孩又因与父母同时入狱而早早夭折，至今再不能生育的李的妻子在身体、心灵上都留下了难以愈合的创伤。听见我要做的那件事，她“浑身发颤，抽抽搭搭地哭着”。她几乎是歇斯底里地嚷道：“不，不，不！你可不要那样！”看到李妻子的遭遇我不免又开始动摇起来，“打胎还是不打胎？”我的心里开始有一种悲凉和绝望袭来。晚上“我”梦到丈夫为了保护我不吐露住址被敌人严刑逼供，几次昏死过去。最后“我”下决心吃下了堕胎药。就在这时，我们接到通知，必须马上搬家，否则有被捕的危险，敌人正在抓紧搜捕。“我”力劝坚决不肯丢弃我不管的李夫妻马上离开，可这时药效发作，“我的子宫好像突然被一万根炽热的针刺破了……身体里有个热乎乎的硬块儿，它随时都可能爆炸”，流产的阵痛开始了，“我”在血泊中挣扎着……显然，在杨刚描绘的革命图景中，投身革命的女性会遭受民族、阶级、个人各种话语的争夺甚至撕裂，种种压迫与控制是通过女性身体血淋淋的惨烈来表达的，作者看到了“干革命”与“做母亲”之间的悖论性存在。她在小说中发出了深深的感叹：“世界革命史上静悄悄地埋没着多少没有写出来的悲壮的史诗呀!”[①] 在“革命者母亲”打胎还是不打胎的挣扎中，在看到因磨难不能再生育的革命同志时的悲哀与自怜中，在流产时心灵与身体的刺痛中，小说一方面凸显了革命者的坚强信念与付出的血的代价，另一方面让我们看到了女性的切己生命与抽象的民族大义之间的距离。女性在与男性分享着全身心投入民族解放事业的伟大与自豪时，也在独自承受着独有的生存苦难。作者并非否定民族主义的价值，她最终让人物做出了打胎以认同民族大义的艰难决定，但同时她也以一个作为母亲的女性在这种境遇下的哀怨、悲伤、痛苦、挣扎的书写破解了民族主义的圆满性和神圣性。

在这一时期男性作家的英雄叙事中，以个体伦理与革命伦理相置换的文本也有一定数量出现，如魏金枝的《奶妈》(1930)、阳翰笙的《女囚》(1928)、舒群的《秘密的故事》(1937)，稍后韦明的《母与子》(1942)、鹿特丹的《儿子》(1940) 等作品都属于这种叙事范式。有研究者指出，在中国左翼文学英雄叙事中普遍存在着一种叙事的置换模式，即以对传统道德伦理的毁损和自我意识的强制性转换，换取具有社会意义的革命英雄称号，这可称之为“伦理/革命英雄”置换

① 杨刚：《日记拾遗》，［美］埃德加·斯诺编《活的中国》，文洁若译，湖南人民出版社 1983 年版，第 313—328 页。

模式。这种叙事模式的形成与中国现代革命所面临的文化语境有着十分密切的关系。中国是伦理本位的国家，中国共产党在革命过程中注重了大众的伦理需要，“没有现代性事件，马克思主义不会出现，没有儒教文化传统，也不会有中国的马克思主义”。“毛泽东的马克思主义革命精神的质地是儒家革命精神。”① “‘伦理/革命英雄’置换模式正是儒家革命精神催生出的叙事模式，受着儒教熏陶的知识分子很自然地要关注伦理问题。在‘伦理/革命英雄’置换模式中，对传统伦理的叛逆和超越并不是终极目的，其终极目的是要解放全人类，建造一个大同的社会。”② 应该说，这种具有中国革命特质的置换模式影响深远，之后的中国现代文学英雄叙事基本上没有溢出这种模式。

相比较之下，革命女作家的革命话语无疑显示出这种“置换”的艰难。在男作家的革命书写中，女性革命者形象常常是作为一种被剥离主体感受和性别需求的形象而凸现的。在男性作品中，承担着对社会批判作用的女性被视为没有血肉的见证物，女性作为他者被剥夺了自我言说的权利，我们很难看到情与理冲突、灵与肉搏斗的痕迹，她们作为个体的灵魂痛苦，都被有意无意忽略了。如《儿子》（鹿特丹）中就塑造了一位迅速从丧子之痛中走出的受难母亲形象——张大妈。张大妈的汉奸儿子在与八路军战士的一次偶遇中被当场击毙，但是小说中失去了唯一儿子的张大妈却在民族利益面前异常的勇敢和坚强，不但亲手救起了杀死自己儿子的战士王健，而且面对老来丧子的巨大悲痛，只是瞬间“眼泪不住的涌出，在干瘪的脸上流。嘴唇痛苦地牵动着”，立刻就转念想到了八路军“坚决打鬼子，保护老百姓”的种种好处，于是她在心里丝毫没产生过对八路军战士的怨恨，失子的痛

① 刘小枫：《儒家革命精神源流考》，上海三联书店 2000 年版，第 17、29 页。

② 参见王寰鹏《左翼至抗战：文学英雄叙事的当代阐释》，齐鲁书社 2005 年版，第 91、92 页。

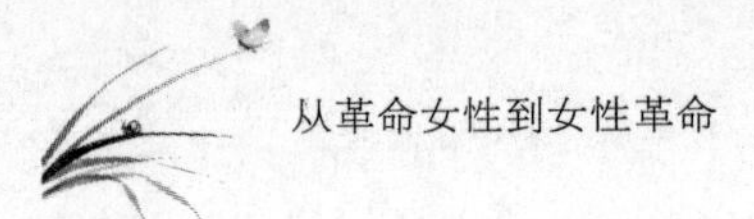

苦也减去了大半。小说结尾，当王健说：

> 娘，你记着吧！打死的是汉奸，不是你底儿子。只有我，我是八路军的武工队员，名叫王健，才是你真正的儿子。还有，我们所有的子弟兵，都算是你儿子，你不要伤心。①

张大妈已经是毫无痛苦了："'好！好！'她欢喜得掉开眼泪了，大颗大颗地在脸上滚着，晶莹、透亮、发光……快乐地闪耀。'好！……好儿子……王健，你可要常来看看娘呀。'"② 无疑，普通农民张大妈已经完全从悲痛中走了出来。应该说，从她救下八路军战士起，就不再是汉奸的母亲，而是变成了民族的母亲，结尾的"认亲"仪式更是点明了她不仅是王健的母亲，而是所有八路军战士的母亲的寓意。这里从具体的生命个体到抽象的道德主体的转变，张大妈的母亲身份是极为迅速地完成超越的，在整个过程中过滤掉了属于个体的多种可能情感，背离了血缘伦理的狭隘，而走向纯净的神圣、正义、牺牲等意识形态需求的民族主义话语。女作家笔下更是绝对不会出现一些男作家塑造的极端政治化的母亲形象。如在《秘密的故事》（舒群）中，女共产党员青子为了完成组织交给的暗杀黑龙江省警备司令的任务，在行动前亲手将自己的生病儿子勒死，只为了怕他拖累自己的行动，而年幼的女儿小青没有被杀死，则是因为她年纪尚小，可以为她的革命工作做掩护，最终在刺杀前也把她送给别人寄养。小说中无论是勒死自己的大儿子还是送走自己的小女儿，革命者母亲都是毫不犹豫、果断坚决的。因为在男性看来，描述革命女性残忍的行为是为了以对传统伦理的超越来完成她崇高形象的确立，为道义而放弃生命是人类

---

① 鹿特丹：《儿子》，中国社会科学院文学研究所现代文学研究室编《中国现代文学创作选集 中国现代短篇小说选 1918—1949》（第7卷），人民文学出版社1981年版，第22页。

② 同上。

最神圣的伦理抉择。女革命者正是以绝对高尚的精神境界，超越凡人的痛楚，成为真正由“特殊材料”构成的“神”的形象。在个体伦理绝对服从革命伦理的叙事中，男性作家很少顾及人道、人性在女性抉择中带来的犹豫与创伤。在男性那里，民族主义很少赋予女性个体存在的合法性，它常常是将个体剥离出去，或者对其改造，最终完成意识形态化的女性人格。

相比较之下，革命女作家在创作中除了从革命立场出发，天然的女性视角使得她们无法轻松面对“绝对服从”，无法轻松以革命的名义抹杀女性的生存真相，抹杀正常的伦理情感，抹杀人性的特质。“女人的子宫对‘历史的必然性’是多么漠然置之，它有它本身的历史和它本身的需要。”[①] 血淋淋的献祭向女性生存的本相靠近，性别决定了她们较男性更多承担了革命战争对个体的伤害。女性的每一种身份都被施加了强暴的蛮力，她们在高压下无法喘息。在革命中她们经历了最切肤的体验，与阶级斗争、民族解放相比她们同自身的搏斗同样惨烈。在文本叙事中，既有革命者超远的理想和决绝的殉道精神，又有母亲深挚博大的情怀：怀孕期间的呕吐、生育时深入骨髓的刺痛、生育后面对艰苦环境无法抚养孩子时的难以割舍……多种身体感受和情感体验都是男性作家所绝少涉及的，这种充满人性的关怀在革命女作家的文本中却总是有意无意地大量呈现着，男女作家对革命母亲的苦难在叙事上显示出了一定的话语差异。

女性身体本是一种生理血肉的存在，天然的母亲角色经历和完成着生与死的生命循环过程，这属于女性特有的经验世界，在传统道德伦理、自然力量和革命政治的多重参与作用下，身体经验成为革命女作家强烈凸显女性生命存在的残酷场所。如果说“英雄圣母”是革命

① 杨刚：《日记拾遗》，［美］埃德加·斯诺编《活的中国》，文洁若译，湖南人民出版社1983年版，第326页。

政治型母亲形象，那么革命女作家们在苦难母亲身上展现的是历史真实和人性真实中的母亲，就母亲形象表现的现实性向度而言，后一种母亲形象是对前一种类型的深化和提升。虽然出于“革命者”的责任，出于革命政治的需要，这种“苦难”的话语最后都通过对革命前途的展望，使“苦难”升华并崇高化，没有也不可能对苦难进行更深入的思考，但母性之苦是女性写作中难以抹杀的关注，它是一种穿越岁月与灰烟的人性关怀，为后来革命中逐渐成熟的女性继续思考奠定了最宝贵的基础。革命战争中的这种困境，在 20 世纪三四十年代英雄主义和乐观主义的时代精神外，悲剧性质的冲突将革命与人关系的反思推进到一个更高的高度。

第二节　爱情与革命的艰难抉择

大革命以后，中国社会的历史形态发生着不同于“五四”的另一场社会变革，“不仅人的思考中心发生转移，思维方式也发生相应变化：对人的个人价值、人生意义的思考转向对社会性质、出路、发展趋向的探求”[①]。与社会相对应的文学也发生着巨大的变化。“五四”时期以“自由恋爱”为反封建旗帜的个性解放思想逐渐为社会解放所代替。在变化了的主流意识形态要求下，阶级解放成为“五四”后社会革命的主要内容。特别是 1930 年后，随着左联的成立，从“五四”时代进入左翼阵营的女性作家们更加自觉地按照时代的要求调整着自身的创作趋向。

① 钱理群、温儒敏、吴福辉：《中国现代文学三十年》，北京大学出版社 1998 年版，第 208 页。

前文已经谈到，由于主客观的多种原因，女性创作转向革命文学的时间相对男作家们要晚，在1930年前后才形成创作主潮，又由于此时的左翼文坛对“革命加恋爱”题材已有了明确的批评，革命女作家们在创作中不能不有意识地努力避开这一题材，使得这类题材在革命女性的作品中数量较少，但在女作家笔下，对爱情的关注仍然显示出了相对于前一时期创作的发展变化。在中国社会由“五四”时期的思想文化革命转向由阶级斗争获取社会解放的社会革命时，女性作家有关爱情与革命的书写也从原来的立足于个人本位的思考转向对社会出路的探寻，对个体生命意义与价值做出新的认识，这使得她们开始常常将个人的情感变化与走向社会革命的历程相联系在一起，谢冰莹的《清算》(1931)、《琳娜》(1932)、《青年王国材》(1933)、关露的《殁落》(1933)、丁玲的《韦护》(1930)、《一九三〇年春上海（之一）》、(1930)、《一九三〇年春上海（之二）》(1930)、冯铿的《遇合》(1930)等都是涉及此类题材的作品。其中丁玲的创作最有影响，可以说代表了这一时期此类小说的最高成就。她的作品着重表现了在新的价值认同下个人在皈依革命这一转变过程中抉择的艰难和蜕变的痛苦，在苦闷的矛盾中展示了经过个性解放启蒙的知识分子主动否定、超越自我的艰难与可贵。

众所周知，丁玲的《韦护》是以挚友王剑虹和中国共产党领导人瞿秋白之间真实的爱情经历为原型的。早在1921年，丁玲和好友王剑虹就结伴离开了湖南老家，先后到上海、南京等地求学，两人决定靠自己的个人奋斗闯出一条路来，“按照自己的理想去读书、去生活，自己安排自己在世界上所占的位置”，而绝不在让人窒息的社会里听凭命运的摆布。两年后，她们在南京求学时遇到了刚刚从苏俄回国的瞿秋白，后来在他的鼓励下两人转到上海大学继续读书。在上海大学，瞿秋白被认为是“最好的教员”，他在文学上的天赋、修养和热爱给丁玲和王剑虹留下了深刻印象。很快，王剑虹和瞿秋白深深相爱并同居了，丁玲也成了这段浪漫爱情的最好见证人。1924 年暑假，丁玲独自一人离开上海，离开了两年时间里一步也未曾离开的王剑虹，回到老家湖南度假，没想到不到一个月便传来了挚友病逝的噩耗，她是感染了瞿秋白的肺结核病死的。当丁玲重返上海，见到的只是王剑虹的灵柩，而在她死之前瞿秋白已经因为要去广州参加某个会议而离开她了。丁玲为这个意外的消息而震惊，她难以理解瞿秋白，也无法原谅瞿秋白，认为他应该为王剑虹的死负难以推卸的责任。丁玲后来回忆："我一个字也没有写给秋白，尽管他留了一个通信地址，还说希望我写信给他。我心想，不管你有多高明，多么了不起，我们的关系将因为剑虹的死而割断"。瞿秋白经常给丁玲写信，在信中"每次都要提到王剑虹，都要说对不起她，都要责骂自己"，但却从不为所发生的事做一句的解释。在信中，丁玲又模模糊糊感到瞿秋白是"挨了批评"，原因是这些人"不了解他"，但"是什么人在批评他，批评他什么呢?"瞿秋白在这些信里又"从来没有直爽地讲出"心里的话。在他看来，只有王剑虹"才有资格批评他"，但"他的心现在却死去了，他难过，他对不起创虹，对不起他的心"。瞿秋白在被国民党杀害之前再没有写信给丁玲。如何解读挚友和瞿秋白之间的关系呢？王剑虹究竟因为什么而死去的呢？丁玲把事后瞿秋白写给她的十几封信件保存起来，作为研究他的资料，她反复思考着，"这些信像谜一样，我一直不理解，或似懂非懂"，"他现在究竟在想什么，为什么所苦呢？他到底为什么要那么深地嫌弃自己，责骂自己呢?"[①] 几年的时间很快过去了，丁玲无法找到确切的答案。

---

① 丁玲：《我所认识的瞿秋白同志》，《丁玲全集》（第 6 卷），河北人民出版社 2001 年版，第 46—51 页。

1927年之后，大革命被扼杀，国民党军队和其他军阀制造了白色恐怖，尤其是对中国共产党早期妇女领袖——向警予的杀害，“消息像霹雷一样震惊了”丁玲“孤独的灵魂，像巨石紧紧地压在心上”。面对母亲的挚友、自己从小最敬重的“九姨”的被杀，丁玲不得不对自己及好友王剑虹几年来走过的道路开始了深深的反思。在追求个性自由、自身解放的道路上，她们曾幻想依靠个人的力量“在自由的天地中飞翔，从生活实践中寻找自己的道路”，但几年时间过去了，她们并没有“很好地如意地探索到一条真正的出路”，“只是南方、北方，到处碰壁又碰壁”。而在向警予身上，丁玲感受到了“寂寞地在人生的道路上蹒跚前行”时，“她像一缕光、一团火引导着、温暖着”的力量，她是一个“真正革命的女性”。向警予投身的革命道路开始让丁玲认识到，个体生命意义与价值应该有新的所在，革命是个人奋斗的路越来越走不通之后另一条值得探寻的路，让她敬重的九姨作为“女性的楷模”已经成为这条道路的先锋，她的“坚韧不倦的革命精神”[①] 感召着丁玲离“革命”的道路越来越近了。

王剑虹去世近六年后，1930年《韦护》发表。值得注意的是在这之前丁玲的写作一直是以女性为主人公，通过“她”来表现现代女性个体的困惑，而《韦护》是第一部不再仅以女性为自我困惑的主体。这说明这时作家的困惑已不再是莎菲式的理性与欲望、理智与情感之间的矛盾，而是革命的理念与知识分子个体情感趣味之间的矛盾，这种矛盾以革命与恋爱的冲突模式呈现在作品中。丁玲实际上借这部小说进行的是严肃的个人道路反思，反映中国现代历程中知识分子在寻找个人价值上的矛盾困境，它已经超越性别视野的限制。小说中的人物，就成为丁玲为她自己和其他与她一样“在黑暗中”苦闷、找不到

① 丁玲：《向警予同志留给我的影响》，《丁玲全集》（第5卷），河北人民出版社2001年版，第197、198页。

出路的个人而创造的一个想象，以此来反思他们的处境，以期实现新的自我认同。

丁玲后来曾说，当时《韦护》的创作意图，并不在于“把韦护写成英雄，也没有想写革命，只想写出在五卅前的几个人物”[①]。实际上小说并没有对“革命”和“爱情”两种不同选择本身做明确的价值判断，韦护最终将根源追溯到的是他“在自己身上看出两个个性和两重人格来”，“他看清了自己，也看清了一切……这冲突只在他自己”。在韦护看来，“爱情”是一种个人主义基础上的主体认同，而这种美好的梦想一旦真正实现后，它并没有带来自我分裂的弥合，在爱情与革命之间的挣扎中，不是真爱与否的问题，也不是能否承受来自革命需要的对个人情感约束与压力问题，而是革命者自身面对不了“像酗酒者般的醉在爱情中”的感觉，他感到“现在是无力抵拒，只觉得自己精神的崩溃”。这种来自现代个体自身认同的危机感促使他最终只能悲剧性地二者取一，放弃意味着个人主义道路的爱情。“革命”和“爱情”的冲突事实上成为个人困境两种出路——个人主义与集体主义诉求之间的搏斗，丁玲在小说中显示了在两难处境中痛苦抉择的心灵搏斗。

小说中的韦护是一个有着浓厚知识分子趣味的人，他酷爱文学，有着极高的天赋和造诣，同时也是一个热情浪漫、充满生活情趣的人，但紧张严酷的政治生活却难以让他执着在自己的天性里，所以选择放弃“舞文弄墨”，“用明确的头脑和简切的言语，和那永远像机器一般的有力，永久的鼓着精神干起工作来”，以使得他自己成为一个真正的布尔什维克。革命与个体本性的冲突，在韦护心里是早就清晰的。因此，当他发现自己已经暗暗喜欢上丽嘉时，最先感受到的是作

① 丁玲：《我的创作生活》，《丁玲全集》（第 7 卷），河北人民出版社 2001 年版，第 16 页。

为一名“革命者”的自卑：“那姑娘绝不会把他放在心上的。若果他是一个个人主义者，自由主义者，或是一个音乐家，一个诗人，他都有希望将自己塞满那处女的心中去。然而，多么不幸呵。他再也办不到能回到那种思想，那种兴趣里去。他已经现身给他自己不可磨灭的信念了。而这又决不能博得她的尊敬的”。但是爱情的引力让他无法控制自己，他还是痛苦地爱上了丽嘉，主动逃离的结果是让自己更增加了对她的思念，韦护发现自己在爱情中已经无法自拔了，“这热情的，有魔力的女人，只用一只眼睛便将他已死去的那部分，又喊醒了，并且发展得可怕”。自从遇到丽嘉，他一度沉潜的自我天性又重新苏醒了，感受到了一生从没有过的“火一样的热情，海一样的深情”，生活是那么的甜蜜美好，爱情给了他“无上的快乐”。

> 光辉、温柔、诗意浓厚的恋爱，是他毕生也难忘的。他在他们两个最醉心的文学之中的酬唱，怎么能从他脑子中划出去？他是酷爱文学的，在这里他曾经任情滋长，尽兴发挥，只要他仍眷恋文学，他就会想起剑虹，剑虹在他的心中是天上的人儿，是仙女；而他对他后来毕生从事的政治生活却认为是凡间人世，是见义勇为，是牺牲自己为人民，因为他是韦护，是韦陀菩萨。[①]

爱情是与文学艺术相同的精神生活，是唯美的追求，而革命却是凡间生活的事务，是革命者的自我牺牲与阻遏。韦护内心的痛苦揭示了知识分子革命者在个人情爱需求与追求正义、拯救大众的革命理性之间，生命自然需求与世俗事务之间的两难抉择，爱情在这里已经成为革命的阻碍。

与丽嘉陷入热恋后，陶醉其中的韦护因此忘记了工作，这引起了

---

① 丁玲：《我所认识的瞿秋白同志》，《丁玲全集》（第6卷），河北人民出版社2001年版，第102页。

来自革命阵营内部的不满。“不理解、不同情”的人们从开始嘲笑、误解发展到冷淡怀疑，甚至遭到一些人的窥秘打探和嘲讽侮辱。实际上，同志们对韦护反感的真正原因，并非只是由于他懈怠了工作，而是他堕入了情网。在出身工农大众的同志眼中，他们早就“不满意他的有礼貌的风度”，因为在他们看来“那是上层社会的绅士气派”。现在又与一个女学生闹恋爱，这足以代表了他资产阶级的人生观和生活方式。于是，在同志们目光熠熠的审视下，爱情成为革命者韦护的道德问题，他成为革命的“投机者”，而丽嘉则成为充满资产阶级情调的女人，他们布置讲究的住处成为象征堕落的销金窟。

韦护忍耐着和挣扎着，矛盾痛苦的他一面“不能有弃置这些工作的念头，这是他的信仰”，一面企盼“生命的自然需要”。他甚至幻想过和丽嘉一起离开，到无人认识的乡下去，无事地享受爱情，“为爱而牺牲事业，那不为名为利的事业，他仍然可以骄傲而生存的”，但他发现，他无法得到一个最后的决断。即使像丽嘉一样唯一的只知有爱情，有勇气背负上不光荣的负疚感，那“他以后就得到了安慰吗？……这不只是要生活简单，而是全靠他们有简单的精神……他自己也了然这只是想骗过自己、安慰自己”罢了，实际上他不能这么做。因为他明白，不能“永远睡在爱情的怀中讴歌一世”，仅有爱情是不够的。

> 他不能磨去他原来的信仰，他已不能真真的做到只有丽嘉而不过问其他的了。唉，若是在以前，当他惊服和骄恃自己的才情的时候，便遇着丽嘉那是一无遗恨和阻隔的了。而现在呢，他在比他生命还坚实的意志里，渗入了一些别的东西，这是与他原来的个性不相调和的，也就是与丽嘉的爱情不相调和的。①

① 丁玲：《丁玲文集》，湖南人民出版社 1983 年版，第 112 页。

苦斗了好些时日，“时间一天天紧迫起来了”，最终，韦护凭着铁的革命意志决定离开丽嘉，放弃爱情，选择革命，“他看见前途比血还耀目的灿烂”，到广东去继续从事革命工作去了。在给丽嘉的诀别信中，他写道：“你知道，我却在未得爱情以前，接受了另一种人生观念的铁律，这将我全盘变了。”“所以我要说，韦护终究是物质的，也可以说是市侩的，他将爱情亵渎了，他值不得丽嘉的深爱呵！”离开丽嘉的韦护在楼下伫立了一会才向外走去，不觉间泪流满脸，他不禁悲怆地哀叹：“呵！这不可再得的生命的甜蜜啊！”

可以看到，就知识分子革命者的个体灵魂与生命体悟来说，“爱情”作为个体获得“自由”的象征无疑是一种神圣的精神追求，而革命是世俗事务层面的追求，二者之间的矛盾本质上是革命伦理与个体伦理之间无法调和的冲突，这种矛盾关系是人类一直试图解决的永恒存在。这里革命夺走了深爱的恋人，夺走了迷恋的文学、知识分子的趣味还有个体的私人空间，丁玲清楚意识到这种冲突带给主人公的内心隐痛，她对个体生命的创伤、痛苦、挣扎给予了真挚体恤。但同时，韦护对自我灵魂的剖析，对“现代个体”存在意义的追问，也暴露出了个体伦理的时代危机，作为一种继续的深度思考，韦护显然更进一步关注“冲破藩篱”的人们在“自由之后”的生存状态和精神诉求。他看到了爱情过后灵魂可能会陷入巨大的虚无中，因为在这个黑暗的时代，只有纯洁的爱恋已经不可能了。应该说，真正的问题不在于是选择“爱情”还是选择“革命”，而是“革命”与“爱情”为什么会对立①，为什么会形成冲突。显然，有着极为犀利眼光的丁玲敏锐地发现了知识分子革命者真实的内心世界，经历了现实生活中革命与爱情的冲突，他们战栗的心灵独语泄露了比一般革命者更复杂、

---

① 参见贺桂梅《人文学的想象力——当代中国思想文化与文学问题》，河南大学出版社 2005 年版，第 336 页。

更孤独的一面。

在《我所认识的瞿秋白同志》中丁玲提到，在《韦护》发表同年稍后瞿秋白写给她的一封信中，信末署名是赫然两个字“韦护”。在瞿秋白对这部小说“寄有深情”[①] 的这个举动上，丁玲看到了他对自己塑造的这一人物真实性与深刻性的理解与认同。面对后来一些人对《韦护》“革命加恋爱”模式的批评，丁玲一方面承认自己“陷入革命与恋爱冲突的光赤式的陷阱里去了”[②]，一方面又有这样的反省：“我现在觉得我的创作，都采取革命与恋爱交错的故事，是一个唯一的缺点，现在是不适宜的了。”[③] 一向卓然不群的丁玲在坦诚的自我批评中，潜藏的是只对“革命加恋爱”结构的检讨，认为自己写《韦护》无意当中赶了一次“光赤式”的普罗文学时髦，对作品的真实性与内涵却不置一词，这实际上是一种无声的坚持，而且即使是对这种结构本身丁玲也指出，它的错误实质只是在和“现在”的不适宜，即不合时代的要求。

丁玲对韦护的细致分析，让我们不禁想起瞿秋白牺牲前在《多余的话》中写下的这样一段话，“因为‘历史的误会’，我十五年来勉强做着政治工作——正因为勉强，所以也永久做不好，手里做着这个，心里想着那个”[④]。在此我们可以看到，革命者身上体现的知识分子个人意识、情感与革命理性之间激烈冲突的隐痛。虽然最终瞿秋白将革命置于个人情感之上，但他始终被这种痛苦所煎熬，这有违他真实的内心。在丁玲笔下，革命的路途不啻是一场个人自由伦理与革命的、

① 丁玲：《我所认识的瞿秋白同志》，《丁玲全集》（第 6 卷），河北人民出版社 2001 年版，第 49 页。

② 丁玲：《我的创作生活》，《丁玲全集》（第 7 卷），河北人民出版社 2001 年版，第 16 页。

③ 丁玲：《我的自白——在光华大学的讲演》，《丁玲全集》（第 7 卷），河北人民出版社 2001 年版，第 2 页。

④ 瞿秋白：《多余的话》，人民文学出版社 1973 年版，第 1 页。

大众伦理之间的尖锐碰撞。

同时，我们还可以发现，在《韦护》中，丁玲不仅表现了知识分子复杂的双重人格，某种程度上仍保留了她在革命的路途中探查现代女性困境和命运的继续，原有的强烈女性意识让她对女性不能不有所关注，女性经验让她对革命语境中的女性位置有所质疑。这部小说虽然是以革命战胜爱情结局，最终维护的是革命的价值，但整篇满溢着的浓烈爱情描写是那么甜蜜、美好，徘徊其间的男女主人公是那么的沉醉，这让结尾处革命者转向革命、放弃爱情的行为对比之下显得多少有些牵强。虽然在革命者内心经历了革命理性的逻辑演绎，但不能不说最终为了革命抛弃爱情仍显得革命理念的空洞苍白，甚至有一丝不合人性，这暴露出作家自身态度的犹疑与困惑，是否应对革命高于爱情做出明确肯定？革命在解放大众的同时是否就一定要以牺牲个人的幸福为代价？答案显然是难以回答的，文本的丰富性在这里得到了进一步延展。

在丁玲笔下，她让新女性丽嘉始终具有鲜明的女性意识。即使在她与韦护陷入难舍难分的热恋时，也对男女关系保留了自己的一点看法。在韦护对丽嘉与好友姗姗的亲密关系发出羡慕的感叹时，丽嘉的回答是："你嫉妒我吗？我相信她也爱你呢，因为她太爱我了。而且她不会，永远不会丢弃我的，而你呢？韦护，你也能使我如此深信不疑吗？"[①] 结局韦护对丽嘉的抛弃无疑与姗姗对好友的始终不离不弃形成有意味的对比，一定程度上表露了作者的用意：她发现了男性革命者身上潜藏的问题，对新女性在革命中的处境提出了自己的质疑。质疑男性以革命的名义对女性的抛弃，提示在男权的社会里新女性不应有过多的依附性，一定要保持自己的独立精神，保持自己的主体性。

---

① 丁玲：《丁玲文集》，湖南人民出版社 1983 年版，第 103 页。

文本潜在流露出的女性话语说明丁玲在《韦护》中仍自觉不自觉地站在女性的立场来看待革命，这使得小说充满了歧义与矛盾，在一定意义上对蒋光慈等开创的“革命加恋爱”的神话给予了解构。第一个以“女兵作家”享誉文坛的谢冰莹在小说《清算》中发现了革命中令人不安的女性位置、女性的价值常常被忽略的问题后，作家甚至表示了一种与主流的革命意识形态格格不入的极端的偏执，让人物“为了感情不惜远离团体”[①]。

不过，随着左联对作家创作的不满与明确的革命意识形态要求，丁玲这种多重话语的写作空间越来越难有存在的可能。在稍后的《一九三〇年春上海（之一）》《一九三〇年春上海（之二）》等小说中，她有了明显的转变，为了努力认同和采用革命的话语写作，开始不断地调整自己的写作立场。抉择的艰难被逐渐压缩，个性主义与女性立场渐渐失去了原有的光彩，女作家已经开始努力地将子彬、玛丽作为具有“小资产阶级情调”的人物给予否定，“阶级”这个衡量标准使复杂的矛盾变得简单化，抉择也就不再艰难。在对无产阶级意识的认同下，革命与爱情的冲突中作家毫不犹豫地选择了革命，甚至在一定意义上成为新旧两个时代中革命者新我与旧我转变的象征性标志。这种叙事，体现了丁玲对矛盾进行弥合的努力，这是在想象中试图解决革命与个性冲突的叙事方案，这种努力是叙事者应对社会转型需要和社会转型焦虑的结果。在新的叙事中，“爱情”已成为革命伦理叙事框架下的附属物，需要借助“革命”的力量，才能在新的叙事秩序中取得合法地位，作为革命女作家的丁玲面对革命的规定性开始显得局促不安，她努力要在革命与各种话语之间找到平衡点。

历史滚滚向前的激流是不容许多少时间给女性对这种处境进行细

---

① 谢冰莹：《清算》，艾以、曹度主编《谢冰莹文集》，安徽文艺出版社 1999 年版，第 56 页。

细体味与反复思考的。1931 年 11 月左联执委会决议《中国无产阶级革命文学的新任务》，在要求作家“必须注意中国现实社会生活中广大的题材”时，把“恋爱和革命的冲突”与“身边琐事”的“小资产知识分子式的‘革命的幻灭’”一起，归入“定型的观念的虚伪的题材”，认为非“抛去”不可。① 丁玲快速发生了转向，到《田家冲》《水》的创作时，多重话语从文本中彻底消失，其他女性作家也都较自觉地担负起了为大众革命而宣传、战斗的时代责任，爱的痛楚被暂时搁置，女作家笔下极难寻觅到一点关于爱情与革命的踪影了。直到下一时期即 1937 年之后，对这一主题的关注与女性话语才重新回到革命女性的小说中。

第三节　双重压迫中的受辱与反抗

30 年代随着“大众”及“阶级”观念为核心的意识形态逐渐成熟，中国现代文学中上一时期以都市知识女性为主要描写对象的状况发生了变化，一批底层的劳动妇女形象开始占据文坛主要位置。由于妇女处在社会的最底层，苦难最深，屈辱最重，因此，将劳动妇女的身体苦难作为指向阶级压迫来表现“反抗”的主题成为 20 世纪 30 年代左翼文学的流行主题，女性革命小说保持了与文学主流的一致性，出现了一大批以“反抗阶级压迫”为主题的作品，其中尤其以女作家草明的小说创作数量最丰，短短的 6 年间已达到了 30 余篇。但男性作家一般是将男性和女性作为劳苦大众的整体来表现，把所遭受的苦

---

① 冯雪峰：《冯雪峰论文集》（上），人民文学出版社 1981 年版，第 65 页。

难共同指向了阶级压迫，而女性作家对大众女性身体苦难根源的阐释却有所区别，除了指向阶级压迫之外，还夹杂着对封建男权社会性别压迫的指向。正如法国女权主义者费罗拉·特里斯所指出的那样："连最受压迫的男人也可以压迫一个女人，这就是他们的妻子，他们的妻子是无产者中的无产者。"[①] 革命女作家的这种差异主要是来自于底层妇女相同的性别经验，不管她们出身哪一个阶层，都深受男权社会的压迫，底层妇女由于性别身份遭遇的身体和精神磨难也是女性作家曾有的惨痛经历，"第二性"的客体等级身份也是女作家的社会文化身份。因此，作为与底层妇女同性别的写作者，她们对社会性别问题极为敏感，促使女作家们在写作中以更贴近现实的眼光来观察乡土中的女性，在对底层妇女苦难生活及生命悲剧的揭示中，即反映了她们在阶级压迫中坚强的抗争一面，同时注重对性别压迫的批判，这种双重压迫根源的揭示，显示了对底层妇女生存苦痛更深的理解和关怀。某种程度上，女性作家笔下的妇女苦难叙事会时常溢出时代主流话语，以一种边缘话语的存在展示出女性共同的内部经验，蕴含着超越简单化约政治性叙事的丰富内涵。

围绕劳动妇女身体受压迫的主题，革命女作家们展开了多种题材的书写。"性压迫"一向是女性作家注重的视角，草明的《等待》(1932)、《病人》(1934)，关露的《姨太太的日记》(1935) 都涉及对这一问题的思考。《等待》写了在极度贫困中挣扎的一对贫民夫妇面对饥饿威胁时，丈夫竟以逼妻子卖淫来供养自己生活，以后又卖给了兵痞梁标，妻子"她"无助地忍受着这种耻辱。小说揭示了在男权社会，女性既是阶级压迫下的奴隶，也是性别压迫下的奴隶。作为受压迫者，女性从来都被视为一个可以随意交换的"物"，甚至在极端贫

---

① 出自［法］费罗拉·特里斯 1943 年所著《工人联合》，转引自赵小华《女性主体性：对马克思主义妇女观的一种新解读》，《妇女研究论丛》2004 年第 4 期，第 14 页。

困的社会底层，女性的身体可以成为供养男性的生产资源，从来不曾拥有做人的一点“权利”。《病人》叙述的是因性病而住院治疗的妓女，身心受到了极大的损害，所以在她的眼中，只有凌辱她的男人，没有医生，拒绝接受男性医生的治疗，她怀疑地质问着“你要医好我？一个男人要医好我？他们医好我做什么？”作家暴露了在男权的社会中，女性除了受到阶级的压迫外，性别的奴役可能会带来更大的身心伤害。

关露的《姨太太的日记》是这一题材最有代表性的作品，应该说作家塑造的妓女“我”的形象在整个现代文学史中都是极为少见的。在20世纪二三十年代，以老舍为代表的作家笔下，“妓女”是以“被侮辱被损害”的底层弱者形象出现的，她们的生命中充斥的是无尽的艰辛与苦难；而另一种是以刘呐鸥、穆时英等新感觉派及曹禺为代表的作品中的交际花形象，小说里的“她们”沉沦在繁华大都市炫目的物质与欲望之中难以自拔。无论是“苦难”还是“欲望”书写，在人道主义的同情心和社会正义感下，男性精英知识分子大都是以妓女形象来传达对社会现实的激烈反抗和批判。担当着宏大的救国救民意识形态功能的女性，要么陷入沉沦而难以自觉，要么无力自拔，难以摆脱对金钱和生活方式的依赖，对社会悲剧性意义的强调，使得男性叙事中的妓女都是精神主体缺失的形象。在关露笔下，“我”这个妓女形象是很难归入主流话语模式的。在作品中，女作家重点叙述的不是女性的苦难或欲望，也没有把她们塑造成隐忍麻木、被动无知的弱者，而是写出了她们处于最屈辱、最卑贱、最受践踏的生存状态中仍保有自己最朴素的人性本色，推动着她们维护人的基本尊严与价值，并成为坚韧的人生态度的最初动力。这种将妓女作为一个“普通人”，着重展示她们的心理，在社会谴责之外，表现出更为复杂的内涵，无疑更接近对“妓女”这一独特底层女性的真切理解，更具有人性的深深关爱。

小说以日记的形式记录了“我”在前后长达两个多月的时间里的心理变化，表现了屈辱的生存处境下一个女性的逐渐觉醒。妓女“我”是一个曾经靠挂牌生活的妓女，后被×长花钱买来做了众多姨太太的一个。不过她明白，身份上的改变并未带来自己在社会地位上的变化，在男权的社会里，女人永远处于被压迫、被奴役的地位，在男性眼里娶来的和买来的没有什么区别，“用男人的钱陪男人睡觉总是一样的事!”“嫁了人还不是一样地做生意，一样地睡觉拿钱。不过说起来不是给人嫖罢了。”在旧式传统礼教思想下，她认为男人对女人的奴役是正常的，“有福的女人是要使男人欢喜”，“世上的人总是欺压女人的，女人不靠男人哪里还有出路”。所以总是想尽一切办法争宠、吵闹，以便得到更多的金钱维持眼下的生活。在不断的争风吃醋中她发现，女人将自己的生活依附在男人身上是永远不可靠的，她逐渐认识到了男人的本质，在男人眼里，女人就是一个可以用金钱买的“物”，“是花钱买的，不值什么”，男人的本性就是风流的，“男人只要有钱，找女人总容易”。看到自己随时被抛弃的岌岌可危的命运同时，她也渐渐在别人的眼光中感受到了这种寄生式生活的屈辱。苦难中磨砺出来的倔强灵魂，依然保持着自尊与不认命的天性，这让她变得渐渐坚强起来，她开始思考，哪里是一个女人的出路呢？她曾经试着跑去尼姑庵，打算靠自己的一点积蓄生活，发现很快坐吃山空，而且庵里也并不是原来想象的洁净之地，也都是看钱行事的势力之人。几条路都走不通的她终于在好朋友连小姐身上受到了教育，越来越认识到女性独立的重要性，不要依靠男人，将自己的命运放到别人手里。连小姐虽然有一个有权有钱的父亲，但她从来不靠他生活，而是自己工作挣钱，“虽然她穿得朴素，钱用得不宽敞一点，但是她不用别人的钱，她什么都自由，她的身体和一切都是自己的”。最后她下决定要走一条自立的新路时是那么决绝，“养好了病，再来和你们

算账！算好了账之后，我再也不当病人，也不当姨太太！”在关露的叙事中，显然是将“妓女”背后的社会问题始终与女性解放问题相结合的。畸形的性别遭遇一步步孕育出了女性初步觉醒与反抗的意识，这种意识的产生不再是突兀的，符合生活的逻辑和人物情感发展脉络，接近性别真实。女作家笔下粗粝不羁，屈辱中仍保持自尊、坚韧与执着生命力的“妓女”形象让我们看到了20世纪30年代意识形态话语中较少关注或有意忽视的处在社会最边缘的人性内涵，潜在瓦解了男权社会对女性的权威与规范，在批判控诉的同时让远离人们视野的活生生的人的内心世界重新回到文学中。关露在性别意识被主流话语所排斥的时代能够保留难得的女性体认，在与主流意识形态话语保持一致的前提下有了一定的疏离。

乡土中国的种种“陋俗”是女作家揭示身体压迫的又一题材。杨刚的《翁媳》（1936）堪称其中的优秀之作，它以“望郎媳”陋习书写了乡土文明中女性遭遇的生存危机。月儿5岁时被嫁到朱家做望郎媳，在她天真无邪、一碧如洗的世界里，始终对人生和人世懵懵懂懂，她一双美丽清澈的大眼睛始终追随着水光山色、豆角花开的美丽田园。在朱大娘的打骂声中，在无尽的劳作生活中，渐渐长成少女的月儿唯一的精神慰藉是来自公公朱香哥的呵护和温情。“月儿似看出这个壮男子一身哄人的筋肉里，长了有无数鲜红的小嘴成天叽叽呱呱讲心事。”月儿同朱香哥最终在共同生活和劳动中相爱，结成了“一副命运的结子”。朱大娘其实也是望郎媳，待她年老色衰时，丈夫朱香哥才刚刚长大成人，年龄的巨大差异使夫妻之间毫无感情。被命运折磨得心理已变态的朱大娘，一面假借对菩萨的虔敬与和尚偷情来发泄自己的欲望，几天不回家地“走庙上香，弄佛事”，一面对与自己同命运的月儿严防死守，动辄暴怒。当她发现月儿与丈夫的私情时，设计抓住了正在野合的二人，结果，懵懂的月儿难逃现实的残酷，被世俗礼法以“狐狸精”的罪名判处死罪沉入潭中。小说对月儿生命意识苏醒的精湛描写，使人扼腕鲜活美好生命的被扼杀。生活在乡土文明中的农村女性就是这样被家族中的婆婆、族长等人寂静无声地杀害了，一个个倒在了封建宗法的祭台上。女作家以青春少女的痛苦、向往追求的被扼杀揭示了古老中国残暴的封建宗法制度对女性的戕害，对她们健康善良人性的吞噬，对鲜活青春生命的毁灭。

此外，草明、谢冰莹也都曾涉及这一题材。草明的《阿梅》（1934）叙述婆婆为了抱孙子让大肚子的媳妇“跳天梯”，结果阿梅失足从梯上坠落，孩子不幸流产，婆婆从此不再理睬她眼中无用的儿媳，丈夫也毫不留恋地离开了家门，孤苦无望的阿梅从此“陷入绝望”。《隔世的犯人》（1934）描写黄脸婶原本为转运领养了一个姓旺的女孩，生活却仍然是越来越困窘，去算卦时被人指点出收养的女孩是前世漏网的犯人才带来她今世的厄运，于是黄脸婶狠狠地烙着孩子的屁股，希望好运能走进家里。《绝地》（1937）叙述一位靠卖“白粥”维持母子生计的真嫂，因被认为是她命硬连连克死了两个丈夫，被周围的人认为不洁、晦气，不仅遭到孤立，当面咒骂，还将“犯神”插到她家门外来镇妖。谢冰莹的《梅姑娘》（1931）、《新婚之夜》（1932）写的都是“包办婚姻”，前一篇写梅姑娘被贪图钱财的父亲卖给人见人怕的废人“软子”（软骨病）做媳妇，之后绝望地投水自杀。后一篇写美丽的16岁女孩秀姑娘，被卖给48岁又老又丑的男人后撞墙而死。“农业文化是一种彻头彻尾的男权文化，农村社会是一个绝对的男权社会……所有对女性造成压迫、使她们丧失各种自由、沦为男性附庸的宗教、伦理和政治经济制度，都在这个时期建立并完善化。”[①] 女性作家自身经验的切肤之痛，使她们难以将宗法时代的中国

① 李洁非：《城市相框》，山西教育出版社1999年版，第25页。

乡村浪漫化、诗意化。在女性作家笔下，偏僻、闭塞、原始的乡土社会是令人窒息的生存空间，乡村女性在这狭小、逼仄的空间中面对无处不在的性别压迫无处逃遁。她们被父权、夫权、族权、神权各种力量践踏着、毁灭着，完全没有自主的生命意志，并且她们中的男权意识内化者也成为"无意识"杀人团的一员，参与了对自身性别的戕害。多重奴役下乡村女性的生存状态是卑微、渺小、不得不匍匐在男权脚下的奴隶。女性作家对乡土文明中女性命运的书写显然有别于左联时期革命话语对乡村女性的想象和期待。

此外，司空见惯的家庭男性暴力也进入了女性作家的写作视野。应当说，在穷苦的劳动者家庭中，虽然因为经济条件的原因，夫权在日常生活中的体现是有限的，但也不乏粗暴、冷漠，一旦爆发起来，仍会给弱势的女性带来沉重的苦难。杨刚在《母难》（1936）中就用细腻的笔法叙述了这样的故事。吴妈的"横人丈夫"种种恶习俱全，不仅"心在别个女人身上"，并且"把大烟和吗啡燃烧起来的力量，全用在打老婆"上，每天只给母子俩一茶杯米作整天的粮食，"夜里驱他们去村头挑水……挑完十担水才让睡觉"，吴妈与幼子在暴虐下苟延残喘，不堪暴力的她终于下决心与儿子逃离家庭外出打工。吴妈本以为逃出了丈夫的虐待，"靠自己，吃自己的饭"就可以和儿子"换点平安和整齐的日子来过"，无论生活怎样的艰辛，劳作怎样的繁重，她都为这暂时逃脱出的自由而舒心、满意。但是安稳的日子没有过上几天，当得知同病相怜的儿子因不堪掌柜虐待出走时，她失掉了往日生活的勇气和勃勃生机。失而复得的孩子终于回到母亲身边，渴望有个家的儿子提议回到父亲那里去时，吴妈感到"撕心裂肺的痛苦"，丈夫暴虐的种种行为一齐涌上心头。她知道家对于她来说根本不是可以遮风避雨的地方，而是要承受最严酷欺压的空间，在归家和坚持自己谋生之间她选择了后者，尽管这有失去母子亲情的危险。这一时期草明的《一个人不做声的时候》(1933)、白薇的《受难的女性们》(1935)等小说也都对家庭中的男性暴力有所涉及。乡土中国，贫苦大众家庭中男性暴力处处可见，被视为日常琐事，过于平庸，但一经写出，也能震魂慑魂，而这种对常常被人有意无意忽略之事的关怀，显现出的恰恰是女性作家性别视野的敏锐，及对女性所受压迫之深的领悟。

如果说，“身份的创建是一个群体对另一个群体的权力问题，而表征是其中的至关重要的部分”，那么，在人类的历史中，文学叙述在本质上就是一种权力关系的体现，而女性声音的缺乏显然是对女性群体的压抑，它揭示着背后文化政治的权力操控。葛兰西创立了“属下”概念，用来指代“被排除在社会主流之外、从属的、缺少自主性的没有权力的人群和阶级”①。后殖民主义批评家斯皮瓦克沿用了这一概念，并在研究中进一步指出，作为女性属下，第三世界女性的身份被加倍抹掉、双重边缘化了，“不论她们身居何处，都会由于经济上的相对劣势和性别上的从属地位而被双重边缘化”，这导致的是“处于性别劣势的女性属下根本没有说话的地方，她们很难以自己的声音向世人展示她们自己的经验”。“性别的意识形态建构一直是以男性为主导的。如果属下没有历史、不能说话，那么，作为女性的属下就被更深地掩盖了。”② 最后，斯皮瓦克将女性属下的发声寄托在女性知识分子身上。中国劳动妇女长期处于社会最底层，从自然存在到社会存在，从经济上的毫无权力到性别上的从属地位，都受到男权社会的压迫和摧残。如果说在20世纪30年代的男性精英笔下，对中国底层妇女的苦难书写更多展示的是民族、阶级的压迫，那么女性作家找到并

---

① 朱晓兰：《文化研究关键词》，南京大学出版社2013年版，第123页。

② 罗钢、刘象愚主编：《后殖民主义文化理论》，中国社会科学出版社1999年版，第125页。

确立了自己的独特书写。她们不是将自身放在居高临下的启蒙的立场上，而是以平等的姿态去探查和体认居于社会边缘的底层妇女的日常生活和生命本色。她们不仅看到了底层妇女作为被压迫阶级的一员，反映她们所承受的外族侵略和阶级剥削，还特别感同身受地从性别身份上看到了她们身体所受到的深重侮辱与戕害。她们遭受着男权社会的性的奴役，遭受着社会陋俗的性别迫害，遭受着乡土大众“无意识无主名杀人团”的合力践踏。“五四”以来的思想革命和社会革命都并没有对根深蒂固的中国封建社会产生多大影响，男权社会对女性肉体与精神的压迫依然如故。女性作家的叙述在一定程度上瓦解了男性精英对底层妇女愚昧麻木的阐释，写出了她们在重重压迫下的挣扎与呻吟，也写出了她们对美好人生的追求和渴望，写出了她们在苦难生活中保有的人性的善良和温情。显然，女性作家边缘话语的表达不符合意识形态话语的规范与要求，但对女性生存的独特感受与深切关怀更接近历史的真实，接近性别的真实，女性作家们的书写显示了对女性性别建构的努力和自我认同的自觉。

第四节　“拯救”者男性的降生

弗吉尼亚·伍尔夫曾经指出，女性“被强行剥夺了在中产阶级的客厅内所能遇到的事情之外的一切经历。对她们而言，关于战争、航海、政治或商业的任何第一手经验，都无从获得”[①]。在文学上，由于女性生活空间有限造成的女性写作视角相对狭窄是一个普遍存在的现

---

① ［英］伍尔夫：《论小说与小说家》，瞿世镜译，上海译文出版社 2009 年版，第 53 页。

象。中国现代女性作家对男性的认识也同样经历了这样一个过程。“五四”时期由于女性自身参与社会活动空间有限，以致女作家笔下对男性的认识，很大程度上都局限在婚姻家庭、两性情感等有限的范围之内。她们很少或者很难在更广阔的社会空间去展现和审视男性，这使得男性本质只能在相对狭窄的私人领域中去接受两性道德拷问。

进入左联时期，正是中国社会处于强对抗的阶段，在这社会历史发展的危机时刻，女性群体的弱势特征进一步被强化，而男性的社会作用得以凸显，他们以无比的热情与巨大的力量发挥着作用，成为时代的先行者。男性世界所表现出的积极进取的人生态度，敢于担当的人格精神，无私无畏的宽大胸怀，促使女性作家被他们的精神品质所吸引，重新走近男性。如果说前一时期女性作家更多地将男性放到现实生活的背景上，将自己的个人经验整合进男性形象之中，使得笔下的“男性”具有私人领域的生活意义，那么左联时期的女性作家则开始更多地将男性放到宏大的社会历史进程中，将民族国家的救亡意义融入男性形象之中，使得男性形象更加具有公共空间的社会意义。这在一定程度上导致对前一时期男性否定、贬抑态度的改变。女性在新的时代下重新解读并认可了男性，或者说，是转移了对男性魅力的关注点：由个人恩怨转向社会责任，由此，调整和修正了对男性的认识，显示了对男性认同的回归与转变。

同时，在女性作家们投身革命的道路中，身边的男性成为她们成长过程中有力的扶助者，随着年龄、经验的增长，女性的思想意识也逐渐由幼稚趋向成熟，由感性趋向理性化，这些都影响了她们男性观的变化。回顾革命女作家的成长历程我们不难发现，20 世纪 30 年代投身革命的女作家们，绝大部分都是在身边革命男性的影响下，最终认识社会，确立自己的世界观、人生观并选择了革命道路的，这带来的是对革命和男性的新认识。如白朗在 1929 年与罗烽结婚时，罗烽

已是中共地下党员，担负着北满省委候补委员与“呼海”铁路特别支部的工作；草明于 1932 年同欧阳山相识、相爱，而此时的欧阳山已是“左”倾的进步作家，从这以后，草明才开始练笔写小说，处女作便发表在欧阳山任编辑的进步小报《广州文艺》上；杨刚受身为革命者的第一个丈夫深刻影响，矢志革命，早在学生时代就走上了革命道路；谢冰莹是在二哥的引导下阅读大量进步书籍，后又在其支持下坚定地投身革命队伍的；冯铿在成长的关键时期，正是前后两个均为革命者的恋人许峨、柔石的引导，使她坚定了革命的信念；白薇早在日本留学期间就已同创造社的田汉等人来往密切，男友杨骚当时也是进步的左翼作家。

丁玲对自已向往革命走上革命道路的过程有着清晰的认识。在《离情》一诗中她承认自己受到胡也频的革命思想启蒙。她记录了胡也频作为一个革命先行者，同时作为忠贞不渝的亲密爱人，在各方面都给了她潜移默化的影响。丁玲在 1930 年给去济南任教的胡也频信中写道：“我是多么感谢我的爱。你从一种极颓废、消极、无聊赖的生活中救了我。你只要几个字便能将我的已灰的意志唤醒来，你的一句话便给我无量的勇气和寂寞的生活去奋斗了。”[①] 胡也频身上的人格力量，使得丁玲对胡也频从“姐弟一般的”“神话中的小儿女般的”感情发展到了一种相濡以沫的精神上的依赖。[②] 丁玲通过现实生活中的胡也频等其他男性懂得，男性是最早领悟革命真理并勇于投身革命的，他们身上蕴含的力量，寄予着民族的希望。丁玲越来越发现胡也频作为革命者的引人魅力：“他原来对我是无所批判的，这时却自有主张了。”胡也频成了所任教的高中最激烈的人物，“他成天宣传马克

① 丁玲：《一九三零年致胡也频》，《丁玲全集》（第 11 卷），河北人民出版社 2001 年版，第 12 页。

② 丁玲：《一个真实人的一生》，《丁玲全集》（第 9 卷），河北人民出版社 2001 年版，第 68 页。

思主义，宣传唯物史观，宣传鲁迅与雪峰翻译的那些文艺理论，宣传普罗文学，我看见那样年轻的他，被群众所包围、所信仰，而他却是那样的稳重、自信、坚定、侃侃而谈，我说不出的欣喜”[①]。1931 年 2 月，胡也频等左联五烈士被国民党杀害，丈夫的牺牲使丁玲感到了自己身负的责任，“悲痛有什么用，我要复仇!”[②] 在爱人精神力量的感召下，丁玲不再满足于革命的“同路人”，而是走上了革命道路，成为革命阵营中战斗的一员。在左联机关刊物《北斗》做编辑的工作中，丁玲又在早年痴恋过的冯雪峰[③]身上感受到了这种令她一生不断向前的力量。在丁玲一生中，冯雪峰对她的影响应该说是最大的，她在晚年曾说过这样的话：“我最纪念的是也频，而最怀念的是雪峰……雪峰是最了解我的朋友之一，是我文章最好的读者和老师，他永远是支持我创作的。”[④] 丁玲对这个一生中“第一次爱过的男人”爱情不能实现虽然感到很苦恼，但是她的灵魂更深地感受到了上升为同志之爱、精神之恋的伟大力量，这种精神之恋的魅力正在于对冯雪峰身上革命者的精神人格的仰慕。在《不算情书》（1932）和《给我爱的》（1931）中对这种革命时代的特殊爱情表达得真挚、感人。丁玲在 1931 年 8 月《给我爱的》诗中写道：

---

① 丁玲：《一个真实人的一生》，《丁玲全集》（第 9 卷），河北人民出版社 2001 年版，第 69 页。

② 同上书，第 79 页。

③ 对于自己和冯雪峰的感情，丁玲极少掩饰。例如在《不算情书》中她写道：“从我的心上，在过去的历史中……只有这个男人燃烧过我的心……宁肯失去一切而只要听到你一句话，就是说‘我爱你!’”在 1937 年与斯诺夫人的谈话中，丁玲称自己与冯雪峰曾有过的恋情为“伟大的罗曼司”，还谈到当年对胡也频毫不隐瞒，曾说过：“我必须离开你，现在我已懂得爱意味着什么了，我现在同他相爱了!”在回忆这些往事时，丁玲依然保留着她的性格中最为可爱的特点，她的坦率，她的真诚情感，正是她的作品之所以具有魅力的重要因素，同样也使她的这些回忆显得毫无虚饰，向我们袒露出她内心世界的一隅，呈现出一个真实的令人可信的“五四”新女性。见丁玲《不算情书》，《丁玲全集》（第 5 卷），河北人民出版社 2001 年版，第 20 页；李辉《恩怨沧桑：沈从文与丁玲》，百花文艺出版社 1992 年版，第 22 页。

④ 冯雪峰：《冯雪峰论文集》（第 1 卷），湖南人民出版社 1983 年版，第 105 页。

太阳把你的颜色染红了，（红得这般可爱！）

汗水濡湿了你全身，

你一天比一天瘦了起来，

可是我只看见你更年轻。

……

你绝不会像那些年轻人的，

只要苍白的面颊，

懒惰的心情，

享受着玩弄着那些单调、无聊的旧套。

你是平静，

你是直诚，

你是勤恳，

只有一种信仰，固定着你的心。

……

我只想怎样也把我自己的颜色染红，

让汗水濡湿了我全身，

也一天比一天瘦了起来，

精神，却更显得年轻。

……

只有一种信仰，固定着我们大家的心，

所有的时间和心神却分配在一个目标里的各种事上了。

你不介意着这个，我也不要机会倾吐，

因为这在我们，的确是不值个什么的了。①

---

① 丁玲：《给我爱的》，《丁玲全集》（第4卷），河北人民出版社2001年版，第317—321页。

正是“革命”成为女作家们新的信仰，让她们重新获得了对男性的认识。这一时期，在革命女作家的现实生活中，男性已成为她们感情和事业的重要角色，她们通过男性认识了这个世界，他们的智慧和力量给了革命女作家们无尽的启迪和革命动力，这些对男性的重新认识，自然会反映到她们的文学创作中。

此外，随着世界无产阶级革命运动的影响和马克思主义在中国传播的日益深入，随着工农大众日益成为中国社会的主要阶层，从20世纪20年代中期开始，作为时代先锋的知识分子对社会本质与发展的认识有了新的变化，从“五四”时代着眼于人的精神解放开始转向从经济、政治角度剖析中国社会问题。他们认识到，社会的本质是阶级集团的对立，社会不是“个人，而是团体”，“不是一个人，而是阶级”[①]。正如茅盾所指出的那样，“一是时代给予人们怎样的影响，二是人们的集团的活力又怎样地将时代推进了新方向……再换一句说，即是怎样地由于人们的集团的活动而及早地实现了历史的必然”[②]。意即中国的社会是阶级对立的产物，政治对抗是这种对立的最主要体现。这种对社会基本矛盾和社会政治的认识，改变了知识分子的社会价值取向，导致他们对自身道路新的反省，许多知识分子纷纷响应时代要求投身到为阶级解放、社会解放的革命事业中去。这种对社会新的认识带来了文坛以无产阶级和人民大众的解放为旗帜的无产阶级革命文学的倡导。1930年，中国左翼作家联盟在通过的理论纲领宣告中提出，以“站在无产阶级的解放斗争的战线上”，“援助而且从事无产阶级艺术的产生”[③] 作为“左联”的奋斗目标。这种时代号召下，革命阵营中的革命女作家们也努力适应社会发展和革命政治斗争的需

---

① ［苏］法捷耶夫：《创作方法论》，冯雪峰译，《北斗》，1930年第1卷第3期。

② 茅盾：《读〈倪焕之〉》，《文学周报》1929年5月12日第8卷第20期。

③ 马良春、张大明编：《中国左翼作家联盟的成立》，《三十年代左翼文艺资料选编》，四川人民出版社1980年版，第133页。

要，主动调整自己的创作立足点。在革命斗争中作为力量主体的男性工农自然开始成为她们新的关注对象，并担负起一定的政治功能。

应该说，这一时期的男性形象即来自于新时代下对男性新的认识，另一方面也出于对政治要求的领悟，在新的形象中女作家们注入了她们对于男性的追寻与期待，她们要在自己的笔下塑造一种理想的人，创作出革命者的形象。

从大革命到左联时期，男性形象在女性创作中经历了一个从解构到建构的过程，曾经被颠覆的男性重新回归。不论是知识分子还是农民、工人都不再是矮化的灰色形象，不再是人格卑琐、精神萎靡的男性，他们重新得到了异性的认同甚至是敬仰。作品中的男性虽然属于不同阶层，但他们在形象上都表现出共同的特征：作为革命者，他们重新回归男性的阳刚气质，意志坚定，积极进取，有勇于反抗的革命精神，具有“力”的审美特征。

同为革命者形象，知识分子与工农相比又有所差异。此时小说中男性知识分子更多的是表现了一个转变的过程，从旧我向新我的转变中一个“新人”诞生了。丁玲《韦护》（1930）中的韦护、《一九三〇年春上海（之一）》（1930）中的若泉、《一九三〇年春上海（之二）》（1930）中的望微和冯飞、《一天》（1933）中的陆祥、《某夜》中的“诗人”他、谢冰莹《青年王国材》（1933）中的以仁、杨刚《肉刑》（1933）中的青、《抛弃》（1931）中的若星、关露《殁落》（1933）中的滨等等，都是这类革命知识分子形象。

这一时期革命知识分子呈现出精神充实、乐观、自信的精神特征，已迥然不同于上一时期精神空虚、怯弱，充斥着欲望本性的小资产阶级都市男性，他们身上发生了明显的变化。他们寻求到了“革命”这一神圣的理想与目标，在为劳苦大众谋求幸福，追求社会解放的事业中终于实现了自我认同与满足感。政治信仰转化了知识分子原本被视为“动摇”“软弱”的阶级属性，在新的价值体系内他们重新获得了存在的合法性。

最早出现在女作家作品中的革命知识分子男性形象是丁玲的《韦护》。这部中篇小说写于 1929 年末，1930 年 1 月 5 日在《小说月报》第 21 卷第 1 至 5 号上连载发表。“韦护”也是丁玲本人走上文坛后创作的所有小说中出现的第一个“好男人”形象。知识分子韦护并不是一个天生的、完美的革命者，但他正是以对革命的崇高信仰经过痛苦的磨砺而走上了新的道路。虽然他也有矛盾，有与同志相处时不被理解、信任时的孤独，有与工农大众相处时被猜忌甚至敌视的愤懑、苦恼，有自己的个人趣味与所从事的工作相冲突的焦躁与不安，更有着在爱情与革命之间深深的犹豫与彷徨，但正是这些冲突的存在，尤其是作家展示给我们的他的痛苦的灵魂，经历了爱情与革命之间难以抉择的焦虑与种种微妙的心灵上的挣扎后，最终能将革命置于爱情之上，令人感受到革命自有其无可置疑的必然性，在战胜自我、战胜旧时代的一次次冲决中我们可以感受到革命男性的“铁一样”的坚定意志和冷静的头脑。人物对爱情的决绝虽不免有些残酷，但也因此更接近于历史的真实，在轰然向前的历史进程中，每一个革命的知识分子都必然要经历一场人生的“炼狱”，这是他们的命运。韦护作为一个曾狂热地热爱着文学的诗人，现在穿着短“蓝布工人服”，每天忙碌地到大学上课，参加各种会议，还要处理一大堆工作事务，繁重忙碌的生活常使他变得疲惫不堪，但他面对工作仍然表现出坚强的毅力和极强的责任感，非常满足于充实、有意义的生活，沉稳自信，这些精神和信念都成为韦护男性“力”的美的表现，丁玲在韦护身上完成了知识分子的转变。“韦护”这个人物，也是“五四”以来女性文学中第一个被正面树立起来的男人形象，在这个男人身上，我们可以看到从失望中走出的女性，悄然升起的对男性的认同与期望。

同年 6 月、10 月，丁玲陆续创作了《一九三〇年春上海（之一）》《一九三〇年春上海（之二）》，在这两部作品中，知识分子若泉、望微比韦护显得更沉毅、果断，充满精神力量，韦护在爱情和革命之间曾有过的游移、矛盾在这两个男性身上已几乎找不到踪影，他们的形象越来越趋向高大、完美。两人都是文学青年，放弃了过去一味描写苦闷与爱情的创作，积极投入紧张的革命工作中。在他们发生转变后，两个男性身上无不给人以“力”的感染。“七八个青年跨着兴奋的大步，向那高大的玻璃门走出去，目光飞扬，互相给予会意的流盼，唇吻时时张起，象还有许多不尽的意见，欲得一倾泻的机会……他们是刚刚出席一个青年的、属于文学团体的大会。”其中一个“又黑又瘦”“信步向北走去”的正是若泉，他脚步“轻松，一会儿便走到拥挤的大马路上去了”。在友人眼中，转变了的若泉成为一个“站在很稳固的地位，充实的，有把握地大踏步地向时代走去”，身上“充满光辉”的人物。“若泉很忙，参加了好几个新的团队，被分派了一些工作；同时他又觉得自己知识的贫弱，刻苦地读着许多书。人瘦了，脸上很深地刻画着坚强的纹路，但是精神却异常愉快，充满着生气，像到了春天一样。”① 另一个年轻的革命知识分子望微呢？马上要演讲的“可爱的棕色的年轻男人”望微，“他微微有点兴奋，压抑不住的，仿佛看到那将起的汹涌的波涛，排山倒海地倾来。他又仿佛看到那爆炸的火山，烈焰腾腾烧毁这都市。这是可能的，立刻便要发生，这么多的人在预备着！而他呢，他要推动这大的风暴和火炬！一些认识的人也在这里，他们也在心中燃烧起来，那镇静不住的兴奋，都为一种预感而快乐，脸都不免有点红起来了”。每天从早到晚忙于各种工作的他虽然觉得身体上“疲倦过度了”，却因对革命的信仰而

---

①　丁玲：《一九三〇年春上海（之一）》，《丁玲文集》（第 2 卷），湖南人民出版社 1983 年版，第 230、236 页、237 页。

感到“自己的心清醒极了，他看见他未来的生命的充实和光辉，他把握着他的幸福像一个舵夫把握着船舵似的”[①]。这里的文字向我们展示出的都是一群工作异常忙碌刻苦，却内心充实、充满活力的积极乐观的男性知识分子形象，新的信念让他们重新焕发了男性的“阳刚”之美。我们可以看到，左联时期的丁玲笔下，如果说韦护还有着鲜明的个人特征的话，那么到了若泉与望微那里则很难捕捉到作为不同生命个体的丰富性了。他们所理解的个人与革命的关系及个人的行为呈现开始越来越具有统一的倾向，转变后他们所认同的只是革命洪流中未来光明的自觉追求者，意志坚定，精力充沛，为革命兢兢业业，不再为一己着想，一切行动都被展现为一种革命者的思想观点和革命行为。这标志着新知识分子形象的诞生，知识分子已经被塑造成时代的英雄，而且知识分子“革命者”变成了几个概念的集合体，遮蔽了人物的多样性，呈现为“类”的形象。这种倾向在其他女作家的创作中也是如此，以仁、青、若星、滨都是这一“类”的知识分子，在他们身上个体人的存在难以寻觅，他们更多的是由个体而构成的整体性的“公共”形象。在这里，重新塑造的知识分子男性魅力开始与他们的信仰有直接关系，是由信仰的坚定来决定他们阳刚气质的，这已经与个人性格无关。新的评价标准取决于他们是否自觉为普罗大众服务，抛弃自身的阶级意识，否则便会被贴上“小资产阶级”知识分子的标签，成为被排斥的对象。而且，如果他们能够在爱情与革命的矛盾中放弃爱情，将革命置于爱情之上，投身革命，那么就是更为完美的革命者了。因为在新的革命时代，一切与私人领域相关的问题都开始成为应该被排斥、被清洁的对象，在时代的要求下，这里的知识分子革命者显然已经越来越向政治化的人物形象迈进了。

---

① 丁玲：《一九三〇年春上海（之二）》，《丁玲文集》（第2卷），湖南人民出版社1983年版，第306页、280页。

左联时期，革命女作家以农民和工人生活为写作题材的作品并不是很多。经过20世纪20年代末开始的革命文学运动之后，这一题材在文坛虽然开始盛行，女性作家对这方面的描写与之前相比在数量与质量上都有所提高，但由于生活视野、经验所限和时代明确的政治要求影响，这一时期女性小说中对农民和工人题材都没有提供太深入的描写，但与男性作家相同，都呈现了与之前完全不同的工农形象，并赋予了新的内涵。"五四"时期由于着眼于"人的解放"，挖掘老中国儿女的精神面貌，在知识分子启蒙视角下，大众作为被悲悯、被改造的"国民性"代表，他们的麻木、愚昧与衰弱便成为这一时期文学展示出来的最大特征。20世纪30年代，随着无产阶级队伍在中国的日益壮大和在各种革命运动的参与中越来越成长为主体力量，工人阶级和农民阶级的政治地位因此而日益提高。随着马克思主义学说日益占据主流意识形态，左翼阵营对社会的解读发生转变，开始认识到暴力革命是改造社会和推动历史的最根本道路，工农是革命的最有力主体和最可靠源泉。在他们看来，劳苦大众一无所有、吃苦耐劳，在中国受压迫的群体中占据的数量最大，这些品性使得大众具有革命的彻底性，无产者应该是最革命的，因此在对革命动力的寻找中工农被赋予了最坚决的革命性。对工农的认同带来的在文学作品中的变化首先就是道德美的重新赋予，人物外貌上也同时发生了变化。在女性作家的创作中，在表现内容上，劳动者形象发生了很大变化，对他们描写的最大改变一是有吃苦耐劳、善良、正直、天然的阶级觉悟等美好品质，二是劳苦大众都具有"强壮"的身体，实际上两种特征的塑造都担负着工农"革命性"的政治意义。

女作家对工农形象描写的变化首先是以身体书写的变化呈现的。与之前衰弱不堪的大众相比，这一时期，进入革命女作家笔下的无论是农民还是工人，都开始以强壮的身体出现。如在丁玲的《田家冲》

里就一连出现了三个男性农民，父一代的父亲赵得胜，子一代的大哥赵金龙和小哥。在幺妹的视角下，他们都是强壮有力的：父亲赵得胜是“较高”“较壮实的”；大哥赵金龙则是“健实的少年农人”，有着“强有力的大手”，“比两条牛还得力”；小哥有着“强壮的腿”，“也能够在田里做事”，在他们的辛勤劳作下，好的收成在望：“围着这树和土地的，是大大小小很好看的田，有些田放了水，静静地流着，有些刚刚耕过，翻着，排着湿润的土块。”有着相同身体的男性农民也出现在其他作家的作品中。冯铿《小阿强》里塑造的三个农民也无不拥有强壮的体魄。不仅小阿强的父亲“凶悍得像一头野牛似的”，叔叔阿柏“顽健得如同一头好水牛”，就连只有12岁小小年纪的阿强也不可思议地有“两只虽小可是却很有力很结实的臂膀”，能撑起“一面比身子还要大两三倍的旗帜”，挺着胸脯大踏步前进。除了农民形象外，女性小说中的工人也不约而同地以强壮有力的形象出现。如丁玲的《奔》中以张大憨子的回忆交代了三年前在乡下务农时姐夫李永发还是个“能干人，下田干活，一个人当两个人”，只是现在被资本家剥削得骨瘦如柴。白朗在《轮下》里写到的那些曾经做过纱厂工人或做过“扛大个”力工等各类工种的工人们，身体也是“健壮有力”的，在哈尔滨遭受水灾后他们作为难民到市公署门前示威游行的队伍是“浩浩荡荡的”，“长的行列向前挪动着”。丁玲《消息》中的阿福，《法网》中的顾美泉，《水》中的农民群体，冯铿《重新起来》中的炳生、和生、他们的老工人父亲，白朗《伊瓦鲁河畔》中的贾德，草明《绝地》中的冯海和陈永年，彭慧《米》中送米给前线士兵的工人们，等等，也都是以相同的身体特征出现在作品中。可见这些农民、工人改变以往“衰弱”的形体，代替以“强壮”的身体出现，最终因受尽压迫而奋起反抗在女性的革命话语中已经成为一个新的叙述模式。有着强壮身体的工农尽管有着吃苦耐劳、辛勤劳作的传统品德，甚至不

惜委曲求全、忍辱求生，但是仍饱受饥寒，生命和健康没有基本保障，甚至家破人亡、妻离子散，遭受的是赤裸裸的剥削和压榨，在作家对劳苦大众悲惨生活的展示中，“哪里有压迫哪里就有反抗”，揭竿而起的觉悟与反抗便是必然的结果。与“强壮”的身体相联系的必然为“坚强”的革命意志，作为一种预设这便成了不证自明的逻辑。此外，这里也暗含着面对凶恶的敌对势力时作家的一种对强大反抗力量的自我想象与渴望，作为一种革命话语的逻辑，这些已经构成了作家创造人物形象时的一部分心理依据。

同时，随着1930年左联的成立，标志着中国革命文学开始进入到一个新阶段，中国共产党不仅从思想上，而且从组织上领导文艺的开始。之前自发的革命文艺从此成为有组织有领导的无产阶级革命事业的一个组成部分，这带来的是文学创作的根本改变。在组织的要求与规范下，作为左联组织成员的女性作家们开始与男性一样，按照组织的要求主动调整自己的文学创作，在左联对文学为政治服务的突出强调下，对工人和农民的宣传教育成为20世纪30年代作家们的首要任务。同时，在20世纪30年代，工人和农民处于多重压迫之下很难接受多少教育，文化水平普遍低下，要吸引他们接受革命，了解自己的阶级地位和处境，让他们的灵魂受到震动，就必须通过各种手段对他们进行宣传和教化工作。如何进行有效的形式建构，是对革命有着高度认同的每一个作家面临的新问题，在这一要求下女性作家对农民和工人的书写与男性保持了一致性。

以活生生的形象去展示革命的体验，“让革命者形象成为一位读者‘熟悉’的人在叙事的过程中非常关键”[①]。因此，出于各方面因素的限制，对身体的“受难”作为最常见的文学叙事，便成为革命

① 余岱宗：《革命文学的崇高躯体》，《文艺理论与批评》2002年第5期。

文学在新形势下一种新建构的有效的文学模式。而在革命伦理的逻辑中，作家创作以阶级为标准，对敌我身体重新划分为对比鲜明的外形，代表了善的进步与革命的阶级自然是美的，在这种暗含了价值判断的身体中，就更加推动革命者以强壮威武的形象出场了。

在以强壮威武来衡量是否能从事伟大的革命事业的新价值标准下，革命者的身体统一变得越发高大了。通过对身体压迫的感性展示，并渗透进阶级意识觉醒的政治意义，无产阶级的肉体也就不再仅限于生理上的意义，而是承担了从压迫到反抗的政治功能，并且，受难后的觉悟与反抗，使得与革命相关的身体受难体验成为受压迫的工农男性还原其男性气概的最直接途径。革命的正义性也使得压迫与剥削下的暴力反抗具有了“合法性”，那是为了民族国家的正义之战，也是为了争取阶级应有权利的合理斗争。于是经历了农会暴动、示威游行、罢工抗议以及牢狱之灾的种种暴力行为后，女作家笔下革命者超人的意志向读者展示出的已经是他们受难后的崇高之美。冯铿的《重新起来》里参加了武力斗争后和生与炳生身体的再次登场在这一时期的受难英雄中是最充满了革命的“光辉”的：和生“身躯高大”，“瘦陷下去的眼睛凝结着尖锐的光芒，头发是毫无光泽的粗乱着”，“全身的膛体是伟岸的工人的骨骼，是神采奕奕的健康者”，“他的声音尖锐得和他的眼光一样，总之他是沉毅机敏的得力的同志，他阔大的肩膀上挑上一担很重的担子”。而弟弟炳生则“不是船中那个孩子模样的炳生，而是一颗炸弹似的，伟岸的战士”，是一个“肩了重任的勇敢的战士了”，他毫不畏惧地在“滚热的子弹嗤嗤地从身上飞过，烟雾弥漫”的险境中与敌人展开激烈的斗争。在他们的眼前“闪耀着两道鲜明的光辉”，他们“看见在这天海苍茫消逝了去的上海，正射着工人们重新啸动起来的光芒，伟大的爆发快要炸开来！同时，在这海天苍茫的另一处尽头，无数的农村照耀起来一轮重新升上来的红日！

而整个的世界都在这光辉里面重新啸动起来!!!”[①] 可以看到，在这种新的叙事中，工农形象从阶级意识的初步萌发到实际的革命行动后，工农就不再是普通的工农，而是“突变”成为革命英雄。反抗意识改变了男性在原有生活中的价值，阶级解放的政治属性提升了他们原有的社会身份，成长为革命者的工农被赋予了一种不同寻常的美。飞动的神采、高亢的精神，明显来源的是革命信仰和战斗意志，经过审美处理后工农强壮的“受难之躯”成为革命者攀登精神高峰的台阶，甚至已经开始带有神化的倾向。总体上说，左联时期革命女作家从意识形态要求出发，通过对人物政治思想和活动的内涵赋予，在工农形象的塑造上最终完成的是一种政治化人物的建构，在这种新的书写中，人也逐渐被化约为阶级的单一性了，这种人物形象的建构与革命文学整体达到了惊人的一致，作为一种新的文学传统对以后文学的男性书写产生了深远的影响。

左翼阵营自身比较早地发现了文学创作的弊端，瞿秋白早在1931年底就曾大声疾呼反对“脸谱主义”，反对革命文学创作中出现的各种公式化的问题。但怎样去书写，具体到创作中，显然还需要经历较长的曲折过程。许多年过去后，许多问题仍会在创作中重新出现，纠缠着人们的头脑。

从二十世纪二三十年代女性作家对男性书写的不同，我们不难发现，在两性关系的审视中她们对男性的态度有所转变，这种转变既是时代语境的必然要求，也是自身发展的需求。但在这一转变过程中，她们的女性意识依然存在，始终没有放弃作为女性的立场，一定程度上保持着独立的女性主体意识。只是在文本中，这种女性话语与故事层面的主流话语是以“隐”与“显”的不同形态存在着，从这一时期

① 冯铿：《重新起来》，花城出版社1986年版，第344、339、347页。

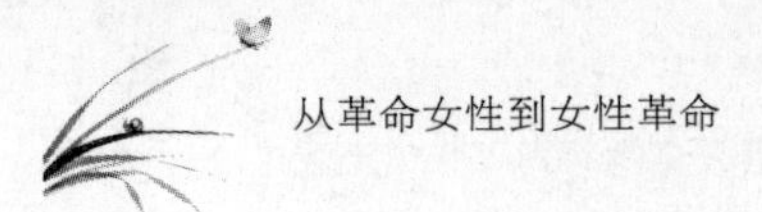

开始，许多女性作品都存在着一种文本上的“双重性”话语现象，它使得小说的内涵变得越来越复杂。

与之前相比，作品中男女的位置也发生变化，以男性为主角的小说数量上明显居多，但男性仍无法拥有对女性的支配地位。如丁玲从1931年起至1933年被捕，连续创作了《一天》《某夜》《水》《多事之秋》《法网》《夜会》《奔》《无题》8篇短篇小说，作品中基本上被高大的“男子汉”面孔占据着，女性只是作为极不显眼的配角在个别小说中闪现一下身影便消失了，这种创作面貌与前一时期的作品形成了巨大反差。这一现象在左联时期的其他女作家身上也几乎同样存在。但值得注意的是，当革命中出现男、女对应关系的形象时，这一时期作品中的女性并没有发生根本性的变化：前一时期女作家塑造的女性强调对男性从属、依附地位的抗拒；此时女性形象虽对异性有所认同，甚至因崇敬而被感召，但仍看重的是自我独立的人格，这种感召只是作为激励、鼓舞的外力因素存在，作为协助女性前进的动力，而前进的主体仍依靠女性自身的内在因素——女性的主体性，这与前一时期的莎菲们在精神上保持了一致。女性的主体性是女性借以独立的最根本的东西，是女性意识的核心，“主体性”的建构是现代女性与传统女性最本质的差异。作为逐步成熟的现代女性，革命女作家们始终执着坚守着这个女性为之奋斗了几千年才得到的现代女性的传统品格。这种注重女性独立的形象普遍存在在每个女作家的创作中，如《韦护》中的韦护与丽嘉在爱情生活中，几乎势均力敌，谁也不能对谁产生太大影响，最后韦护凭借着的是自己坚强的革命意志离开丽嘉投身革命事业，而丽嘉一夜之间醒悟出“做出点事业来”的想法，与其说是韦护的引导起了决定作用，不如说是自己反省之后的主动选择。《一个奇怪的吻》中女革命者李华处处显示着与丈夫姚行谦同等的思考与人格的独立。被捕后她先是提议跳车逃跑，摔伤后为了不拖

累丈夫，又把丈夫支开投河，处处显示的是一个独立的、具有自己主体意识的女革命者形象，与男性革命者“相伴”而行，没有半点依附之感。《重新起来》中的小苹更是时刻保持着积极奋斗、进取的精神。《重新起来》的结尾写道：“现在我们又是船中的伴侣了！……现在我们是紧紧团结着，走向新生的路上呀！”[①] 这可以说是对革命女作家视野中革命男女关系的恰切概括。

女性革命小说中，对女性自身传统的坚持，显示了现代女性意识的进一步发展。但在这特殊的革命时代，由于尖锐社会矛盾的激烈冲突，担负着社会责任的主要性别群体——男性身上的社会属性被有意无意放大，因此这一时期重新回归阳刚之气的男性与前一时期被销蚀的灰色的男性形象，其背后实际上都表明现代女性仍没有走出传统女性的依附心理，女性意识仍没有完全成熟，她们对“人”的认识还存在较大偏颇与局限。

① 冯铿：《重新起来》，花城出版社 1986 年版，第 346 页。

第四章　战争时期：革命政治中的反思与沉寂

1937年7月7日，神州大地发生了震惊中外的卢沟桥事变，从此，一场神圣的抗日战争全面展开。民族的大灾难唤起了人民的团结和觉醒，中国妇女与男性们一道，肩负起了抗战建国的重大历史责任，经过血与火的洗礼，革命女作家在长期的革命生涯中磨砺了生存意志，也使深受传统禁锢的女性获得了对社会现实进行全面观察和深度体认的机会，这促使她们的作品在各个方面都达到了前所未有的高度，创作走向成熟。

战争时期，出于对真理的追求，对民族抗战的责任感、使命感，革命女作家大批走进革命圣地——延安。首先到达延安的是丁玲，她于1936年11月逃离南京后直奔陕甘宁边区；随后，陈学昭、白朗、草明等陆续到达延安，并且都担任了较重要的社会工作；此外，颜一烟、林蓝、莫耶、曾克、袁静、韦君宜、李纳、彭慧、崔璇、逯斐等都到过延安学习或工作，她们很多后来又分散到其他解放区或上前线。除延安外，有一些女作家分布在各解放区积极工作着，如菡子、杨沫等人，还有一部分革命女作家留守在国统区或“孤岛”，做着妇运、统战、地下交通等工作，如杨刚、葛琴、郁茹、关露等。革命女作家们在这一时期政治意识、社会意识更加鲜明，更加自觉地以自己的创作作为反侵略、反压迫的革命武器，同时，她们的创作对革命战

争中的妇女命运和生存状况投注了更多的关注。

这一时期，解放区进行了轰轰烈烈的农妇大翻身运动，其在中国妇女解放史上的意义，同“五四”时期妇女解放一样重大。“五四”妇女解放主要表现为中上层女性的精神解放，而解放区的这次翻身运动则面对的是更广大的劳动妇女，也着重于更切实的经济与政治解放，“男女都一样”成为新制度下的最大特征，男女平等问题再度进入主流社会运动。

自身的成熟与外在的客观现实，使得这一时期的革命女性创作在奋进的同时趋向回顾与思考，关露、郁茹、杨刚、陈学昭在本期先后创作了自传体中长篇小说《新旧时代》(1940)、《黎明》(1945)[①]、《遥远的爱》(1943)、《挑战》(1948)、《工作着是美丽的》(1946上卷)[②]，许多艺术上较精湛，内涵丰富的短篇小说也大量出现，在艺术、思想上都标志着女性作家们的创作走向了成熟。她们的视野更为开阔，思考也更为深入、全面，不仅仍然热情执着于对妇女解放事业的关注，而且同时也将目光对准了为之献身的革命事业，她们的思考“既富理想色彩但仍保持了生活的原色；既富理性但没有把生命、感情完全地理智化，理想与现实、个人与集体、男人与女人、理智与感情开始向统一方向迈进”[③]，并最终指向对历史的反思，文化的反思，上升到了一个新的境界，其追求的独立人格、人的解放呈现出继“五四”以来的又一次高涨。

---

① 原连载于1943年10月15日至1945年4月15日《女声》2卷6期至3卷12期。

② 《工作着是美丽的》下卷于1979年出版。

③ 盛英：《二十世纪中国女性文学史》，天津人民出版社1995年版，第370页。

第一节　革命中的“疯女人”

“妇女与革命——多么奇怪的一对!”[①] 这一对矛盾是那样的水火难以相容，又是那样惊心动魄，你死我活！表现女性与革命矛盾冲突的作品，在抗战爆发后及整个20世纪40年代，无论是在解放区还是在国统区，都很难寻觅。原因很简单，艰苦卓绝的8年抗战，之后又是炮火纷飞的3年解放战争，这时，已不是女人要不要革命的问题，而是到了不抗日、不解放民族就将灭亡的生死关头。比起民族的生死存亡，革命中女人的痛苦——无论是妻子、母亲、女儿，又算得了什么？“把我们的血肉筑成新的长城”，战争，更需要的是集体的铁的意志。但是，在这从容赴死的年代，女性独特的生存困难，让女性革命者的道路走得比男性更为艰难，女性作家们仍然不能不从血与泪的自我真实体验出发，围绕革命战争对女性身上具有的最伟大、最神圣的母亲角色的挑战，继续关注特殊的战争环境中女性的生命和个体处境，使前一时期对革命与女性角色关系的思考上升到一个新的高度。

此时期的女性革命小说中，“母亲”已由磨难的痛苦进入到了灵魂的撕裂，前一时期从未出现的“疯母亲”形象在作品中被不约而同地描写，显示出这种深入灵魂的创痛。革命战争中个体的生存被撕裂得支离破碎，女性难以承担其中的残酷与痛苦，疯癫成为这种痛苦的最高形态。值得注意的是，战争时期对革命母亲的这种疯癫描写无一例外全部出自女作家作品，说明正是基于性别体验的女性视角让作家

① 杨刚：《肉刑》，［美］埃德加·斯诺编《活的中国》，湖南人民出版社1983年版，第328页。

发现了这种女性独有的困境。革命中经历的感同身受，让她们发现了女性与革命之间的尴尬位置，相对于男性，女性无法拒绝的母亲角色使得她们更多承受着革命战争的极端考验，在情与理的冲突、灵与肉的搏斗中展露出性别身份带来的痛苦与压抑，标志着革命女作家对女性的关怀中理性思考的深入与自觉。[①] 葛琴的《生命》（1940）、草明的《疯子同志》（1942）、白朗的《女人的刑罚》（1937）、《战地日记》（1939）、《狱外记》（1942）、杨沫的《怒涛》（1937）等小说都塑造了生育母亲形象，是对这一主题持续关注的代表性文本。

1940 年 4 月 25 日，《现代文艺》创刊号发行，[②] 为给新办刊物稿源不足提供支援，身怀 5 个月身孕的女作家葛琴赶写了短篇小说《生命》，颇有感触地塑造了一个面对刚刚降临的生命是弃是留难以选择的革命母亲形象——戚瑛。戚瑛是一名敌后地下工作者，临产时来到后方城市，孤身一人借居在一间阴暗的小屋里。新年前夕，戚瑛开始阵痛，她靠着漏雨的墙独自承受着分娩时的疼痛与煎熬，感受着女性

---

① 参见刘俐莉《战争语境下的女性苦难与成长》，博士学位论文，复旦大学，2004 年，第 70 页。

② 《现代文艺》是中共东南文委书记邵荃麟（与葛琴是夫妻关系）委托王西彦到福建永安开辟的战斗文化阵地，是当时永安改进出版社六大期刊中革命色彩最浓、战斗力最强的一个刊物。不仅在福建，而且在桂林、重庆等地也都有很大影响，他们对当时革命文化运动做出了杰出贡献。（永安是福建的战时省会，这一偏僻的山城当时成为东南半壁的文化名城。）《现代文艺》在抗战进步文化运动史上，占有它光辉的一页。《现代文艺》在发刊词中开宗明义地指出："文学艺术不但是民族生活最正确最具体的活历史，而且也是人类精神最伟大的鼓励者和创造者。当艰苦的抗战支持到进入第四个年头的现在，文学艺术在这场中华民族空前的斗争里面所发挥的巨大的力量，证实了自己光明远大的前途。"而以民族战士的姿态投身于民族战斗之中的作家们所创作的有着充实的内容与生龙活虎的精神的文艺作品，"保留了一个伟大民族在苦斗中的血肉与呐喊"。《现代文艺》的创刊，正是"以'雪里送炭'的苦心"，竭尽全力，实践着"人类精神最伟大的鼓励者和创造者"的事业。考虑到新办刊物稿源不足，邵荃麟特地拿了一部分稿件让王西彦随身带来永安。刊登在这一期的小说有邵荃麟的《英雄》、葛琴的《生命》、王西彦的《死在担架上的担架兵》；诗歌有艾青的《兵车》、高岗的《坟》、杜麦青的《送》；论文有维山（冯雪峰）的《论典型的创造》等等。在这种办刊宗旨和支援新办刊物稿源不足的情况下，身为邵荃麟妻子的葛琴对小说《生命》的创作更显示出革命女作家对作品主题理性思考的深入与自觉。参见"永安之窗：邵荃麟与永安《现代文艺》"（www. yawin. cn/list/articlelist. asp）。

生命在离乱的战时也无法回避的生育痛苦。昏迷中她好像又回到了往日紧张严酷的战斗生活：在敌后躲避扫荡身患重病的丈夫、穿着草鞋带领众人翻山越岭的秦县长、从狱中拖出的舅父的尸体、丢弃在山冈上被野狗吞噬死去的婴儿……经历了独自生产的艰辛后，面对刚刚出世的孩子，戚瑛却“始终用牙齿狠狠地恶毒地咬着”自己的手，“咬着手背上的肉”，“虽然一分钟里她想伸出一百次以上的手过去拉他”，但她不让自己的手去碰炕沿上肚子还在一息一息动着的孩子，生怕一接触到小小的生命，她刚刚决定将孩子留下的心就会动摇。可是，天亮以后，当房东媳妇开始大声责骂戚瑛为全家带来一房晦气时，初为人母的她却再也无法抑制地扑到本已决心舍弃的孩子身上：“啊，孩子，我的生命!”小说作者从切肤的体验出发，写出了革命战争中仍要承担生儿育女生命繁衍任务的女性命运。在极为恶劣的环境下，经历了肉体和精神双重折磨而诞生的生命，损毁了女性的身体，阻碍了革命工作，而孩子的无法抚养更刺痛初为人母的心，失子之痛是女性心中永远无法抚平的创伤。她爱自己的孩子，但她深知在残酷的战争年代，带着孩子她将没法“继续工作”，戴着眼镜的女干事长早已委婉地提醒过她了。而另一方面，她对刚刚来到人世的孩子的命运充满着焦虑。“唉！孩子，你投错了时代，也投错了人了。”革命母亲的自责背后显然是深深的疑问。她深知战争的艰苦与残酷，自己又从事极危险的工作，经常在敌人的封锁线上跑着，这样的条件自己能将幼小的孩子抚养大吗？丈夫的前妻同时也是自己的同志——方敏不就是怀着七个月的身孕死在敌人的枪口下了吗？如果把孩子留给儿童救济院，自己已经看到那里的经费也很紧张，战时的动荡环境很难说它还能持续多久，如果解散孩子又将怎么活下去呢？送人寄养？战争时候还会有人要收养孩子吗？这些个体创伤的追问以及主人公戚瑛面对孩子所涌起的悲切的哀伤，都构成质疑强势的民族国家话语的力量。面

对祖国的被侵略与蹂躏，作为革命者的女性应该回到队伍中去继续工作，但去战斗就一定能保卫自己的孩子在后方平安生长吗？而如果继续从事革命工作就必须以舍弃自己的孩子为前提，那么留下幼小的孩子在后方岂不是聊以自慰的自欺欺人？革命者参加革命的意义何在呢？小说中母亲和革命者两种角色的激烈交锋，映射出的是叙事困境下革命伦理的悖论。

更可悲的是孤苦的母亲在陷入危难时的无助。无论是她眼中的抗日“同志”，还是同为普通平民的婆媳二人，在她最需要援助的时候都无情地拒绝了她，甚至以冷嘲热讽、侮辱谩骂相加，投身革命带着一身伤痛的戚瑛明白，此时她的命运与那条“被一群陌生的人拿着木棍在追赶着的刚生下孩子的母狗”一样走投无路，一切苦难只能靠自己默默忍受。受秦县长委托照顾戚瑛待产的难童救济院女干事长认为：“瓜熟蒂落，当真生孩子，有什么稀罕?”对戚瑛要找一个医院生产的要求，她认为是小题大做，“许多人看到丈夫在面前，就格外的装佯作势……我保你平安无事”，最后，这位戴着眼镜“整天满口抗战”的女干部更是以抗战——这个最神圣的字眼拒绝送她就医，“这全是叫我为难……今天什么另外的事能离得了抗战呢?”“这你们在前方跑惯了的，自然更比我明白多啰”，“不是吗？敌人想把我们过去的一切都毁灭呢，所以我们也只有不顾一切地和他拼”。在听着是那么的“义正词严”的道理面前戚瑛感到了自己的弱小与无力，希望“得到一点最后的什么力量”的希望破灭了。在即将临产之际，女干部冷酷地把她当包袱推出救济院。房东婆媳二人更是每天出出进进忙于过年，从没有正面望过她一眼。同为女人不但没有给临产的孕妇一点儿同情，在孩子呱呱落地后，迷信的她们还哭骂着指责戚瑛，新年新岁被血光冲了五路财神，“你能担保这房子不火烧，担保这房子里的人三年不跌破一个脚趾吗?”这些叙述显然是同为孕妇的作家有感而发下的深思所作。它不仅揭示了投身民族抗战的女性个体权利的被剥夺，而且对剥夺这种权利的“革命”的神圣律令发出尖锐的质疑。“革命”指向的民族解放为压倒一切的价值追求，它肯定的是个体的奉献与牺牲，但面对这种牺牲，它对个体的意义又何在呢？面对个体的生命需求，它无法补偿。当周围的人面对一个身陷绝境的革命女性，仍把她看作一个被弃置的他者，甚至丧失最基本的人道时，作者就已经发现了民族主义无力的虚假性，因为民族主义也无法改变被异化的人性的冷漠与残酷。所以当女性默默忍受痛苦，为神圣的革命而呈献上自己身体的时候，她与任何其他的女性不但没有什么差异，甚至“革命”者的身份成为她们应该比常人要承担更多重任的一个最好理由，否则还称得上是一个意志坚强的革命者吗？革命者在肯定革命的价值追求时，也就同时承载了革命伦理与个体伦理之间的一切悖论。

这种悖论在草明的《疯子同志》有着更惨烈的表现。这篇写于1942年儿童节的作品塑造了一位疯子共产党员李慕梅的形象。小说以同一个牢房狱友“我”的视角讲述了李慕梅因失去孩子而发疯的故事。面对外族的侵略，李慕梅和丈夫毅然一起参加了革命，不幸在刚刚打胎不到一个礼拜就和丈夫、三岁的女儿一起被抓入牢中，很快，她的丈夫被押往南京。狱中条件艰苦，不到两个月，李慕梅的女儿就不幸患天花死掉了。在女儿病重时，特务一天找她去谈三次话，每次都照例劝她：“都承认了吧，只要你把实话说出来，我就释放你，送你的小孩进医院”，最后一次谈话时李慕梅“疯了似的扑向敌人的脸”。李慕梅最终选择了革命，但是她的女儿因得不到医治而死去。女儿死后，在敌人面前曾是那么刚强的女革命者却发了疯。“我算不算母亲?”这个沉重的问题始终盘旋在李慕梅的心里，深深的自责永远像噩梦一样纠缠着她。剩下的有限生命里，她每见一个人都只会不

断地重复这句话，关心这唯一的问题。她对给她打预防针的医生问这个问题："种痘不出天花，革命不出母亲，是吗？"一天深夜，她又用力摇醒我，眼睛呆呆地望着我，用惨淡的声调问我："革命里面有母亲的份么？……我算不算母亲？"巨大的疑问永远跟随着她，吞噬着一颗作为母亲的心。小说叙述中还有一个人物——李慕梅的妹妹，她是一个"嘴里说要革命，手里却……有许多香烟和巧克力，还有两个胖孩子，在家有奶婶婶带，出去乘汽车"的女性。在与革命者妹妹的对比中李慕梅更感到困惑："我的妹妹算不算革命者？我算不算母亲？"显然，在李慕梅神经错乱的脑筋里，"永远只记得革命、女人、孩子三件事"，她在三者之间困惑着，无法找到最终的答案。

革命与母亲是什么关系？我应该是"革命者"还是"母亲"？每一个投身革命的女性都曾在这种疑问、冲突中往来奔突着、挣扎着，身心俱裂。一面是对超越一切的革命律令的抵牾，一面是对天然、神圣的母性无情践踏，革命伦理与个体伦理之间是一种善与善性质的道德伦理冲突，个体面临着的是悖论性的选择难题，无论选择哪一种价值准则，都会同时违背另一种规范，导致对其他的伤害，这是顾此失彼难以兼及的。挣扎在民族主义与个体欲求之间的绝境中，女性既无法逃避，又不能作出选择，这种困境让她们在极度绝望中承担着难以承担的全部的生命重负。

显然，最终是在对"自我"的不断追问中，令人窒息的无望让李慕梅发了疯。然而发疯也无法让革命母亲获得最终的解脱，她开始向往和企盼死亡的尽快来临，也许只有死亡才能让她从绝望的深渊中得以解脱。在不安与焦灼中她永远重复着一句话："枪毙了我吧！这样我才对得起革命，对得起我的女孩子。"她用固定的低音"重复她的要求"。"干革命就不能生孩子，要生孩子就只好不干革命"，女性无法在革命与自己生命本能的断裂中成功地跨越，强制性的解决无法弥合二者之间的裂隙。在漫漫的征途中，面对这无解的绝境，投身革命的女性满怀着无尽的痛苦与压抑，艰难走向那炙热的革命之路。

恩格斯说："观念的力量就是这样：凡是认识这种力量的人都情不自禁地谈到他的庄严并且宣布观念的万能；他准备把生死置之度外，准备献出自己的财富和生命，只要观念而且仅仅只要观念实现。"[①] 随着抗战的民族战争到来，革命文学最大限度地动员了叙事功能，使之服务于伟大的民族解放战争，文学中现代性的"革命"意识和民族解放意识成为这一时期革命者英雄形象的主导意识。在这种政治理论中，建构的是公共领域与私人领域的二元框架，二元对立的模式中私人领域的价值被简单地否定。在这种价值体系中，这一时期民族解放推动着女性解放道路的发展，给女性提供了前所未有的生命空间和性别权利，但另一方面，现代民族国家话语在将女性作为社会力量进行整合时，它并没有给予她们独立的关怀空间。没有考虑女性群体与男性的性别差异，女性与男性一样共赴国难，承担起重大的社会责任同时，女性的生命权利与需求被压抑与忽略，女性革命者同自身的搏斗与阶级斗争、民族解放的斗争同样惨烈。当主流的革命话语书写着女性解放只有在社会解放中才能完成时，作为亲历者的革命女作家们却以另一种话语揭示了社会解放与女性解放之间的裂隙，她们以不同的方式进行写作，以有别于男性的思维方式和写作规则提出了自己的质疑。

英国社会学家布赖恩·特纳指出："人的身体是一种社会实践，人类身体要在日常生活中经常地、系统地得到生产、维护和呈现，而不受约束的身体就是关于不受约束的道德的声明或语言，松弛的身体

① ［德］恩格斯：《谢林和启示》，《马克思恩格斯全集》（第 41 卷），人民出版社 1982 年版，第 267、268 页。

反映着松弛的道德”[①]，这就是身体实践观点。按照这一观点，革命话语中对女性身体的叙事模式是经过了革命政治伦理的筛选和约束的，因此在男性的笔下，理性的革命与感性的身体是可以相安无事地和谐共处的。而女性作家笔下高度统一的面貌已被有意打破，革命女性始终在感性的个人身体与理性的革命伦理之间反复徘徊，肉体和灵魂的受难最终并不能因崇高的信仰而给人带来拯救，女共产党员的最终发疯实际暗含着一种沉重，追求真理的革命女性无法超人般地割裂人的本体欲求，难掩女性失落的难言之隐，演绎一则不可企及的“革命女性”的现代神话。女性个体对革命伦理规范的不堪重负，已鲜明地彰显在文本中。按照女性主义的表述，疯女人作为一种隐喻，象征了“所有女性被压抑与反抗、被窒息与寻求、被孤立与倾诉的全部沉默的历史”[②]。女性作家与女性主义理论在一定程度上的不谋而合，原因在于这种叙事遵循的是生活本身的逻辑和意义，她们以同性别的感受开掘了主流话语中被纯粹作为社会意义的符号——女性身体上的丰富内涵，这种对规范的有意溢出，显示了女性在获得一定的言说权利后积极建构自我的努力。借助于对生育母亲理性而痛苦的不断述说，透露出她们在可能的范畴内反思与颠覆男权中心社会性别规范的愿望，凸显了革命道路也有它自身不可避免的历史性缺陷。在文本中，她们不再通过种种叙事限制刻意地显露对文本政治意义的追求，这与前一时期个体伦理的叙事话语被压抑在潜文本状态相对比，凸显了作家女性意识的执着与思想上的自觉，反映出女性性别主体的日益成熟。

总之与前一时期相比，战争时期革命女作家随着对革命艰巨性、

① ［英］布赖恩·特纳：《身体与社会》，马海良、赵国新译，春风文艺出版社 2000 年版，第 285 页。

② 刘燕、刘晓：《分裂中的女性形象：简·爱与疯女人》，《妇女研究论丛》2004 年第 4 期。

复杂性认识的加深，她们的文本中政治色彩有所下降，更贴近女性本体的关怀日益显现，通过对难以承受的母性之重的述说，她们身上的矛盾已是现代知识分子矛盾心态的典型性显现。女性革命小说的经典意义正在于此，革命女性的矛盾不仅仅属于她们自己，而是属于一个世纪以来备受困扰的中国知识分子，也许文学可以暂时回避这样的矛盾，但来自心灵深处的亲身感悟驱使身处具体历史语境下的女性作家们难以轻松地超越它。随着时代的变迁，思想参照系的变化，人类对“革命”问题的探讨还将继续，瓦尔特·本雅明在《暴力批判》一文中说过：“作为原则的暴力是否达到公正目的的道德手段，这仍然是一个悬而未决的问题。”[①] 文学史应当给革命女作家们的思考留下一席之地。

革命女作家以自己的方式表达了在时代中的成长，反映了革命女性在投入火热的革命生活时，既扎实地面对社会现实，又勇于谛听生命的复杂与深沉，创作之笔已开始试图超越个人意识和革命的功利意识遥遥指向更高的生命意识和人类意识。

第二节　革命家庭中的爱情

霍布斯鲍姆认为：“在革命和清教主义之间存在着一种持久的亲密关系。我想不出哪一个成熟的、组织完备的革命运动或革命政权没有表现出显著的清教主义的趋势。”对革命来说，恋爱无疑是一个“异己者”，它必须被摈弃，“自由意志者，或者更确切地说是唯信仰

① ［德］瓦尔特·本雅明：《本雅明文集》，陈永国、马海良译，中国社会科学出版社1999年版，第325页。

论者，这些革命运动的组成部分，尽管有时在实际解放瞬间十分强大甚至占有主导的地位，但却从来都不能抵制清教压力……那些认为性的自由主义——是革命的真正中心问题的革命者，迟早都会被清教压力排挤到边缘的地位”①。

抗日战争之后的中国，随着革命的进一步发展，前一时期革命文学细致入微地描写爱情与革命的冲突与抉择，已不再符合解放区的现实生活，也不符合文艺大众化运动的方向，这要求对爱情的渲染在新的时期里有所改变。同时，在解放区，爱情又是一个回避不了的问题，因为解放区的农民政治、经济翻身，尤其是农村妇女的大解放运动，常常在爱情婚姻问题上集中体现出来，女性翻身获得自主的爱情婚姻成为社会解放的参照物，并且这种故事形式也符合大众的审美趣味。为了满足以上新形势下的种种要求，这一时期在文学创作中的表现就是：一方面涉及爱情的作品大量出现，另一方面在叙述中对爱情进行必要的清洁。初期的革命文学，往往用同志关系消解“爱人”关系，革命者牺牲爱情以成就一位钢铁意志的革命者，已经完成了对精神纯洁性的向往。解放区文学通过革命对爱情生活进行的是全面整合，使革命既具有超越一切的绝对权威性，又使爱情远离了民间爱情的低俗化倾向，从而具有圣洁的意味。但在解放区大量涉及爱情故事的小说，大多数为男性作家创作，而且许多成为大众喜闻乐见的作品，如《小二黑结婚》（赵树理）、《一个女人翻身的故事》（孔厥）、《嘱咐》（孙犁）、《光荣》（孙犁）、《我的两家房东》（康濯）、《情书》（郑笃）、《二妞结婚》（克明）、《喜事》（柳青、西戎各一篇）、《满子夫妇》（潘之汀）、《新娘》（葛文）、《婚事》（张志民）、《最甜蜜的第二个夜》（马紫笙）等。由于战争条件等的限制，难以担任基层工作

① ［英］艾瑞克·霍布斯鲍姆：《非凡的小人物：反抗、造反及爵士乐》，王翔译，新华出版社2001年版，第346页、第345页。

和深入农民生活的女性作家在对乡村农民的爱情故事创作较少，但女作家们侧重书写了革命队伍中的爱情，这些作品虽总体上数量较少，仍取得了很高的成就。

女作家涉及爱情的创作总体上与主流文学的“清洁”趋势保持吻合，都遵循了“清洁”的规范：在叙述中不单独探讨爱情本身，爱情总是寄生在革命战争、土地改革、自主婚姻等显在主题中作为底色和背景存在，少有完整的爱情故事，只有片段化的关于“爱情”的叙事，爱情的社会属性上升；爱情的成功主要靠新政权这一外在力量的帮助完成；少有以往的革命文学中爱情和革命的冲突抉择，二者相辅相成，互相促进，恋爱在革命工作中发生；远离性的描写，没有浪漫的私人话语和两性的情爱场面。①

女作家的创作与主流文学总体上保持了吻合，但有部分作品在叙事上却呈现出一些错位。男性作家的爱情描写总体格调是明朗欢快的，即使偶尔夹有一些爱情的波折和女性的内心痛苦、烦恼，如《受苦人》（孔厥）、《喜事》（柳青）、《金宝娘》（马烽）、《李秀兰》（洪林）、《夫妇》（庄启东）、《婚事》（张志民）等，但在文本中，“政府”“公家人”“组织”的面影最终总是适时出现。作者在妇女解放的问题上始终对新生力量的强大，对光明战胜黑暗的时代潮流表现得极为乐观，通过对新旧两种思想、两种势力激烈斗争的描写，热情讴歌一代农民的成长，歌颂新政权在改变旧婚姻制度中的积极作用和伟大胜利，构成了延安文艺作品反映爱情婚姻问题的主体部分。而女作家从几千年漫长的历史中，从作为女性的自身体验中懂得，一方面旧的封建思想、旧的势力在日常生活中往往不是以新旧的激烈冲突鲜明地显现着，而是像黑夜的弥漫那样，虽然感到它令人窒息的压抑无处不

① 参见罗慧林《论解放区小说的爱情叙事》，硕士学位论文，福建师范大学，2004年，第14—18页。

在，但女性面对的是无物之阵，常常无法诉说，无处诉苦，甚至有时连女性自身都麻木不知。另一方面在新政权的干预下，在政治、经济制度的保障下，现实生活中的女性就会得到幸福的爱情吗？爱情的私人性是政治公共性不能完全越俎代庖的。在解放区，爱情在法律上拥有自主权的保障，但恋爱过程中种种外在力量的牵制，爱情实现后婚姻中难以根除的封建意识的压制，琐碎庸常的日常生活的侵蚀……得到幸福，获得女性解放的道路不会是那么快捷、平坦的。应该说与男性的普遍乐观相比，女作家对延安爱情婚姻状况的忧虑显得更为清醒。

女作家中最先对延安革命队伍婚恋状况发出质疑的是陈学昭。早在 1938 年 8 月，“五四”后到法国留学多年，当时还身为自由知识分子的陈学昭，怀着对革命的敬仰，以黄炎培主办的国统区中性刊物《国讯》周刊特邀记者身份到达延安，历经三个多月进行采访，写下了今天被誉为“报告文学史上一朵奇葩”的《延安访问记》。陈学昭以毫无党派的“中立者”立场写作的这部作品真实、客观地记录了延安各方面的状况，同时她以知识分子敏锐的眼光发现了新生政权存在的婚恋问题。

就延安的女性生存状况，陈学昭首先肯定妇女解放运动在延安取得了相当的成绩。认为延安的妇女“地位比中国任何地方提高了些”，“在客观方面，法律上、教育上、经济上……女子是受到平等待遇的”[①]，男女平等被落实在制度层面上，女性的正当权益得到制度保障。例如 1939 年 4 月，边区政府颁布了《陕甘宁边区婚姻条例》，该条例明确提出是依据“民权主义之根本精神与陕甘宁边区之实际情

① 陈学昭：《延安访问记》，朱鸿召编，广东人民出版社 2001 年版，第 249、250 页。

况”而制定，以“男女婚姻照本人之自由意志为原则”。[①] 由此一来，个人意愿成为男女是否结婚与离婚的先决条件。条例为受压迫的妇女提供了保障，让她们得以远离不幸的婚姻，获得自身解放。此外，延安地区女性生活的外部环境也在发生巨大的改变，在延安，在团结一切力量参加抗战的旗帜下，妇女工作受到普遍重视，女性的社会地位有了较大的提高。1938 年 3 月 8 日，陕甘宁边区第一届妇女代表大会在延安师范学校召开，并同时成立陕甘宁边区各界妇女联合会。全边区共建立 5 个分区办事处，会员约 27 万人，到 1939 年，各级妇联干部总数共有 360 多人。[②] 1939 年 6 月，《中国妇女》杂志创刊，毛泽东亲自题写刊名并题词：“妇女解放，突起异军，两万万众，奋发为雄。男女并驾，如日方东，以此制敌，何敌不倾。倒之之法，艰苦斗争，世无难事，有志竟成。有妇人焉，如旱望云，此编之作，伫看风行。”[③] 7 月 20 日，中国女子大学开学典礼上，延安的全体中央政治局委员、党政军各部门负责人全部出席。毛泽东为女大题字：“全国妇女起来之日，就是抗战胜利之时。”[④] 至两年后女大合并到延安大学为止，它先后共培养了 1000 多名妇女干部。应该说，“有组织、有阵地、有声音、有气色”[⑤] 成为延安妇女运动的一大特点。毛泽东对女性“半边天”的号召和重视在这一时期的延安起到了举足轻重的作用。

但同时陈学昭又指出革命队伍表面男女平等之下隐藏着不平等、

---

① 全国妇联妇女运动历史研究室编：《中国妇女运动历史资料（1937—1945）》，中国妇女出版社 1991 年版，第 177 页。

② 参见《陕甘宁边区概述》，中共盐池县党史办公室编，宁夏人民出版社 1988 年版，第 165 页。

③ 中共中央文献研究室编：《毛泽东年谱（1893—1949）》（中卷），人民出版社、中央文献出版社 1993 年版，第 126 页。

④ 同上书，第 131 页。

⑤ 朱鸿召：《延安日常生活中的历史 1937—1947》，广西师范大学出版社 2007 年版，第 231 页。

对女性新的歧视。她发现"男女都一样"的口号极大简单化了女性解放过程中出现的复杂问题，"都一样"的标准实际上仍是以男性标准为参照系，它忽略了女性在心理和生理上与男性存在的差别。在延安，女性的性别要求和特殊问题没有受到应给予的特别对待，在这个高度"一致化""革命化"的政治语境中，女性自身的特征和特殊需要在这里消失殆尽。仅从"厕所"这一小小问题就可以发现女性的最私密空间甚至也被剥夺。陈学昭多次写到延安独特的厕所："厕所的地位在平地上，对面是一个山坡，有几个卫兵站在那里，正好居高临下对着这个厕所。那个机关里没有一个女同志，时刻有男同志进出，因之你要在这厕所里停留两三分钟都是不可能的。""延安的厕所毛坑打得不很深，有时用泥墙围起，那是已算好的，没有门，男女不分开。"[①] 甚至于她第一次与丁玲见面时便谈论到这个尴尬的问题："这里的厕所好不好?"可见，延安女性在日常生活中毫无特殊的权利，甚至连厕所这种最低的性别需求也不再有纯粹的私密性空间。延安的妇女政策——"男女都一样"，实质上是马克思主义妇女观的遵循和延续，允许妇女进入公共领域成为延安解放妇女最好的实践方案。延安创办的各类学校中女生像男生一样受到同等教育，女生学有所成后可以同男子一样参加工作，并且男女享受的津贴相等。可以说，当时党和新政权期望的是，在抗战压倒一切的情况下，女性和男性可以承担起同样的抗日救亡和边区建设的责任。这种绝对的平等观要求女性都暂时忘掉自己的性别，以便更好地汇入战争文化建构的主流意识形态。至于女性独有的性别特征与需要，在革命的特殊语境中则成为微不足道的东西。在民族主义的话语中，她们的弱势地位并没有改变，只是被巧妙地遮蔽了。

---

① 陈学昭：《延安访问记》，朱鸿召编，广东人民出版社 2001 年版，第 4、297 页。

陈学昭还以《两性与恋爱》为题，专门探讨了延安革命女性在平等制度下的实际不自由，揭示了新政权下性别压迫和性奴役的男性中心主义仍普遍存在的问题。如果我们留心，会发现作家写到许多细节，有助理解她对延安女性地位的考察。在现实生活中男女平等的条文与法律是难以对具体的每一个人发生实际上的效用：

> 也许，有一天，在窑洞的转角，他认识了她，像一声春雷把冬蛰的动物都惊觉了，像但丁（Dante）遇到比德丽淑（Bea—trice）。“怎么？在陕北，有这样的女性！”这样的庄严，这样的美丽！一个稀有的神秘的occult的微笑……而且，穿着一副军装。“同志！”继之一个敬礼，他们认识了！多少革命的理论好似都与爱情脱离了关系，因为这在他生平，还是极生疏而极新鲜的事情。[①]

陈学昭看到，革命队伍中的男性，尤其是革命干部，大部分从小就参加了革命，他们常年转战各地，孑然一身。凭着作战的英勇和政治的坚定，凭着各方面的努力，他们成长为“中华的模范军人，模范国民，他们的一切都为着民族解放而抛弃了！”“他们是可爱、可敬的。”但是，他们没有接触过女性，“更没有恋爱过”，“多年来，他已经习惯了非常规律得近乎本能的生活：吃饭，睡觉，打仗……虽然他知道男女平等，男子应该尊敬女子，而且，中国的男子该帮助女子，求得解放，但偏偏有些时刻，一下子，他忘记了！眼前却只映起在小时候他在农村所看到男子的抢婚，养媳妇这一类事……一个女子怎么不接受男子的爱?!”在许多革命男性那里，仍然是旧的封建意识盘踞在头脑里，女性在他们的眼中不过是一个泄欲与生育的工具，对于他

① 陈学昭：《延安访问记》，朱鸿召编，广东人民出版社2001年版，第117页。

们来说找一个女性与自己在一起，只不过是众多战役中的又一次进攻、抢占，面对女性的身体他们只有肉体上的强烈占有欲，得到的只是一个“胜利品”罢了。作为延安女性构成中占比最大的青年女学生，她们身上的小布尔乔亚情调是更吸引男性的另一种不同的异性特征，是“土包子”与“洋包子”的区别，但知识女性与劳动妇女就实质来说没有什么不同，都是供男性挑选的“物品”。在延安，面对这样的环境，女性们很难再有什么选择的权利和可能：

一共，她同他结婚了七个月。

当初，她不爱他，他常常来看她，在晚上，他有时无赖地睡在她床上不肯走：“今夜我睡在这里，不回去了……”

一天，一个特务员，背着铺盖，她跟在后面走。

怎么？你搬家了？

不，

那你到什么地方去呢？我问她。

“为了工作的需要我搬到……”

实际上她就这样与他结婚了。不久后，陈学昭又在街上遇到她：

前面一个特务员背着铺盖，后面，她眼睛哭得红红的，垂头丧气地走着。

“你搬家了？”她没有回答……

原来，她离婚了。肚子大大的，有着五个多月的小孩。他已经厌倦了她：“妈的……滚出去！看你这个大肚子！我不要你了，我要讨个比你更洋的洋包子！”他命令特务员来把她的铺盖拿出去，叫她快快跟了特务员滚蛋。①

---

①　陈学昭：《延安访问记》，广东人民出版社2001年版，第119页。

同为革命女性，除了独自承受婚姻的苦果外，她没有任何方法可以改变自己被抛弃的命运。除了这个女性的遭遇外，陈学昭还着重记述了一个当时曾震惊延安的极端事件。1937年9月，曾任八路军旅长的战斗英雄黄克功因与抗日军政大学十六岁的女学生刘茜有过短暂恋情，后来刘茜致信婉拒恋情，并告诉他“我们都有恋爱的自由，谁都不能干涉对方交友”，黄克功求爱不成，一怒之下将刘茜枪杀。在这一事件中，黄克功虽身为革命功臣，但最终还是被处以极刑。面对黄克功的不服判决，毛泽东在给边区高等法院院长的回复中写道：“以一个共产党员，红军干部而有如此卑鄙的，残忍的，失掉党的立场的，失掉革命立场的，失掉人的立场的行为，如为赦免，便无以教育党，无以教育红军，无以教育革命者，并无以教育做一个普通的人。因此，中央与军委便不得不根据他的罪恶行为，根据党与红军的纪律，处他以极刑。”[①] 应该说，对黄克功的惩处还是与他所犯的罪行相符的。同为婚恋悲剧，这一个受到了组织的处理，虽然群众的愤怒得到了一时平息，但革命婚姻中暴露出来的深刻问题却仍然存在。陈学昭通过对两个女性遭遇的记录，显然意在揭示延安女性，甚至是革命女性遭受性别压迫的现实困境。虽然他们与男性一样拥有平等的政治权利、经济权利，但并没有获得女性的尊严权利，也没有获得切实保护女性权益的途径方法，女性无法逃脱被支配及被操纵的命运。这里婚姻生活中存在的许多新问题似乎与封建社会有很大不同，但在以男性为中心，以男性的标准作为衡量事物的标准这方面是相同的。男性在婚姻中仍然占有绝对的主动权，女性的地位是低下并岌岌可危的。她深深感到女性的解放任重道远，在两性方面，“要同这些谋民族解放的共同友人，但却是统治惯了的，背上负着重重历史的、封建的歧

---

① 毛泽东：《给雷经天的信》，《毛泽东文集》（第2卷），人民出版社1993年版，第39页。

视女子的恶习惯，这样的男子斗争。这个双方共进的斗争是同样的艰苦，无论怎样新的中国男子，他总脱不了旧的根性”[①]。许多革命者参加革命，在很大程度上是为了反封建，但是他们却在反帝反封建的革命队伍中，仍有着男权主义思想的阴影，重新堕入了带有浓厚封建色彩的爱情与婚姻的罗网中，用种种封建的道德标准束缚自己的妻子，以反抗封建制度为标榜的人，思想深处却残存着封建意识。中国男性中心文化蔑视女性、压制女性、剥夺女性权益的传统并没有因为政权的更迭、制度的改变而消除，灵魂深处的积习仍将顽固地长期存在。革命只能解决社会的某些问题，而思想文化的革新、女性解放的起点刚刚开始，后者的任务更艰巨、更迫切。

《延安访问记》发表一年多以后，从 1940 年到 1942 年，围绕延安革命婚恋中的问题先后有丁玲的《在医院中》(1940)、《我在霞村的时候》(1940)、《夜》(1941)、《三八节有感》(1942)、《风雨中忆萧红》(1942)，莫邪的《丽萍的烦恼》(1942)、《风波》(1942)，曾克的《救救母亲》(1942)，草明的《创造自己的命运》(1942)，白霜的《回家庭？到社会？》(1942) 等作品发表，甚至一些男性作家也加入了这场对婚恋问题的关注，如马加的《间隔》(1942)、葛陵的《结婚后》(1942)、洪流的《乡长夫妇》(1941) 等都是这期间较有影响的作品，虽然他们并非全部立足于女性立场，在性别意识与性别姿态上表现了多样化的面貌，但是这种对性别问题的特殊关注，说明延安的爱情婚姻状况已经成为革命队伍难以回避的问题。

在延安明朗的天空下，女性作家针对性别问题中的某些弊端在短时间内集中进行了文学书写，这种性别思考表现出的是知识分子传统和女性意识下强烈的批判意识，她们从初期对延安的乌托邦幻想转向

① 陈学昭：《延安访问记》，广东人民出版社 2001 年版，第 103 页。

了自觉的理性反思，发现建立了新政权的解放区并非她们想象的“理想国”。丁玲的杂文《三八节有感》是其中最有代表性的一篇，可以说已经具有了女性主义“檄文”的意义。[①] 它也是随之而来的延安整风运动为她招来激烈批判的主要原因，在以后的岁月也带给她无数灾难。与陈学昭相比，作为革命阵营内部提出的女性问题，丁玲显得更为尖锐，也更有挑战性。文章深入而全面地分析了延安革命队伍中女性在恋爱与家庭生活中的艰难处境和身心损伤。

> “妇女”这两个字，将在什么时代不被重视，不需要特别的被提出呢？
>
> 年年都有这一天。每年在这一天的时候，几乎是全世界的地方都开着会，检阅着她们的队伍。延安虽说这两年不如前年热闹，但似乎总有几个人在那里忙着。而且一定有大会，有演说的，有通电，有文章发表。[②]

文章开头便锋芒毕露，直指延安现实。她从妇女问题“被重视”的热闹背后发现正是因为“被歧视”所以才被特别提出的真正原因。与陈学昭相同，作者也认为“延安的妇女是比中国其他地方的妇女幸福的”，有法律的制度保障，在医院、休养所、门诊所占的比例越来越大，有了独立的社会身份，经济上也有了保障，革命的小米把女同志们养得“那么红胖”，但她同时不无痛苦地发现，革命所承诺的幸福并没有必然地来临，革命圣地上并没有真正建构起一座女性的“乐园”。在延安，性别观念与性别秩序仍弥漫在每一个角落，“女同志却仍不能免除那种幸运：不管在什么场合都最能作为有兴趣的问题被谈

---

① 王周生：《丁玲创作中女权思想的衰变》，郜元宝编《三八节有感——关于丁玲》，北京广播学院出版社2000年版，第156页。

② 武在平编《丁玲散文选集》，百花文艺出版社2009年版，第293页。

起。而且各种各样的女同志都可以得到她应得的非议”。这种现象“同一切的理论都无关，同一切主义思想也无关，同一切开会演说也无关。而这都是人人知道，人人不说，而且在做着的现实”。正是这种“人人知道，人人不说”与“人人在做”显露出革命政权作为盲区的性别秩序的存在，旧的思想文化残余仍盘踞在革命阵营内部。

女性的婚恋现实困境充分显示了她们在日常生活中受到的性别歧视与性别压迫。在延安，男女比例严重失调是长期存在的现实。在残酷的战争中，最初到达陕北的红军战士有4000人，其中女性只有50人，之后的1938年前后，男女比例是30∶1，1941年为18∶1，到了1944年5月有所缓解，男女比例是8∶1，直到1946年撤离延安，这个比例没有改变。① 如此悬殊的比例，可以想象延安女性面临的心理压力，想不结婚应该说是不可能的，“女人总是要结婚的”，她们几乎无法选择自己的命运。不结婚不行，那“更有罪恶，她将更多地被作为制造谣言的对象，永远被诬蔑”。结婚也不行，嫁给工农干部，知识分子会冷言嘲讽：“艺术家在延安是找不到漂亮的情人的”，嫁给知识分子，工农干部则要斥骂：“他码的，瞧不起我们老干部，说是土包子，要不是我们土包子，你想来延安吃小米!”结婚以后女性仍然要承受不平等的待遇。如果要孩子，就会受到公开的讥讽：“回到家庭了的娜拉”，为了不让自己步入“落后”的行列，许多女性四方奔走恳求托儿所收留她们的孩子，或者不得不冒着生命的危险去吃堕胎药，但仍被指责：“带孩子不是工作吗？你们只贪图舒服，好高骛远，你们到底做过一些什么了不起的政治工作！既然这样怕生孩子，生了又不肯负责，谁叫你们结婚呢?”虽然这个被视为“落后”的女性，婚前也“抱有凌云的志向，和刻苦的斗争生活”，但十多年后仍“必

① 参见朱鸿召《延安文人》，广东人民出版社2001年版，第88页。

然逃不出‘落后’的悲剧”。被丈夫抛弃，在旧社会“或许会被称为可怜，薄命”，但在延安她们“似乎是很自然的”，“是自作孽、活该”，男人们的喜新厌旧在“落后”的政治借口下得到了更理直气壮的掩盖。

显然，丁玲是有感而发，女性的直觉与敏锐使她深切地感受到延安女性的痛苦与屈辱。她对女性问题的书写是极为大胆的，这里已经超越了对女性命运的忧虑，不仅要写出她们的真实处境，而且更进一步揭示出革命政权体制本身存在的问题，凌厉而严峻地直指延安新政权中性别秩序的“无声压迫”。丁玲看到延安女性的婚恋自主虽有法律保障，但却有着特定时代的外在压力。

> 我自己是女人，我会比别人更懂得女人的缺点，但我却更懂得女人的痛苦。她们不会是超时代的，不会是理想的，她们不是铁打的。她们抵抗不了社会一切的诱惑，和无声的压迫，她们每人都有一部血泪史，都有过崇高的感情（不管是升起的或沉落的．不管有幸与不幸，不管仍在孤苦奋斗或卷入庸俗），这对于来到延安的女同志说来更不冤枉，所以我是拿着很大的宽容来看一切被沦为女犯的人的。而且我更希望男子们尤其是有地位的男子，和女人本身都把这些女人的过错看得与社会有联系些。①

也就是说，在延安，革命女性可以反抗包办婚姻，但却抗拒不了阵营内部男性霸权文化遗毒的规约。父权制有两种主要形式：私人的和公共的。在传统社会中，女性处于私人父权制的控制之下，而进入现代社会以后，公共父权制则成为最重要的控制力量。“私人父权制的特征是家庭中父权关系的主宰地位，公共父权制则为雇佣和国家所

---

① 武在平编：《丁玲散文选集》，百花文艺出版社 2009 年版，第 296 页、297 页。

宰制。前者的剥夺模式是个人的，是丈夫或父亲的剥夺；后者的剥夺模式则是集体的，是许多男人的共同行为的结果。前者的主导策略可以归纳为排拒，即将妇女排拒于公共领域活动之外，从而将她们限制在家庭之内；后者的主导策略是隔离，即允许妇女进入所有领域，但就在这领域内被隔离并处于从属地位。”① 可以发现，在建立起来的新政权中，革命女性的身体与精神都处于革命意识形态与体制的规约中，在男权与政权的合力阻击下，女性仍然处于从属地位，无法摆脱性别歧视和性别奴役的处境。而在男女都一样、男女平等的相关制度的规定下，这种实际上的不平等无疑更容易被遮蔽。随着抗战后期的到来，以延安为中心的解放区在这一时期已逐步建立了新的思想体系和新的体制，新的政权得到巩固，但它仍是男权意识形态的政治、文化秩序，仍是男权本质。尤其是在战争文化时期，暴力革命推翻的是旧政权秩序，但并没有摧毁社会与家庭内部的父权制思想体系，在男性占主导地位的高度军事化与政治化的社会空间，女性的身体反而更被突出，它不仅被视为一种可占有的“资源”，而且还成为“权力”的象征载体。在这样的历史条件下，婚姻成为女性获得男性认同和社会地位的主要途径之一，丁玲以敏锐的女性意识和个体经验，深刻认识到新政权中女性的性别压迫与奴役并没有改变。

应该说在政治体制的逐步确立下，随之而来的等级观念对延安女性婚恋的危害最大，侵蚀最为严重，也更为隐蔽。正如丁玲在文章中提到的：“延安只有骑马首长，没有艺术家的首长”，延安女性的价值往往是由嫁骑马的还是嫁穿草鞋的而确定的。这种婚姻涉及的男性是革命干部，因此它的实现实际上往往是借助于组织的力量完成的。尽管新政权有保护男女平等、婚姻自主的法律规定，但法律条文的执行

① 陈顺馨、戴锦华选编：《妇女、民族与女性主义》，中央编译出版社 2004 年版，第 80 页。

往往是有限度的，在战时很长一段时间里革命队伍里的婚姻主要是靠组织来协调，而这种协调是很微妙的。首先，对于恋爱结婚的条件组织是有不成文的规定的，有“二五八”和“三五八”两种，“前者为：25岁，8年军（干）龄，团级干部；后者为：男女双方必须有一方是八路军的团职干部，男女双方必须是党员，且有3年党龄，双方年龄之和为50岁”①。这也就意味着，男性干部一般是达到了团级以上的级别才有权利结婚，而一旦达到了团级干部，为了让女性同意与自己恋爱结婚，他可以动用的手段有很多。在男女比例严重失调的延安，这种“潜”规则实际上造成了革命者个体在婚姻问题上的不平等。男性作家马加的《间隔》虽然与丁玲的创作意图不同，其立足点是通过批评老干部用不正当手段逼迫女性结婚的行为，教育革命者应提高自身素养，以维护婚姻的自主来为边区的政策宣传服务，但却为丁玲的文章提供了组织出面“帮助”恋爱的生动诠释。作为男性的支队长先后以社会地位和物质条件的满足为手段引诱女性杨芬，当都被婉拒后，他请来了组织协调：

> “你知道，支队长革命历史很久，政治坚定……”
>
> “我全知道。”她撩一撩眼皮，厌烦地回答说。
>
> “你知道这问题就容易解决了。”政治部主任和颜微笑着，充满了自信地说，“反正你们女同志迟早总要结婚的，找一个像支队长这样的老干部，是很困难的。”
>
> “我不愿意和支队长结婚！”她坚决的回答着，并没看谁一眼。
>
> “你不和支队长结婚，那么你想和谁结婚？”参谋长调皮地反问了一句。

① 萨苏：《史客·两情》，金城出版社2012年版，第22页。

政治部主任把帽子推到后脑勺去，对着杨芬神经质的笑了起来。杨芬微微的红了脸，她知道政治部主任在猜疑她和周琳的关系，她觉得她在这个问题上不能做什么解释，她慢慢吞吞地说：

“我不和任何人结婚，我的年龄还小。”

“找一个老干部结婚，是顶吃得开的。”参谋长着重说出了“老干部”和“吃得开”两个字眼，快乐地卷起了紫红的嘴唇，从他的牙缝里喷出吐沫星子，吐沫星子像雨点般的溅到她的脸上。①

通过小说我们可以看到，“组织”的形象在这里并不怎么光彩。在革命的名义下由政治部主任和参谋长构成的组织，或诱惑或挖苦，极尽能事，为了促成婚事丝毫没有顾及杨芬的个人意愿，他们仅是高层干部的组织，而革命女性杨芬不只被排除在组织之外，还要承受体制对个体的权力规约。当婚姻被作为一项政治工作来处理时，女性对性支配的拒绝所面临的压力就关系到革命态度的政治问题，组织已经成为拥有特权的男性实现不平等婚姻的工具，而这种借助强制性公共权力对私人领域的干涉往往是迫使革命阵营里的女性就范的最有效手段。

女作家莫邪的《丽萍的烦恼》从女性角度为我们展示了这种等级秩序下特权待遇带给人的另一种考验，作品有两处生动的细节描写表现了这种思想微妙的变化。第一处是女主人公丽萍一次在与剧团伙伴运粮的路上遇到了骑马的白胖女同志，尽管丽萍骂她是“六条腿”，但是在扛着粮神气十足地走了十五里之后，腰酸背痛的她思想开始起了一丝涟漪：

---

① 马加：《间隔》，《解放日报》1942 年 12 月 15、16 日。后改名为《杨芬的烦恼》，内容也有所删改。

那个女人凭什么骑着马？马兵还给她背孩子！丽萍越想越不平，不平中也带着羡慕：到底她们舒服得多，有马骑，吃好的穿好的，嗳！这是什么念头啊！要给人知道，又该说是虚荣，受不了苦，小资产阶级的劣根性了！——她下意识地打断了纷乱的思绪，但是思绪又总是执拗地闯入她的脑里。①

第二处是在一次冬天深夜为躲避敌人的突袭行军掉队后，刚刚从冰河里趟过又冷又饿极度疲惫的丽萍看到从前剧团的好友阿黄在嫁给大干部后过着舒适的生活，她曾经拒绝×长的心渐渐转变了：

一进门，暖融融的热气把这几个冻了一夜的女孩子抚慰着，房中炉上的炭火，吐着紫色的火舌，炕上一张两人睡的木板床，白纱帐子，绿缎被，黄羊毛毯；从前在剧团显得又黄又皱的阿黄，现在完全白嫩丰满了……洗脸水打来了，小鬼摆上日光皂和玉兰皂，盆里飞溅着泡沫，玉兰皂香气四溢，满房子里氤氲着叽叽喳喳的笑语声。②

两处细节描写极为传神，写出了丽萍在特殊待遇下忍受不了诱惑而思想逐渐发生转变的真实过程。作家莫邪揭示出延安女性除了迫于组织的压力而被动结婚外，也有一些女性在战争的艰苦、残酷条件下为了逃避吃苦，或无法抵御物质的诱惑，甚至因为特权的虚荣而主动嫁给“骑马的首长”。丽萍婚后，物质生活的享受使她满足，但精神上却感到无限的抑郁、烦恼，最后在“×长”严令她不许出去工作，“养孩子也是革命工作”的规训下，哭着喊出了“离婚”的要求。女作家以深入细致的笔触通过对丽萍的批判，强调了婚恋中女性自尊自

① 莫邪：《丽萍的烦恼》，《生活的波澜》，陕西人民出版社 1984 年版，第 86 页。

② 同上书，第 87 页。

爱的重要性，同时对革命队伍里的等级现象也给予了一定的批判。实际上，两位作家都以自己的作品揭示出等级秩序下的婚姻本质，无论在何种社会，只要男性能以附加在身外的某种条件来缔结两性关系事实上的不平等，那么法律上的平等规定反而更具有欺骗性。

在组织的介入下，被法律授予婚恋自由权利的女性实际上接受的是不平等的婚姻，同样，在离婚问题上女性也被剥夺了自身的权益。《三八节有感》中丁玲就敏锐地指出了这个问题：在延安离婚很普遍，“离婚大约多半是男子提出的”，离婚的原因是堂而皇之的“落后”的帽子。陈学昭在《延安访问记》中也提出“结婚与离婚是这样容易——边区将来也许会成为中国有名的结婚与离婚的城市，像美国闻名的‘结婚城’一样”①。边区的婚姻条例中有关离婚的规定是“确定离婚自由，凡男女双方同意离婚的，即行离婚，男女一方坚决要求离婚的，亦即行离婚”②。这条法令固然帮助许多女性逃脱了包括旧式包办婚姻在内的各种问题婚姻的桎梏，但也为革命婚姻中男性喜新厌旧抛弃女性提供了便捷。从恋爱、结婚、到生育、离婚，在涉及诸多女性切身利益上，她们的权利实际上都被剥夺了。

新政权的权力结构是有着自身特点的，它打破原有的社会权力级差建立了一种平等的社会秩序。除了均分土地政策外，另一个反应平等权利秩序的现象是家庭，“家庭已不再像历代王朝统治下那样，是社会政治经济结构以及权力结构中最初始的关键网结。相反每个劳动者都直接隶属于社会，直接隶属一个代表全社会成员共同利益的政权，即便是妇女、子嗣也不再通过家族、家长和丈夫的间介而隶属于社会。由此便形成了一种个体对群体、百姓对政府的没有差异的、平

① 陈学昭：《延安访问记》，广东人民出版社 2001 年版，第 131 页。

② 《中华苏维埃共和国婚姻条例》1931 年 11 月 28 日公布，见《中央革命根据地史料选编》（下册），江西人民出版社 1982 年版，第 195 页。

等的权利隶属方式”[①]。而男女平等在很大程度上是个体对政权的统一隶属方式在性别上的表现，在某种意义上男女平等几乎成了延安新政权没有个体差异、没有性别之分的同义语。就是说，所谓的男女平等究其本质就是新的历史时期男权统治在策略上的调整。“这样妇女解放便被赋予一个简单化内涵，它仅仅意味着从一个低于男性的地位上升到与男人相同的地位，并俨然就解决了性别压迫问题。”[②] 但是，正如丁玲等作家揭示的那样，这场并未触动男权统治的“女性解放”并没有带来性别解放，对性别秩序的回避只能是男性主体的继续统治，“在一个饱含差异的社会里，这种无差异的平等的社会秩序依然只能是一种权力结构……在这个权力结构面前，女性、个人、个体等那些注定以差异性反抗总体的专制性的东西不免便会作又一次献祭”[③]。并且在一切如旧的性别歧视和性别奴役下，借助于新政权的体制——“组织”的参与，男性对女性的控制更增加了有力的强制性，婚恋对于女性除了与物质生活、社会地位相关，更是与政治要求密切相关，在有组织参与的新的“性政治”中，女性的拒绝意味着她将面临与挑战更强大的规约力量，在这样的社会中，女性的命运是无处可逃。革命延安在革命的庇护下实际上是巩固了男性统治秩序，“纵容保护了革命主体力量——男性的权益”[④]。

《夜》是丁玲这一时期另一部代表性的作品，如果说《三八节有感》侧重的是对革命阵营中革命女性婚恋问题思考的话，《夜》则是对未曾革命的普通女性在革命家庭中的命运进行了探究。在革命的庇护下女性的性别压迫与奴役是依然如旧的，那么没有革命庇护的女性命运又将如何呢？关注视点的拓宽显示出丁玲对女性问题的思考更为深

① 戴锦华、孟悦：《浮出历史地表》，中国人民大学出版社 2004 年版，第 214 页。
② 同上书，第 215 页。
③ 同上。
④ 常彬：《中国女性文学话语流变》，人民出版社 2007 年版，第 364 页。

入，在女性解放这个命题中她已经重新回到“五四”以来已然被触动的“人的解放”层面，显示女性意识的进一步自觉与成熟。

对这篇小说的创作意图，冯雪峰认为是在于表现“新的人民的世界和人民的新的生活意识，是切切实实地从变换旧的中间生长着的”[①]，应该说作家在小说中力图展示的是农民干部何华明新的革命意识与旧的农民意识之间的尖锐冲突，通过这种冲突给他带来的种种压力和焦虑，来表现他因公忘私的人生选择以及革命者成长的艰难，无疑何华明是作家要正面歌颂的形象。但丁玲在这个文本中交织了多重的视角，在显文本和潜文本中衍生了复杂的意蕴。一定意义上说，《夜》中更为引人注目的是作家对女性的生存处境和精神境况的揭示，对女性命运的体察和同情，以及对革命男性的审视。20 世纪 40 年代的延安，是革命话语占据绝对霸权地位的时期，何华明忙于开会，忙于做报告，家里的土地荒芜了，牛要产仔了，他都顾及不上，对此他的老妻尽管有不满和埋怨，却又不可能找到更有力的理由来反对自己的丈夫——难道还有什么比革命更重要的吗？虽然她的觉悟不高，很“落后”，但除了以眼泪作为抗争的武器，说说“明天还要出去么？什么开不完的会……”之外，也无法有其他拖后腿的表示，既然革命没有真正解决性别压迫问题，那么女性的“愤怒”也很难从根本上得到改变。不仅如此，革命甚至通过公共话语形式赋予了“压迫”以某种合法性，女性的反抗就将自己置于了不可理喻的尴尬境地。在革命的话语体系中，一个不懂政治、贪图个人安逸的“落后”的老婆自然是不可爱的，而“繁难”的革命工作作为何华明“离去的更远”的理由则无疑是充足而合理的。何华明的老妻是不幸的，她早年嫁给何华明，带着小十岁的丈夫入赘娘家，虽然她也曾有过年轻美丽的容貌，

① 冯雪峰：从《〈梦珂〉到〈夜〉——〈丁玲文集〉后记》，《冯雪峰论文集》，人民文学出版社 1981 年版，第 159 页。

让自己的男人至今无法从记忆中“搜出一个难看的印象”，也曾为丈夫生下一儿一女，但全都不幸夭折，现在在丈夫的眼里却成了一个苍白黄瘦、头发“露顶”、满脸皱纹的黄脸婆，而且还被骂为老怪物：“这个老怪物，简直不是个‘物质基础’，牛还会养仔，她是个什么东西，一个不会下蛋了的母鸡。”年老色衰，既不能满足丈夫的生理需求又失去生育能力的她没有任何家庭地位和社会地位可言，在男权社会中，这样的女性是没有价值的，处于被抛弃的边缘。作为老妻，她自己也感到了岌岌可危的命运：

> 以前他们也吵架的，但最近她更觉得难过了，因为他越来越沉默。好像他的脾气变得好了，而她的更坏，其实是他离去的更远，她毫不能把握住他。她要的是安适的生活，而他到底要什么呢？她不懂，这简直是荒唐。更其令她伤心的，是她明白她老了，而他年轻，她不能满足他，引不起他丝毫的兴趣。①

老妻是无助的，最后也只能在暗夜里对着丈夫的脊梁边哭边诅咒自己。而何华明对老妻却无动于衷，他平静地躺着，只关心自己要生崽的牛、孵豆芽的缸和一窝啾啾叫着的新生小鸡，这些能生育的“物质基础”才能引起他的兴趣。作者对这一人物充满了同情，她无论如何也再不能抓住丈夫的心。事实上，这个充满危机的婚姻与女人并无直接关系，关键原因在于男性身份的变化。老妻的年老色衰，又失去生育能力，这是在何华明当上革命干部之前就已经存在的事实，那时他也从没有什么想法。现在解放了，昔日靠入赘才娶上媳妇的穷小子如今翻身做了“公家人”，不仅分到了土地，而且手中有了权力，管着大大小小的事情，从此让他摆脱了社会地位低下的困扰，实现了一

① 丁玲：《丁玲选集》（第2卷），四川文艺出版社1995年版，第421页。

个农民几乎全部的梦想，革命让他重新找回男人的尊严，更让他有了自信。于是老妻在他的眼中开始变得是那么的丑陋，需要用最大的力量才能压得住自己的嫌恶，“把几块地给了她，咱也不要人烧饭，做个光身汉，这窑，这灶，这碗碗盏盏全给她，我拿一副铺盖，三件衣服，横竖没娃，她有土地，家具，她可以抚养个儿子，咱就……”何华明跃跃欲试地想离婚，以“落后”为借口把他的老妻抛弃掉，可转念一想：“这老家伙终是不成的”，但“闹离婚影响不好”。可以想象，不久的将来老妻的下场，等到时机成熟时，她终究逃离不了被抛弃的命运。因为一个新的时代必定为它饱受“旧婚姻”之苦的“公家人”撑腰，乡长不就是刚刚娶进了一个只有十五岁长得很漂亮的妻子么？进步的妻子才能与革命干部一同前进，才能把革命工作干好，这不才是对革命最有益的事吗？

在重拾自信的何华明眼里还出现过两个女性，地主的女儿清子和妇联委员侯桂英。十六岁的清子“站在大门口看对山盛开的桃花……长而黑的发辫上扎着粉红的纸绳，从黑坎肩的两边伸出条纹花布袖子的臂膀，高高地举着，撑在门柱上边”。清子充满青春朝气的身体与老妻形成了鲜明的对比，在何华明观看这个女人的眼睛里，我们可以看到里面充满男性的欲望，他引起了何华明内心的一丝躁动：“一个很奇异的感觉，来到他心上把他适才在会议上弄得很糊涂了的许多问题全赶走了。他似乎很高兴，跨着轻快的步子，吹起口哨来。”然而何华明嫌弃她：“这妇女就是落后，连一个多月的冬学都动员不去，活该是地主的女儿，他妈的，他赵培基有钱，把女儿当宝贝养到这样大还不嫁人。”在革命的语境里，“落后”是自诩为进步的男性对女性性别歧视最冠冕堂皇的借口，至于“不嫁人”，则更是体现了在男权占统治地位的社会里，女性难以按照自己的意愿来生活的那种身不由己的可悲处境，“女同志的结婚永远使人注意，而不会使人满意的……但女人总是要结婚”[①]。最后再加上“地主阶级”的身份，强烈的政治意识更使得何华明对清子的“奇异感觉”稍纵即逝。第三个女性是既不落后又很年轻的妇女干部侯桂英，她二十三岁，丈夫十八，她不喜欢比自己小五岁的丈夫，曾提出过离婚，每次见到何华明她都主动搭话，还“眯着她那单眼皮的长眼笑”，当何华明在院子里看到她落满月光的头发、敞开的脖子、被牙齿轻轻咬住的嘴唇以及充满期待的目光时，他有了一种冲动的念头，他感到“一个可怕的东西在自己身上生长起来了，他几乎要去做一件吓人的事”，但另一个东西随即压住了何华明：“咱们都是干部，要受批评的”，“闹离婚影响不好”。这里革命理性在个体欲望膨胀得将要失去控制的时候，通过强力干涉扭转了局面，显示了革命理性强大的力量。

《夜》中，在男性何华明的眼里，不论是又老又丑不能生育的老妻、落后也没嫁人的剥削阶级的女儿、不落后且很热情主动的妇女干部，三个不同的女性均遭到嫌恶和歧视，但也都一概是他欲望的对象，在对所有女性的注视和评判中，何华明无疑都是自信与高高在上的。作为拥有一定权力的革命干部的行为和心理，何华明身上反映出的绝不是他一个人的问题，它折射的是延安革命政权内部男性对待女性的态度，男性何华明眼中的女性，正是丁玲感受到的解放区男性眼中的女性。从何华明身上我们可以发现，革命者男性的心中，女性与男性的关系，女性在家庭中的地位，并没有因为革命的发生而有所改变。在新政权的内部女性仍遭遇的是性别歧视与性别压迫，解放区的革命男性否定女性的各种口实，实际上都是男权话语的变种，革命以新的方式强化与巩固了男性的传统地位。男性拥有“革命”的权力，也就拥有了对性的选择权力，是男权本质的“政治权力话语对性权力

① 丁玲：《三八节有感》，《丁玲全集》（第7卷），河北人民出版社2001年版，第60页。

的操控”[1]，丁玲通过《夜》表达了对革命尖锐的质疑。

米利特在《性政治》中指出，从历史到现在，两性之间的状况都呈现出一种支配与从属的权力关系，它以一种“内部殖民”的方式在社会秩序中得以实现，“而且它往往比任何形式的种族隔离更为坚固，比阶级的壁垒更为严酷，更为普遍，当然也更为持久”，性支配是人类文化中“最普遍的思想意识、最根本的权力概念”。[2] 作为在女性解放的道路上奋斗已久的现代女性，革命女性作家们亲身参与了有史以来最急剧的社会变革，新政权下一种新的社会制度得以建立，对女性而言也意味着一次前所未有的变革。但在对性别境遇的体验与感受上，女性作家们发现遭遇到了最为严重的尴尬，革命阵营内女性并没有摆脱“物”化的生存状态，仍然遭受着性别歧视与奴役，她们发出了大胆的质疑：“民族国家是否有权把女性纳入某种改头换面的但仍以男权为中心的文化秩序。”[3] 女作家们言说的尖锐性在于，在一个极为敏感复杂的历史背景下，一个有意无意漠视的事实被揭示出来，勇于正视女性身体这个被男权化的历史与现实都恣意纵横于上的疮疤，这与女性解放的目标大为相悖，这个事实对于以自由、独立、平等为诉求的“革命”来说实在是不无残酷的。但也由此可见，在延安“大一统”意识形态建构时期，女作家们仍然在有限的话语空间内努力表达出了有所差异的女性话语，她们超越了革命的现实功利层面，在与主流意识形态的疏离中显示了强烈的挑战性。作家们的言说显示出女性意识空前的自觉与成熟，“女性及个性在这个历史关头明显地处于主导意识形态之外，它们的汇合在某种不自觉的程度上凝聚为一种对历史的解构角度”，“那就是反思男性中心的历史，这将是一种巨大的

① 常彬：《中国女性文学话语流变》，人民出版社 2007 年版，第 375 页。

② ［美］凯特·米利特：《性政治》，宋之伟译，江苏人民出版社 2000 年版，第33 页。

③ 李陀：《丁玲不简单》，《昨天的故事：关于重写文学史》，生活·读书·新知三联书店 2011 年版，第 145 页。

解构力”，“这一点隐约形成了中国现代女性成熟道路上的第三个路标”[①]。但是，在“大一统”意识形态建构时期，由于女性自我主体与阶级、民族、国家主体之间事实上的难以兼容，女性立场的坚守无疑会对革命话语的正当性具有潜在的威胁性，任何制约革命总体性的个体作为一种离心力，必然会被革命一体化秩序视作异类很快淘汰出局。

第三节　革命与贞节的悖论

人类历史上，历代战争都总是伴随着大量的对女性身体的性暴力，在近代以来的所有民族战争中，妇女的身体仍然是双方争夺的战场的一部分。人类学家盖尔·克利格曼通过自己长时期的考察发现：“强暴不仅是战争罪行，也是战争的武器。”[②]“强暴是对国家进行羞辱和污秽的策略。很清楚，国家是一个女人的身体，或者说它就是一个女人。人们认为，女人‘不仅是女人’，还是国家的人格化的象征。”[③]“在所有新的民族国家中，妇女的角色是民族的象征和民族的母亲。”[④]所以，大量历史事实证明，实际上民族主义一直是以性别之分来完成自我的建构的。发生战争时，对于参战各方来说，言说的策略都是性别化的。“如果说处于强势的入侵或攻击位置的民族以‘男性’自居的话，那么，被侵犯的民族就必然被视为弱势的‘女性’，‘她’就没法逃离忍受‘性’侵犯的重创。这才是被‘女性化’的民族中的男性

① 孟悦、戴锦华：《浮出历史地表》，中国人民大学出版社 2004 年版，第 217 页。

② 盖尔·克利格曼在华盛顿论坛上的发言，反对前南国家中的战争罪行的妇女联合阵线，1993 年 2 月 17 日。

③ 陈顺馨、戴锦华编：《妇女、民族与女性主义》，中央编译出版社 2004 年版，第 143 页。

④ 同上书，第 129 页。

成员（以至整个社会）感到屈辱的核心原因。

由此我们可以明白，随着抗日战争的爆发，为什么中国女性在日本侵略时期受到众多性暴力侵犯，强暴侮辱妇女绝不是仅仅为了宣泄男性性欲，在公众地方实施强奸行为，其意义更在于公开向被侵犯的民族展示一个处于强势的民族对于一个弱势的民族“进行侵犯的‘到位’，加强他们的耻辱感”[①]。同时，作为被侵犯的国家，在抗战时期中国的文学叙事中，对本土女性身体受辱的关注与之前二三十年代相比，作品的数量明显增多，文学叙述的方式也发生了变化。如柳青的《被侮辱了的女人》、陈寿竹的《春雷》、萧军的《八月的乡村》、碧野的《奴隶的花果》、田涛的《潮》、青苗的《马泊头》、陈登科的《杜大嫂》、荒煤的《只是一个人》、丁玲的《新的信念》《我在霞村的时候》、草明的《受辱者》等都是与此相关的小说。与抗日前相比，女性身体受辱的意义所指因民族战争的因素而有了明显变化，不再是阶级压迫和性别压迫下的女性苦难，而是承担了民族受辱的“国耻”重负，女性的肉体成为承载着政治意义的载体。但是，比较之下我们会发现，这一时期对战争中女性身体受辱的文学叙述呈现出明显的性别差异，女性作家的创作展示出与之前的文学完全不同的表述方式。

男性作家对中国女性身体受辱形成的相同叙述方式就是给予女性不堪侮辱的死亡结局。小说中的描写不是当场受尽屈辱而死，就是稍后不堪耻辱自杀或向敌人复仇而亡，女性在他们的作品中从来不会得到受辱后仍然活下去的机会。因此，《只是一个人》中半仙师傅刚刚娶到的温柔贤淑的年轻寡妇，就被路过的日本兵在一个晚上奸污而死，看到死去的女人，悲痛的半仙师傅拿起枪参加了队伍。《春雷》则让梅大娘为了给死去的丈夫报仇，不惜主动以身诱敌，然后趁敌人

① 陈顺馨：《强暴、战争与民族主义》，《中国当代文学的叙事与性别》，北京大学出版社2007年版，第20页。

奸污她的时候，用剪刀杀死敌人，自己也同归于尽。《被侮辱了的女人》中描写的赵宽嫂被鬼子强暴后怀了孕，倍感耻辱的她几次想自杀，都被同村人劝住，但是，当再次被迫“慰劳”日军后，赵宽嫂被强烈的耻辱感压倒，最终精神崩溃，杀死了象征耻辱的孩子，自己也发了疯，发疯是精神的自杀，是变相的死亡。这里，男作家安排给女性死亡的直接原因，都是遭受外来侵略的异族奸污而死，实际上更根本的原因是源于受辱后她们精神上承受不了巨大的自我耻辱感——失贞，它们强烈促使女性做出洗涤自己耻感的行为，在惨痛的心理状态下，最终选择死亡达到自我解脱，从而达到更高的目标——抗辱的价值追求。可见在二十世纪初，男性的叙述实际完成的是现代版的“烈女”传，他们一方面遵循的仍然是中国旧道德秩序，另一方面通过与民族主义的联结，被赋予了政治意义，最终以“守贞抗辱”的死亡结局完成双重的道德和政治神话，实际上实现了对女性新的禁锢与压迫，同时更补偿了民族与男性受辱的精神损害，让无力的他们聊以自慰。

在男性作家作品中，贞节话语达成都有固定的建构策略，这种策略是由道德与政治的双重诱导来完成的，它保证了将传统贞节观和责任感完成女性的内化，获得女性的自发认同，促使她们产生强烈的自律认识，最终做出惩罚自己失贞的行为。这种诱导在话语生产的不同阶段对贞操的处理又是不同的。一种是当女性仍持有贞操时，男性的诱导是强化女性贞节观的内在认同，促使她们自身对贞操无比珍贵的重视，以此作为最高的价值和行为准则。如孙犁在《白洋淀边一次小战斗》中借当地老人的口赞美抗日斗争中献身女性的贞烈：“同志，咱这里的人不能叫人侮辱，尤其是女人家，那是情愿死了也不让人的……前几年有多少年轻女人忍着痛投井上吊？”[①]《荷花淀》中丈夫

① 孙犁：《白洋淀边一次小战斗》，李朝全、庞俭克选编《孙犁作品精编》下卷，漓江出版社2004年版，第40页。

水生临归队前留给妻子最后的一句话是“不要叫敌人汉奸捉活的。捉住了要和他拼命”，“女人流着眼泪答应了他”[①]。李古北让《未婚夫妻》中的游击队员张来水作为一个年轻的共产党员面对自己漂亮的未婚妻艾艾的担心——害怕自己被日本人强暴时，为他们之间设计的对话是这样的：“我没怨过你，这个我开通。我担心的是鬼子，要是他们欺侮我，可怎么对付？”来水仰头想了一想，扭头一看，看见艾艾脸上泪涔涔便说：“你哭了？”“没有呀。”“脸上哪来的湿？”“露水。”“怎么对付鬼子？你没看见过咱婶子姐妹怎么对付么？”“她们都和鬼子一堆死啦！”“你不敢那样？”艾艾眼窝里的泪水往来水胸怀里滴着，说：“我听你说，我就那样。”[②] 实际上三段内容相似，都是以对话形式完成对女性贞操观的诱导的。女性在其中以沉默不发声或简单的话语表达了自己面临被奸污的恐惧，和本能的对生命的渴望，但是男性借国家之名以神圣不可侵犯的立场对女性的正当要求给予了坚决否定，这种赤裸裸的节烈要求显示了男权文化的霸权性。在这里，女性的“贞节”如此被看重是因为它是属于男性的，对男性来说，女性能否“保全名节”是第一位的，哪怕失去生命也不能失去贞洁。在这种关系中，女性的贞操、身体向来被看成是一种财产——对具体的男人来说，它是一种个人占有的“资本”，而从整个民族国家来看，则又是集体荣誉和财产，它关系到是征服对方还是被对方征服这一象征的关键。在男性看来，“他们被迫目睹‘他们的女人’被强暴时所产生的伤害痛，既是一种未能尽‘保家卫国’的男儿责任所产生的内疚感，也是一种男性以至民族自我的被侵犯感”[③]。这是民族中的男性因女性遭受性暴力而感到屈辱的最根本的原因。可见，在“五四”思想

① 孙梨：《荷花淀》，《孙梨文集》（第1卷），百花文艺出版社1981年版，第92页。

② 李古北：《未婚夫妇》，《农村奇事》，新文艺出版社1954年版，第50页。

③ 陈顺馨、戴锦华编：《妇女、民族与女性主义》，中央编译出版社2004年版，第143页。

解放大潮已经过去二十多年的时代，根深蒂固的男权中心文化并没有发生改变，从普通百姓到有高度政治觉悟的革命者，所有的男性都仍然十分重视女性的贞操，将是否保有贞节作为规定和期待女性的绝对标准。对话表明在男性中心文化的操控下，女性在强大的规训力量面前没有丝毫的权利。

正是借助女性贞节观的内化，强大的心理压力下，贞节话语才会高效地发挥作用。这也就进入了贞节话语生产的第二阶段：当女性已经失去了贞操时，或者仍持有贞操的女性遭遇即将失贞的威胁时，男性的诱导指向让女性直接选择身体的死亡，无论是自杀殉节还是同归于尽式的复仇，最后的结局都必然指向死亡，完成对耻辱的回避或洗涤。在中国现代文学叙事中，男性作家笔下女性的这种死亡壮举实际上是以“烈女”的形象为隐在的读者提供了可供效仿的示范，进一步加强女性的自觉内化；并且死亡的意义除了“贞烈”的道德价值外，更重要的还赋予了新的意义——为了守护民族的尊严、为了激发抵抗侵略的斗志而呈献自己的身体——伟大的爱国精神的崛起，作为一种新价值的赋予为诱导女性最后走向死亡做了再一次推波助澜的作用。这里身体实际上再一次被男性看作是一种为了实现民族主义利益的工具，男性以女性的身体为符号完成了对革命的“献祭”。

就其本质来看，在男性建构的贞节话语中，女性的贞操无论是被视为财产，还是被视为一种“祭品”，都被看作是一种为了达到更高的目标可以轻易放弃的牺牲品或工具，多变的叙述除了暴露作为男性的作者对女性的身体一向视为一种私有物的传统价值观外，透过这种“喧哗”还可以看到国家国弱民贫的境地，动员女性以身体献身民族国家的独立和解放事业，在被称道的“献出去”的节烈行为中潜藏着的是乏力的男权社会里男性的懦弱、自私与残害女性的隐形暴力。鲁迅早在20世纪20年代就犀利地提出了批评：“中国的老先生们——

连二十岁上下的老先生们都算在内——不知怎的总有一种矛盾的意见，就是将女人孩子看得太低，同时又看得太高。妇孺是上不了场面的；然而一面又拜才女，捧神童，甚至于还想借此结识一个阔亲家，使自己也连类飞黄腾达。什么木兰从军，缇萦救父，更其津津乐道，以显示自己倒是一个死不争气的瘟虫。”① 这种对中国的男权社会处于一种“没落”状态却依然以“强者”自居的男性心态的嘲讽，同样适用于抗战时期男性对女性形象的想象和表达。总之，民族危亡的主题，再度将女性整合于强有力的民族国家表述与认同中，显示了民族主义话语对女性主体和声音的遮蔽与压抑，阻断了对女性境遇与经验的探究，对女性自身来说，她们毫无自我可言，她们的价值直接等同于民族国家的需要。

但在另一方面，无论是在历史的记录里，还是在文学的虚构中，经常是烽烟四起的国力衰微之际，“男权社会秩序在外来暴力的威胁面前变得脆弱的时刻，女性写作才得以用分外清晰的方式凸现女性的体验与困境”②。抗战时期，正是女性作家建立起了战争中女性身体受辱的叙事，获得了言说自我的权利与机遇，打破了男权文化对传统性别规范的强大控制。

丁玲的《新的信念》(1939)③、《我在霞村的时候》(1941) 和草明的《受辱者》(1940) 是这类女性叙事的代表性作品。应该说，作为抗战时期的写作，这些革命女作家的作品都具有控诉日寇罪行、激励民众保家卫国、反抗侵略的主题，但是它们又和主流抗战文学不同，具有更为复杂的意义。与男性作家相比，女性作家对于性暴力的表述不再以揭露、控诉入侵者的罪行为主，而是以大部分篇幅侧重描写受害之后女性

---

① 鲁迅：《补白》，《鲁迅全集》(第 3 卷)，人民文学出版社 1981 年版，第 105 页。

② 戴锦华：《涉度之舟：新时期中国女性写作与女性文化》，北京大学出版社 2007 年版，第 9 页。

③ 原名为《泪眼模糊中之信念》。

自身如何对待这一遭遇。在对个体进行女性立场关注的视角中显示了女性作家对这一问题的深刻反思。如果说男性作家讲述的是民族战争中女性遭受残害的不幸故事，那么女性作家讲述的则是一个被强暴的受害女性与施加在身上的各种权力相抗争的事件，她们的作品最大的不同就是这些叙述都不约而同地拒绝死亡，显露了女性主体性的强大。

《新的信念》描写的是战争中一个农村老太婆被日军强暴后幸存的故事。丁玲在小说开始部分用充满血腥的极为惨淡的场景拉开了叙事的大幕，一个令人战栗的身体在幕布深处渐渐出现：

> 黯淡的白天来了，无底的黑暗的空间，慢慢的转成半透明的灰白，雪片也就从天的深处，更密更快的团团的翻飞着下来。没有鸟儿叫，没有鸡叫，也没有狗叫，雪掩盖了破乱，掩盖了褴褛，凝结在地上的牲口粪不见了，凝结在院子里的禽兽的毛骨不见了。凝结在任何土地上的人的血也被遮住了。
>
> ……
>
> 这时在原野上只有一个生物在蠕动，但不久又倒下了。雪盖在上面，如果它不再爬起来，本能的移动，是不会被人发现的。渐渐这生物移近了村子，认得出是个人形的东西。然而村子里没有一个人影，它便又倒在路旁了。直到要起来驱逐一只围绕着它的狗。它无力地摆动着它的手，挣着佝偻的腰，倾斜的，惊恐的，往一个熟悉的家跑去。狗已经不认识这个人形的东西了，无力地却又恋恋不舍地紧随着它。一个单纯的思想把它引到陈新汉的院子里来了，然而它却瓦解了似的瘫在地上，它看见了两只黄的，含着欲望的眼睛在它上面，它没有力量推开它，也没有力量让过一边去，只呻吟了一声便垂下那褶皱的枯了的眼皮。①

---

① 丁玲：《新的信念》，《丁玲文集》（第3卷），湖南人民出版社1983年版，第164页。

这就是惨遭日军残害、刚刚爬回村子的陈老太婆。丁玲在巨大空间中为我们呈现了一个被强暴者极其惨痛的意象，这个意象凝结了战争给女性带来的所有的非人处境。但同时，在陈老太婆与死亡威胁的艰难挣扎中，我们又可以看到她强烈的求生欲望，在这种生命潜能的激发里，一个普通农村妇女内心深处的自我意识被唤醒。对生命的渴求让陈老太婆顽强击退了死亡的第一次来临。正是自我意识的逐渐生长与强大改变了被强暴后的陈老太婆日后所有的行为，丁玲笔下最为朴实、倔强的农村妇女成为历史上第一个身体受辱后拒绝死亡的女性。

陈老太婆作为行动主体的自我意识是在经历了多重的心理纠葛后逐渐增强与获得的。作为一个典型的农村妇女，陈老太婆在日军扫荡前的家里是一个安于自己身份的卑微、顺从、忍耐的女性，在这个自我意识从来被压抑在蒙昧状态的母亲身上，几千年来从夫从子的训诫让她对丈夫是惧怕的，对长大成人后的儿子也只能“悄悄地爱着他们”，更多的同样是害怕，只要儿子们“将那两条浓眉一蹙，闭紧着嘴唇”，她便“瑟缩的无声地走到厨房去，或是间壁，安心的倾听着”。目睹了孙子孙女和同村人被暴虐的日军惨杀，自己也被鬼子奸污后，残酷的经历带给她从来没有过的痛苦与愤怒，这让她“完全变了一个人”。最初是仇恨使陈老太婆身不由己地敢于面对恐怖，烙在身体上的痛苦让她无法对儿子的发誓报仇而感到安慰，她果断选择了拒绝。“娘！你安心地去吧！”“你的儿子会替你报仇！”不难看到，儿子们的保证与所有男性话语同出一辙，都是按照贞节观念的逻辑剥夺女性生存的权力。在仇恨中激发了自我意识的母亲不愿再遵照它的指令屈辱被动死去，而是获得了对生命自主选择的权力。丁玲借陈老太婆的反诱导第二次拒绝死亡，尖锐地拆穿了男性话语的虚伪性和冷酷性，给予了女性自我赋权的肯定与期待。

陈老太婆不但拒绝死亡，她还打破几千年来被强暴者沉默的历史，到处去讲述她遭遇的痛苦经历。开始她是对儿媳讲，对孙女讲，后来跑到村子里对妇女讲，对其他的村民讲，她在全村到处巡讲，一群群人听着她的讲述。小说中老太婆敏锐地最先在自己的家人身上感受到了对她的无言抵抗，媳妇们认为她发了疯，儿子对她的到处讲述感到了一种崩溃："他感觉自己几乎要疯狂起来，作为儿子的血在浑身激流着"，他不知道是"跑去抱着他娘好，或者还是跑开。他被噤住了在那里发抖"。家人的锐利目光让老太婆"发疯"般的讲述立刻停了下来，她"感到了耻辱"，她"像一只打败了的鸡，缩着自己，呜咽地钻入人丛"。在村民为她"难以启齿的不幸"感到的悲伤中，老太婆也感受到了一种隐藏着的有关她痛苦的羞耻感。在乡土中国封建伦理道德的力量是强大的，它是那么沉重地压迫着每一个人。现实生活中，有着最坚强意志的人可以战胜凶暴的敌人，可以忍受各种非人的磨难，但面对无形的杀人团常常是难以抵御的，尤其面对的是自己的儿女时，母性的尊严与千年的贞操观压得老太婆喘不过气来，她在耻辱和痛苦中煎熬着，挣扎着试图摆脱它们的控制。但在另一方面，老太婆不断讲述的同时，在她说话所起的效果中，她也感受到了安慰，因为在"不知羞耻"的、反复的、持续不断的讲述中，她在所有听众身上看到了他们的变化："在这里她得着同情，同感，觉得她的仇恨也在别人身上生长"，在这种变化中，她感到耻辱变得越来越淡薄，相反在自己身上逐渐感受到了一股不断增长的奇异的力量，这力量让她看到可以用自己的讲述、自己的行动来让大家不仅同情她，更重要的是理解她、尊重她、认同她，进而被她的演说鼓动起来。这让周围的所有人，无论是男还是女，无论是老还是少，从家到国都能认识到"死"的威胁和耻辱，而有了"活"的渴望和反抗的要求。"负载着千百个声音"的力让老太婆忘记了畏惧，变得越来

越自信，她开始带着一种鼓动的勇气煽动着他们的怒火："你们别怜惜我吧……你们今天以为只有我可怜，可是要是你们自己今天不起来堵住鬼子，唉！天呀！我不要看你们同我一样受苦呀！……你们都年青呀！你们应该过日子的呀！……难道你们是为了受罪，为了鬼子欺侮才投生的么？……我愿意为你们去死；但鬼子并不是只要我一个……你们只有自己救自己，你们要活，就得想法活呀！"听众们对老太婆的讲述产生的共鸣越来越强烈，它带给了他们心灵上的震动，感觉眼前这个让人感到痛苦得无法忍受的老太婆就是他们自身的遭遇，"听的人忘记了自己要做的事，感染了她的感情，也跟着说起来了"。"我们要活，我们不是为了鬼子欺侮才活着的呀！"群众的仇恨终于变得像"暴风雨中的潮水"，"头的海随着声音的波涛而摆动，象大海面上的巨浪"一样，回应着老太婆的号召，至此，个人的反抗到体验的集体共享，最终演变成为群众性的革命运动。

我们可以看到，作家丁玲通过老太婆的"讲述"策略，赋予她的力量是空前强大的，她不仅让一名普通的农村妇女得以发声，而且还改变了她作为一个女性在男权中心文化中的位置，具有了参与民族进程的可能。"自我赋权"能在老太婆身上得以实现，显然在于空前的民族危机让社会原有的权力关系在更重大的威胁面前不得不暂时调和，正如克布曼和摩根所指出的那样，"赋权"作为打破个人和团体界限的一个过程，"意味着从个人的反抗行为到群众性的政治运动"，"对我们社会中的基本权力关系提出了挑战"①，在这种充满意识形态意味的行动中，是革命性的政治运动带来了不同性别的政治联盟的建立。丁玲看到了民族主义下，旧有的权力集团能够完成不同身份的跨越，女性身份与地位具有转变的一丝可能。

① ［美］伊瓦·戴维斯：《妇女族裔身份和赋权：走向横向政治》，陈顺馨、戴锦华选编《妇女、民族与女性主义》，中央编译出版社 2004 年版，第 65 页。

稍后的1941年，在《我在霞村的时候》中丁玲继续书写了民族战争中女性被强暴的惨痛遭遇，但这篇小说显然包含了更多复杂的意蕴。值得注意的是，作品中采取的第一人称“我”不但作为叙述者出现，而且被赋予了“会写书”——革命队伍中女知识分子的身份，贞贞被日本人捉住又活着回来与作者曾有过的南京被俘的经历也有一定程度的相似，作为刚刚接受完延安政治审查的丁玲，这些都使得小说的写作带有对女性、革命与民族国家三者之间关系进一步探究与反思的目的。

丁玲的叙述中贞贞的生活空间——根据地某一偏僻的乡村是异常复杂的，女性身体处于相互纠葛的多种权力之间，在不同的话语中被赋予的评价完全不同。首先，贞贞是一个漂亮、开朗、热情的18岁少女，在几千年历史的乡土中国，她的身体必然要受到传统道德观念严厉的控制。早在日本人来之前，她就因为与夏大宝的自由恋爱而招致同村人的流言蜚语了，被贴上了“向来就风风雪雪”的标签。当贞贞因反抗包办婚姻而逃到山下教堂欲加入教会，不幸被日本鬼子强奸并掳走，又被迫做了一年多的随军“慰安妇”时，她更成为众人眼中的奇耻大辱。因此贞贞带着染上性病的身体回到村里时，他们对她的态度是“嫌厌”“卑视”的，甚至认为就“不该让她回来”。许多村民怀着一种“看客”的心理，极有兴味地把她作为观赏的对象：“就在那天黄昏，院子里又热闹起来了……天气很冷，他们好奇的心却很热，他们在严寒底下耸着肩，弓着腰，笼着手，他们吹着气，在院子中你看我，我看你，好像在探索着很有趣的事似的。”贞贞不仅要承受着男人们的赏玩、歧视，还要承受着同样受封建道德压抑的女人们的冷眼与傲视，“那一些妇女们，因为有了她才发生对自己的崇敬，才看出自己的圣洁来，因为自己没有被敌人强奸而骄傲了”。村里女人们的眼光中甚至还夹有掩饰不住的一丝嫉妒与羡慕：“有人告诉我，

说她手上还戴得有金戒指，是鬼子送的哪!”“说是还到大同去过，很远的，见过一些世面，鬼子话也会说哪。”贞贞的父母虽然流露出一些同情和怜悯，但他们也无法接受现实，因此当夏大宝上门求婚时，他们认为这是贞贞最好的出路，也是作为一个女人能回到正常生活的唯一机会，但让他们不能理解的是，贞贞却拒绝了这门婚事，无论怎样伤心、苦劝都不能改变她的决定。这更加激起了村民们的愤慨："哼，瞧不起咱乡下人了……”“这种破铜烂铁，还搭臭架子，活该夏大宝倒霉……”各种侮辱的话都骂了出来，充满了对贞贞的诋诟和鄙视。通过这些叙述，丁玲将批判的矛头指向了乡土中国愚昧、麻木的国民劣根性，我们可以窥见一个由几千年封建道德观构成的无意识杀人团，这个杀人团仅仅由于贞贞经历了非人的蹂躏便将这个美好的生命列入被杀者之列，贞贞为革命牺牲了身体的贞洁，但她周围的村民却一直秉承着男权社会对女性身体贞节的要求，并没有因为她的革命行为而将她赦免。小说揭示出已经建立边区政府的根据地，封建道德观念仍死死地盘踞在大多数人的头脑中，它并没有因为新政权的建立而发生多大改变。

从文本的叙事中我们还可以发现对待贞贞的几种不同视角和声音。与前面大众基于传统道德的鄙薄态度相比，还有相对立的另外几种态度，他们是通过马同志、阿桂、“我”这些人物和贞贞自己表现出来的。马同志作为村公所的一个负责人，他不但丝毫不认为贞贞是肮脏不洁的、耻辱的，而且相反认为担负了情报工作的她“才是了不起呢”，甚至视其为英雄，在对贞贞高度赞扬时，他的眼睛里面还“多了一样东西，那里面发射着愉快的、热情的光辉”。显然，马同志虽然是一个农民出身的乡村干部，但他却是以一名革命者的身份来看待贞贞的，民族主义话语的立场让他只看到了贞贞为革命牺牲奉献的英雄行为，在给予认同的同时，却完全忽略了以身饲敌给女性个人身心会带来怎样的伤害。实际上，从某种程度上说，如果说日本人将女性身体视为性工具带来的是对贞贞的第一次伤害，那么组织以革命的名义利用、牺牲女性身体来换取情报又何尝不是对她的第二次伤害呢？早在20世纪70年代，学者梅仪慈就指出在女性贞贞身上敌、我双方赋予的是相同的“工具性”的价值观。[①] 有意味的是，在“我”面前，马同志对“我”的询问加上了这样的说明：她是从日本人那里回来的，她已经在那里干了一年多了，而且还“提起我注意似的，说贞贞那里‘材料’一定很多的”。在马同志看来，对于民族国家利益来说，贞贞所从事的事情与其他人相同，就是一个不同岗位上的革命工作，只不过是用身体来交换“材料”，获得的手段不同罢了。在革命的“正义性”下，手段的合理与否是很难进入男性与国族的思考视野的。

来自宣传科的阿桂和“我”一样是一名女性革命者，在得知贞贞的遭遇后，她的态度始终是充满了同情，在贞贞身上她看到的是非人的折磨下个体所承受的巨大痛苦。作为一个女性，她本能地从自身经验出发，压抑与痛苦使得她“翻来覆去的睡不着”，还不住地唉声叹气“呵！我们女人真作孽呀!”后来阿桂哭了，倒是“贞贞反来劝她”。对于这种同情，表面上看丁玲始终没有表明看法，但实际上在贞贞如何看待自己的叙述中，丁玲对阿桂与马同志一样都表明了否定的态度。

在各种交织纠缠的话语中，最突出的是贞贞自己看自己的态度。我们会发现，贞贞对自己的看法与任何一种话语都是完全不同的。首先，通过叙述者“我”的视角看到的贞贞，在外貌上她与以往革命话语中的受难者形象完全不符，看不到任何凄惨不堪的样子，“一点有

---

① ［美］梅仪慈：《不断变化的文艺与生活的关系》，袁良骏编《丁玲研究资料》，天津人民出版社1982年版，第577页。

病的样子也没有，她的脸色红润，声音清晰，不显得拘束，也不觉得粗野”，尤其是她的那双眼睛，“虽在很浓厚的阴影之下的眼睛，那眼珠却被灯光和火光照得很明亮，就像两扇在夏天的野外屋宇里洞开的窗子，是那么坦白，没有尘垢”。在贞贞身上也看不到对自身经历的痛苦感受，她讲述自己的屈辱过去时，平静得“像回忆着一件辽远的事一样”，她觉得“现在也说不清，有些是当时难受，于今想来也没有什么，有些是当时倒也马马虎虎的过去了”，“没有人把我当原来的贞贞看了。我变了么，想来想去，我一点也没有变，要说，也就心变硬一点罢了”。贞贞对于自己的遭遇是坦然的，“使人感觉不到她有什么牢骚，或是悲凉的意味”。她既不因为自己遭遇悲惨而“想到要博得别人的同情”，也不因为曾被鬼子玷污而自惭形秽，总之，她认为自己没有什么变化，身体的被强暴不能影响她作为一个女性对自己的自我认同。丁玲在小说中强调了贞贞愿意为革命的利益而献出自己的身体，因为正是在这种牺牲中她才找到了自己生命的意义，找到了自我认同的依据。如果说与陈老太婆一样，最初是强烈的求生欲望让她挣扎着活了下来，最后则是依靠新的革命信念才让她有了努力走出传统道德围困的力量。“人大约总是这样，哪怕到了更坏的地方，还不是只得这么硬着头皮挺直腰肢过下去，难道死了不成？后来我同咱们自己人有了联系，就更不怕了。我看见日本鬼子吃败仗，游击队四处活动，人心一天天好起来，我想我吃点苦，也划得来，我总得找活路，还要活得有意思。”对贞贞的自我认识丁玲显然是赞同的，在她看来贞贞是“那种有热情的，有血肉的，有快乐、有忧愁、又有明朗的性格的人”。因为与马同志和阿桂相比，无疑贞贞的认识更显得既充满了应有的“人性”血肉又有着敢于向命运抗争的生命态度，正是这种力量使得她在面对同村人的歧视和羞辱时采取了一种强硬、蔑视的反抗态度，也拒绝了别人的同情，面对流言蜚语强大的舆论压力，坚强、乐观、独立的她自信地走着自主选择的道路。丁玲看到了一种“新的东西”在她身上表现出来了——作为一个现代“人”来说对自我的自主把握才是最宝贵的。

但我们应看到，丁玲对贞贞的命运仍是怀有深深忧虑的。她看到了贞贞心灵深处承受的痛苦与焦虑，那是无法用抽象的革命理念抹平的个体的伤痛，作为一个女性作家，显示了对女性困境的深切体认。贞贞作为一个女人，只要她还生活在这片土地之上，它是无法逃脱她的生存空间和施加在她身上的各种权力的。所以小说中贞贞的拒婚原因是复杂的，一方面她明白如果接受了婚姻，就等于接受了加在她身上“破铜烂铁”的耻辱指认，这将伴随着她走完剩下的一生，所以她坚决不接受这样的命运安排，表现出勇于反抗传统的精神。另一方面失去贞操的贞贞懂得，对于被打上“不干净”印记的身份来说，即使婚姻也无法改变这一现实。因此，贞贞是这样对“我”述说她拒婚的想法的：“我总觉得我已经是一个有病的人了，我的确被很多鬼子糟蹋过，到底是多少，我也记不清了，总之，是一个不干净的人，既然已经有了缺憾，就不想再有福气……大家扯在一堆并不会怎样好，那就还是分开，各奔各的前程。我这样打算是为了我自己，也为了旁人，所以我并不觉得有什么对不住人的地方，也没有什么快乐的地方。别人说我年轻，见识短，脾气别扭，我也不辩，有些事也并不必要别人知道。”可以说贞贞是清醒的，失贞的缺憾感让她难以释怀，对自我认识的矛盾揭示了遭受侮辱的女性不可能从根本上完全消释这种耻感，只要传统道德观念还在，她就必然要接受人们审视的目光，就难以走出规训的束缚。贞贞反抗的艰难，不仅对她试图挑战男权中心社会道德观念的力量有所消解，而且从最终选择的出路来说，丁玲也保持了一定的怀疑。贞贞为革命献出了自己的身体，但回到故乡仍然不为抱有道德成见的同村人所容，要遭受他们的白眼与各种非议，

抗婚后的她最后在组织的安排下去延安治病读书。虽然贞贞对自己的未来充满了希望，自信那里会“另有一番新的气象”，“可以再重新做一个人”，但这种希望究竟能得到多大程度的实现呢？在整个文本已显示出的女性与民族革命之间的矛盾来看，贞贞的未来并不乐观。在丁玲看来，革命不曾庇护为革命牺牲身体和贞操的贞贞，未来革命也难以完成对女性命运真正的拯救。

与丁玲相比，草明的《受辱者》虽然显得比较简单，但作者为被强暴的女性提供了与丁玲不同的出路。小说中 37 岁的梁阿开痨病严重，是一名干了二十年的纺织女工，日本人的进攻导致工厂全部倒闭，对复工仍抱有幻想的梁阿开和少数的几个工友没有逃到乡下，结果被日军掳去奸污了身体。几天后，她从日本军营逃了回来。村里的人以为她死掉了，梁阿开没有勇气对众人坦白自己的经历，于是编造了一个失足落水的故事。但一个地痞知道了她被辱的经历后，不断前来勒索，梁阿开为了不让真相泄露，接受了他的敲诈。当听说自己劳作了一辈子的工厂马上要被日本人接收后，绝望了的她终于爆发了埋藏已久的仇恨。一天深夜她偷偷跑到原来的工厂，用硝酸毁坏了机器，自己也昏倒在地上。对于在民族战争中遭受性暴力的三个女性来说，她们的区别在于陈老太婆与贞贞都试图通过革命的指向来完成自我的救赎，而梁阿开则是先编织谎言来隐瞒和欺骗，然后寻找机会自己复仇。显然草明在这里为梁阿开选择的是一条依靠个人力量的“民间”出路，与丁玲笔下的人物相比，运用谎言逃避对于尚处于懵懂中、没有受过革命风潮影响的普通乡村妇女来说是客观真实的，也是对抗传统贞节观的可能策略之一，作者无法为她找到其他更好的出路。虽然小说在结尾处以女主人公带有民族抗争性质的行为让她获得了价值的肯定，但这种策略的有效性仍是让人怀疑的，地痞的敲诈已经暗示出这条出路很快就会破灭，它只能是短暂的自我欺骗。醒来之后的梁阿开面临的将会是家、国之外的流离无助，关于这一点恐怕草明本人也没有意识到。但无论如何，相对于男性作家提供的死亡结局，依靠个人力量的逃避与复仇尽管无法将女性从强大的封建道德的钳制下解放出来，但强烈的求生欲望与个体对自尊的维护，显示了女性作家对女性生命与生存权利的追索与关怀。①

总体上说，女作家的三篇小说以各自不同的策略为遭受身体玷污的女性提供了出路，她们的共同之处在于以对生命的渴望拒绝了死亡，以个体的尊严反抗了强加在身上的耻辱标识，对女性生存境况的深刻理解和关怀让女作家们共同赋予受辱女性主体性的力量，虽然强弱不同，但都对陈旧的贞节话语给予了有力冲击，建构起与男权文化和民族主义话语逻辑完全不同的新的女性话语。这种新话语自出现那天起，就因其鲜明的挑战性受到了男权社会的敌视，尤其对于显然走得更远的丁玲来说，对贞贞这个人物的诟病一直是她后来在许多时期遭受批判的主要原因之一。以至于新中国成立后周扬还对贞贞这个人物耿耿于怀，指责丁玲塑造的是一个“娼妓”式的女性人物，陆耀东在《评〈我在霞村的时候〉》一文中批评贞贞的表现是“严重地丧失节操”。对女性权利的张扬，向各种压迫女性的强权反叛，丁玲作为一名具有强烈自我意识的女性作家显示了她本人一向高度自觉地对“女性问题”进行的深切体验与探寻，并有了深入与发展，代表了那个时代可能达到的女性写作的高度。

应该说，确如林贤治所说，以丁玲为代表的革命女作家的问题，“全部的复杂性在于身为作家而要革命，因为这样便决定了她得在同一时间内进入文学和政治两个不同的文化圈”②。在革命时代的乡土中

① 参见雷霖《现代战争叙事中的女性形象研究》，博士学位论文，华中师范大学，2013年，第101页。

② 林贤治：《左右说丁玲》，中国工人出版社2001年版，第274页。

国，这几个女性人物命运的悲剧性以及难以解脱感，使得她们的身上具有了一定的象征性意义，超越了简单的政治和道德评判。有着革命者身份的女性作家们能在烽火连天的抗日战争时期，而且是在革命政权的中心延安创作出以上作品的确不易。她们冒着社会政治、文化等各种势力的压力，展示了民族战争中女性身体特殊的命运——遭受性暴力侵犯的性别悲剧。在她们的作品中，女性身体所负载的意义与革命、国家、民族之间形成了既统一又对立的多重纠葛关系。如何去看待女性被强暴的身体，给予它怎样的话语意义，是包括战争时期在内的所有人类历史的共同问题，今天仍需要我们继续探讨，作为一种文化中的话语禁忌，其中各种权力的压制仍会顽固存在。在这一点上，丁玲等女作家将女性问题“超越国家、民族问题，被还原为纯粹的女性问题”，她们的“超前性与现代性”[①] 直到今天对我们都有很好的启示意义。

第四节　延安：理想与现实之间

八年抗战和三年解放战争时期，革命女作家们在自我解放和大众解放的道路上历经跋涉，已经到了生命和思想的成熟阶段，此时，她们是以坚定的革命者和自觉的革命文学家的姿态活跃于社会。她们的视野更为开阔，不再仅仅以一时一地的女性状况作为自己的关注对象，也不再满足于隔着一定的距离对社会现状做不满的反抗和揭露，而是以自己的思想和笔墨，开始了对历史、文化的思考，对现实政治

① 董炳月：《贞贞是个慰安妇——丁玲〈我在霞村的时候〉解析》，《中国现代文学研究丛刊》2005 年第 2 期，第 216 页、219 页。

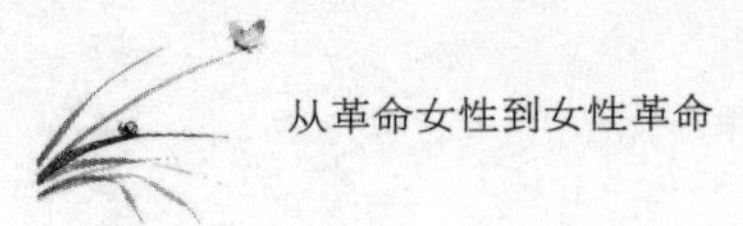

的参与。

首先，革命女作家在创作中开始转向对女性命运和生存意义、价值的回顾与思考，这种思考已超越时代与地域的界限，指向了对女性的终极关怀——对女性性别特定存在的思考。她们以更加敏锐的目光开始关注并探索封建思想文化作用于女性生命的种种现象，呈现出中国女性在几千年男权中心文化巨大阴影下日复一日的生活与挣扎，凸显作者对女性整体及整个民族生存和精神状态的把握与反思。由过去多表现为叛逆、反抗的情感经验与生命行为，转变为对女性本体世界更冷静地深入探察，透过民间生活常态揭示封建意识对人们的控制和戕害，使得写作开始具有浓厚的文化批判意义。

这种反思历史的主题在革命女作家的作品中所占比例最大，数量最多，甚至在一些女作家的笔下已经形成了围绕这一主题的系列小说，这些作品的集中出现，代表了女作家们对女性问题的自觉思考和女性意识的成熟。如陈学昭先后创作了《真实的故事》(1945)、《恨绳》(1947)、《未婚妻》(1947)、《理想的爱情》(1947)、《黄美珍》(1947)；草明创作了《阿乔》(1938)、《循环》(1940)、《一席酒》(1940)、《辩论的喜剧》(1940)、《遗失的笑》(1940)；杨刚创作了《桓秀外传》(1941)、《黄霉村的故事》(1941)、《生长》(1943) 等作品。此外，丁玲、关露、葛琴、菡子、曾克等人也创作了许多与这一主题相关的作品。

这些作品涉及了乡土历史中女性的各种生存境遇，妓女、典妻、换亲、童养媳、“坐山招夫”、寡妇、未婚守节、弃妇、失贞、大女等在小说中都有所反映。女性人物形象空前丰富，有留学生、城镇小市民、大学生、地主老婆、革命知识分子、职员、普通农村妇女……许多小说还有意模糊了故事发生的具体时代、地点，只笼统地交代一个“乡土”的背景，这些都突出了历史的惰性和女性生存状态的轮回。

杨刚在这一时期的几部小说和草明的《遗失的笑》堪称这一主题的代表之作。

由豪门望族走上革命道路的杨刚，一生的创作大多都取材女性生活，她的写作极富女性意识，而且她的深刻往往是同时代许多女作家所不及的，小说中的每一个故事无不渗透着中国女人活的历史。小说集《桓秀外传》是她继左联时期《翁媳》之后的又一力作。作者在序中谈到自己的创作时说，她“曾经看见我们流血的土地上，排满了无声的脔割了的尸身，他们一排排的展伸出去，一直排列到眼线所能达到的地平线上，他们像海浪一样的排接不断……这小册子里有一些琐碎的小人间……他们不过是那些固执地躺在流血的土地上，不肯退让的尸身们中间的一两个”。作者希望这些排浪般的“尸身”们，能够在海啸的震荡下“跳将起来”。[①] 这部集子包括《桓秀外传》和《黄霉村的故事》两部中篇小说。《桓秀外传》中，作家十分注重对中国乡村日常生活景象与传统习俗真切细致地描绘。这部小说一一展示了婚礼迎亲、洞房花烛、侍奉公婆、日常劳作等农村典型的生活场景，当地的习俗风情则穿插缀染在期间，像门口蹲的麻石马、新娘子的开脸、婚礼上的杠抬盒装花团锦簇等都充满了喧闹和娇饰，使人们仿佛走进了地域色彩浓郁的南方农村。但是当这一切无一不和女主人公屈辱的生活联系在一起时，便透出了其间沉重的历史感。这位有着一对大眼睛、乌青闪亮头发的淳朴乡村少女桓秀，对夫家来说不过是男性发泄兽欲和传宗接代的工具。在她嫁到夫家不久，患有痨病的丈夫便死去，贪恋桓秀美色已久的公公刘三爹趁机霸占了她，还对外宣称生下的孩子是孙子。在使计拆散了桓秀和长工根生之后，生性多疑的刘三爹又怀疑孩子的来历，便将孩子亲手溺死。不久三爹又从城里娶了

① 杨刚：《亶蓮》（《桓秀外传》代序），《杨刚文集》，人民文学出版社 1984 年版，第 370 页。

个年轻女人回来，桓秀的处境更加艰难。被两代人霸占了身体，终生做着这个封建家庭奴仆的桓秀，在命运的摆布中无力挣扎，只能在恐怖和仇恨中黯淡地苟活下去。小说中以受侮辱损害的形象出现的还有一个女性——刘三爹的妻子，她早已因老而丑像旧物一样被抛弃在厨间，终日佣人般劳作，每天只会望着天咕噜咕噜说“这不是欺心吗?这是欺人”。小说远离时代和阶级，描写了宗法制乡村的一切依旧。在杨刚对女性命运的关注下，写出了她们对美好人生追求的不可得。作者通过颠踬辗转在旧的无形桎梏中乡村女性的不幸经历，“望望一个人生的小角落”①，揭示出了旧秩序的重重包围中，20 世纪 40 年代的广大中国女性依然面临着男权统治的沉重枷锁，几千年封建文化的濡染下，女性的天空依旧是低矮的，在边缘的处境中遭受着残酷的身心戕害。

《黄霉村的故事》是小说集中的另一部中篇小说，写了一个不能生育的陈二奶奶视陈姨太及她的儿子为仇敌，为争夺正室名分整日钩心斗角。生子心切的她演出了一场假孕丑剧，待“孩子”的亲生父母找上门来讨要卖孩子的钱时，事情败露，“失了生活中心绝了希望”的陈二奶奶残忍地杀害了陈姨太和她的儿子以及婆婆三人。外表强悍实际极其脆弱的陈二奶奶“凶煞似的举着新买来的菜刀”杀了三条人命，这惨绝人寰的故事，习惯上人们要怀着极大的憎恶去寻找那应受审判者，但是会发现很难立刻找出具体的对象——显然这不是一个单纯谴责人性丑恶的家庭悲剧，也不是局限在对陈二奶奶命运的同情和惋惜上，而是深刻地揭示了她在心理扭曲的情况下走向杀人的社会根源和历史因素。通过这个形象来说明和探讨封建文化对人性造成的萎堕、愚昧、异化及其可能导致的凶残，陈二奶奶发疯般地连杀三人，

① 杨刚：《桓秀外传》，《杨刚文集》，人民文学出版社 1984 年版，第 371 页。

正是封建伦理道德的毒素对女性灵魂控制与奴役的结果，它使人物走上毁灭。从爱看热闹的好事街坊邻居、唱低俗俚曲的庙会卖艺人，到为二百块钱卖亲生孩子的父母和整个黄霉村闭塞、迂缓的人生，作者原色原味地描绘出了几千年来封建势力支配下偏狭、保守、蒙昧的人群，以及人们身处其中的封闭落后的生存方式，它们构建了中国保守乡土社会的底基。作者揭示人物无法超越身处的世界，个人无法改变置身其间的权力结构，她对此投以忧郁的目光，谛审着旧思想文化强大的潜流对民族文化心理的塑造。作者沉痛地说："人类的苦痛经到我的心来时，已经带来了化石的成分。"① "没有谁能够逃出来，才真正是人生的千古恨事。"② 中国妇女被"吃"的命运在几千年中无声无息地进行着。在这两部小说中，杨刚通过对普通女性真实的人生境遇，揭示出轰轰烈烈的革命时代，女性亘古不变的生存处境，对于生活在这个国度的广大女性来说她们仍被放逐在时代之外，只要封建伦理道德还在，男权中心的文化还在，女性的命运就不可能改变，女性的真正解放仍任重而道远。

草明的短篇小说《遗失的笑》从另一个独特的角度对中国女性的历史命运做了一次诠释。一向阶级意识鲜明的草明，在这部小说中选取的却是地主阶级内部的夫妻关系。在批斗乡长的大会上，"我"发现站在讲台上被批斗的乡长妻子——廖大奶奶是个疯子。通过了解我得知，大奶奶在嫁给大老爷后不到半年，大老爷就已对她厌倦了，照旧过起了婚前嫖赌的生活，如果大奶奶稍稍"正眼望他一望"，大老爷就会发脾气。大老爷还逼迫她侍候自己带回家的妓女，稍有闪失便是体罚，在这种百般凌辱下大奶奶疯了，只会"望着大老爷奇怪的大

① 杨刚：《亹薤》（《桓秀外传》代序），《杨刚文集》，人民文学出版社 1984 年版，第 371 页。

② 杨刚：《读〈孟实文钞〉》，《杨刚文集》，人民文学出版社 1984 年版，第 465 页。

笑”，并且不再说一句话。从此，大奶奶的余生便在一间被锁起来的阴暗的房间里寂寞地“凋零和枯落”着，是女佣的同情与照顾，她才没死。在当时“阶级”观念极强的年代里，具有明确政治意识的革命女作家能把自己的理解与同情关注到地主阶级女性身上，没有把社会中的人按照阶级截然一分为二划分，而是把女性视作一个整体来思考，并且看到女性问题不仅仅是靠推翻某种制度就可以解决的，这种超越阶级的人性关怀，正是作家对女性命运自觉反思的结果。

陈学昭在小说《未婚妻》中曾发出自己的感慨，对中国女性命运的轮回给予了明确的认识：“几千年来，我国的土地里，就不知道埋葬了多少这样的女子！她们没有自己独立的生命，独立的价值，独立的前途……旧社会就是整个推翻了，传统的残余力量还会来影响我们，当我们脆弱的时候，不加警惕的时候，我们还会陷到这类……泥坑里去的。”[①] 在以上小说中，由封建文化传统所决定的女性在社会、家庭等关系中受尽屈辱奴役的地位，女性生存价值的极端失落，不是作为被刻意表现的悲剧去加以描绘的，而是在广阔的背景下一一成为现实生活的自然展示，历史颓朽的尸骸与沉重的脚步皆在女性的生存状况中呈现着，女作家们试图从历史的女性命运中，把握社会发展的某种规律，她们对此做出了自己的省醒和追索。女作家们认识到，女性问题不是仅仅依靠政治、经济或社会结构的变动所能解决的。女性的行为、观念受到的是社会传统意识或公开或潜隐的种种束缚，脱离不开人们包括自身心灵深处对女性生命的千古戒律和信条的束缚，在中国这块古老的大地上，乡土历史的轮回、文化的惰性异常顽固，战胜这种惯性需要长期的艰苦努力，女作家们最终指向的是“五四”以来对停滞的封建文化的批判。

---

① 陈学昭：《未婚妻》，《陈学昭文集》（第 1 卷），浙江文艺出版社 1996 年版，第 440 页。

值得注意的是，本时期女作家对女性性别的自我审视、认知也达到了一个新的境界，对女性自身负面的认识开始在革命女作家的小说中有所显露。《新旧时代》中关露塑造了姨母、陈姓女子的母亲、皮货店家的恶婆婆三个有负面意义的女性形象。她们既是封建家庭的受害者，又是旧礼教的维护人，对自身的悲惨命运不但毫无觉醒与反抗，反而认为这是妇女命中注定的命运，在这种心理下，她们成为戕害下一代女性的帮凶：姨母多次阴毒谋划将“我”像商品一样嫁给有钱人。陈姓女子的母亲每次都无动于衷地在“可怕的号啕大哭中”将守寡16年的女儿送回夫家，“就像抬着一具活死人的棺材”。皮货店家的恶婆婆趁儿子到外地做生意时，将独居的儿媳送回娘家，并造谣说“儿媳不大规矩”，以宣泄自己无法偷情的怨恨毒火。《生长》中杨刚通过知识女性秀梅面对丈夫欺凌百般忍受的故事，揭示了一个赤裸裸的事实：女性在对待强权时的自身懦弱，是男权社会里女性命运悲剧的另一个重要原因，敢于进行命运自救，女性才会有真正的出路。陈学昭在《真实的故事》中描写了被生活所迫的玉娥认为“大家都是这样，我为什么不这样呢？……我怎么样做，大家还是说我不好，那么就索性不好吧，又怎样呢?”自甘沉沦让她走上了卖身的道路。女作家们从各个角度揭示了中国女性本身内在的劣根性和弱点，它凸显了现代性进程中女作家人的意识和女性意识的进步，本期女作家对女性本体正负两方面的认识都达到了相当的高度，与同时期的其他非革命女作家殊途同归，显现了同一趋势，她们的创作对文化、历史的价值和影响难以估量。

此外20世纪40年代初，随着抗战后期的到来，解放区文坛的情况发生了变化，作为知识分子中重要组成部分的作家关注的重点开始从抗战向解放区自身建设有所转移，随着某些问题的发现，一场对解放区的现实批判开始了。当然，对于延安知识分子来说批判发生的原因是多方面的，一是对于延安的革命文艺政策强调从正面“鼓舞”和“激励”的原则不完全理解；二是进入革命组织和体制中后，理想与现实发生了一定的反差，使他们对于根据地生活中的种种弊端分外敏感和不能宽宥；三是自身原有的自由主义作风的惯性使然。[①] 因此，他们执拗地坚持着揭露黑暗、批判现实的传统。1941 年 10 月至 1942 年 5 月由丁玲倡导的杂文运动就是这场批判的成果，知识分子的批判精神在这场运动中得以张扬。由于这种时代背景的影响，同时，这一时期许多革命女作家都已在革命的磨砺中成长起来，担任了较重要的社会工作，广泛参与到社会活动中，这种在一定范围内直接参加了政治权力建设的经历和感受也促使她们超越了原有狭窄的女性视角，成为社会政治的积极参与者和思考者，革命者、女性、作家三重身份的融合使得这种参与和思考具有了一定的独特性。知识分子所具有的批判精神，使她们格外敏感于生活中的丑陋、痛苦、压抑等任何有损人性尊严的因素；作为革命者的忠诚和责任感，她们常常以主人翁的参与意识去面对阵营自身一些不合理之处；而女性的敏感更使得她们在一些问题的发现上有时会领先于同时期的男性。这些都共同推动了革命女作家客观、真实地面对当时复杂的社会现实。她们在革命进行之际，已经直觉到中国革命自身的某些不足之处，看到了其内部残余的封建意识和小生产者习气等对革命的损害，同时提出了一些有预见性的新视点。革命事业是复杂、艰巨的，女作家对这些问题的关注，目的在于通过反思来推动所向往的美好政治理想的实现，因此，这种关注也仅限于提出，但却一直执着地存在着，即使在王实味案件发生和延安整风运动之后，这种思考在作品中仍没有完全绝迹，在当时解放区文学中这已是大胆地闯入了禁区，这种积极“干预生活”的现实

---

① 参见方维保《红色意义的生成——20 世纪中国左翼文学研究》，安徽教育出版社 2004 年版，第 140 页。

批判精神，在现代文学发展史上无疑具有重要意义和深远影响。丁玲、陈学昭、杨刚、葛琴等女作家都创作出了这方面的作品，数量虽然不多，但作为一种萌芽，已经以它们的尖锐性表现了一定的深度。

最先闯入禁区的是一向以大胆、独立著称的丁玲。此时的丁玲革命实践经验丰富，她在"文协"干事会上被选为主任，还担任过中央警卫团政治部的副主任，"七七"事变后任西北战地服务团团长，后又担任边区《解放日报》文艺副刊主编，在对革命工作的参与中，她看到"即使在进步的地方，有了初步的民主，然而这里更需要督促、监视，中国的几千年来的根深蒂固的封建恶习，是不容易铲除的，而所谓进步的地方，又非从天而降，它与中国的旧社会是相连接着的"。她进而指出延安时代仍是需要杂文的时代，作家理应承担着社会批判、文化批判的使命："我们这时代还需要杂文，我们不要放弃这一武器。举起它，杂文是不会死的。"① 丁玲发出了自己的号召——向不良的封建恶习和思想意识展开积极的批判和斗争。1940 年丁玲创作了《在医院中》，作品描述中的医院，充斥着懒惰、冷漠的工作作风，战时的条件简陋是必然的，但不应缺少的是医护人员基本的科学精神和服务热情。在医院中工作的大部分护士没有经过正式的业务训练，而医院的院长，本是"种田的出身，后来参加革命"。他对医务完全是外行，只单纯从经济上着眼，要大家"学着使用"全院唯一的那支已经弯了的注射针，"为节省几十块钱"，差点酿成因煤气中毒导致医护人员死亡的重大事故……这些正是小生产者思想习气的鲜明表现。小说还进一步揭示了这种固有陋习的顽固惰性，陆萍对医院提出的建议，虽然在公开场合"已被大家承认是很好的，也绝不是完全行不通"，只不过是"太新奇了，对于已成为惯例的生活中就太显得不平

① 丁玲：《我们需要杂文》，《丁玲全集》（第 7 卷），河北人民出版社 2001 年版，第 59 页。

凡”。而且随着时间的过去，在人们的耳中，她的“新奇”的意见“慢慢也成了老生常谈，不大为人所注意了”。于是一切照旧，什么都没有改变。凭着一个革命知识分子的责任和良知，丁玲敏锐地意识到：革命的火光并没有照亮人性深处的幽暗，鲁迅先生所倡导的“改造国民性”的重任还远未完成。在那个“离延安四十里地”的医院中，还有一群仍然需要解放、需要革命的人们。因而，陆萍，这个追求真理、渴望进步的知识女性不可避免地陷入了一种孤立的境地。“是的，应该斗争呀!”——当她试图从这种可怕的“现实生活”中挣脱出来时，她发现自己陷入了“无物之阵”中：“她该同谁斗争呢?同所有的人吗?”这是一场力量对比悬殊的“斗争”，习惯势力是如此的强大，它往往以“正义”“公理”的面孔出现，不容置疑地将越轨者拽入到既定的轨道。革命内部残余的封建意识对革命本身的损害引起了丁玲的警觉，它源于文化心理而表现于思想习气上，小说具体而真切地说明了在一个封建传统悠久、小生产方式占着支配地位的国家里，要想改变固有的思想行为方式和落后意识的固有表现形态，哪怕在革命阵营，也仍然是一项艰巨的任务。

陈学昭在1948年创作了长篇小说《工作着是美丽的》（上），由于延安政治环境的变化，作者对革命本身问题的触及已不可能更为尖锐和深刻，但在已有王实味、丁玲等人的前车之鉴后，陈学昭还敢于在文本中有所涉及，已足以看出她大胆与卓然不群的个性。小说中作者的批判视野在同类题材中最为开阔，许多都是对初进延安时《延安访问记》中提出的问题的持续关注：她大胆指出革命队伍中存在不良的工作作风，一些中级干部作风浮夸，“上不着天，下不着地，脱离群众……却开口闭口都显出代表集团者的身份”。人才使用不以能力为衡量标准，而是靠人与人之间关系的亲疏来安排。时间观念淡漠，工作效率不高。她对延安的一些政策提出了自己的不同意见，认为表

面来看延安在政策上对技术人员是重视的，实际上一些政治工作者对技术人员有偏见，认为他们只不过“像一个木匠，或手工业者”，因此技术人员地位不高，年轻人更愿意去从事有地位、有发展的政治、军事干部工作。另外也不重视青年人才专业化的培养，认为这将直接影响将来国家建设。对延安的教育陈学昭也提出了批评，认为在边区不重视对儿童的保育工作，造成很多保育员不安心工作。小学教育基本上是国防教育，强调政治教育而忽视文化水平，这种战时的指导思想从长远来看对孩子的成长十分不利。作者还特别以一个细节谈到了知识分子向大众学习积极改造自己，努力参加生产劳动的个人感受。每天女主人公李珊裳工作三个半小时，其余五个半小时用来纺纱，当她看着自己沾满脏污的油和灰土的手时，“心里不禁感叹着：这本是一双弹钢琴的手啊!”“她感到对不起劳动人民！但是，她却还不能不带着忧郁地想：‘从前做牛马学得来的一点法文，一天一天地荒弃，要是从前就是一个劳动的妇女，哪怕是一个文盲，总比现在这样不三不四的好……’”虽然作者在文中以“小资产阶级思想”对自己的感慨进行了否定，但在实际的叙述层面中，还是会很容易地引起读者的反思：革命不是解决所有问题的灵丹妙药，革命只是一个暴风骤雨的过程。与男作家相比，革命女作家们不以严密的逻辑分析见长，而是通过对生活的细腻感触，从延安日常生活和工作中的细微之处，发现革命队伍和新的政权也存在消极、不足的封建思想和意识，也存在人性的瑕疵和体制的弊端，延安并不是想象中完美的乌托邦。

葛琴的《贵宾》是一篇构思巧妙的小说。它写于 1948 年底，1949 年 1 月 1 日在香港的《小说》月刊上发表，构想的却是 1950 年的一段故事，即想象新中国成立之后，人们会发生怎样的不同变化。女主人公是一个妇女团体的领导人，她总觉得与对革命事业的贡献相比，自己的职务低了些，为了散心，她去莫干山疗养。一路上她处处以贵宾身份自居，认为自己是革命的功臣，要受到特殊的礼遇，在她眼里群众都是“平凡的”，当她的私欲不能得到满足时，便产生心理上的反差与失落。与工农病人同住一个疗养院她感到政府对老百姓“过分民主”了；在进京路上司机的不苟言笑她认为是对她的有意怠慢；因半路车子受损泥腿子区长竟敢因忙于农事而让老母和坐月子的妻子来陪她，她感到一刻也不能容忍，处处的不顺心，时时的烦恼，她觉得自己陷入了可怕的“孤单”。这篇小说的副标题是“在未来人民自己的国度里，还会有这样的人吗?”作品虽然主要立足于对新时代的美好期望，但也显示出一丝忧虑。显然，在革命胜利的前夕，葛琴深刻思考的是在新中国成立后的新政权里，那些原以“人民的勤务员”自诩的人，掌权之后可能会发生什么危险的变化，对革命者在和平年代的可能蜕变发出了告诫。在中国社会即将发生重大变革的时代，显然这会是一个很现实的问题。特别是政权的更迭，固有的社会关系就会重新调整、界定，社会分配关系和人们的政治经济地位的剧烈变化会带来意识形态上的尖锐问题，这是历史的必然。作家基于对生活的认识和发现，表明了自己的这种预见和批判。也正因为作家葛琴文笔的批判锋芒所在，这部小说在新中国成立后不久就给作家本人带来了牢狱之灾，导致全身瘫痪口不能言。

杨刚于1948年创作的长篇自传体小说《挑战》是这一题材的佳作，它代表了在这一主题上革命女性小说所取得的成就。出身豪门的杨刚5岁入家塾，曾是燕京大学英国文学系的高材生，毕业3年后的1935年就翻译出版了《傲慢与偏见》。早在1928年，刚入大学的杨刚已开始了她的革命生涯。1930年她加入中国共产党，曾参加过北方“左联”筹备工作。1943年，杨刚接受了周恩来、董必武领导，从事过对英美的国际统战工作。1944年初夏，她抵达美国，在美国期间，杨刚是中共留美党员工作组领导人之一，并参与中国民主同盟美洲支

部组建工作。在她的革命生涯中，还做过长达 10 年的地下党员工作，她进过监狱，受过酷刑，承受了哥哥羊枣①牺牲的悲痛。正是基于这种政治上的成熟和较深的中西方文化修养，杨刚才创作出这一力度之作。

《挑战》是由两个话语层面构成的。故事层面上作者叙述的是一个出身豪门的女性最终成为坚定的革命者的成长历程。富家小姐黎品生在时代潮流下朦胧觉醒，开始参加反帝爱国运动。经过北伐战争、五卅运动等重大历史事件，尤其是大革命失败后，国民党的血腥屠杀、父亲丑恶面目的暴露、牺牲的恋人对革命的崇高信仰和坚定的信念、周围同学与亲人种种不同道路的选择，黎品生在反省中彻底觉醒了，她毅然离家出走，汇入革命的洪流。但在深层文本层面上，《挑战》是以经历了风风雨雨的革命者的目光对走过的革命道路在回顾中进行反思，全篇充满了理性思辨的色彩。作者借女主人公的眼睛从刚刚接触革命开始，到一步步地走向革命，始终密切关注着革命进程中不同阶段的每一步变化，大到思想理论上的交锋，小到服饰上的变换，虽然纷繁复杂，但作者始终执拗地以清醒的头脑思考探索着。实际上，作者思考的问题只有一个：什么是革命？革命的意义何在？

杨刚以历史与现实的尺度统一起来思考社会、衡量革命。她看到，在历史的进程中革命是不可避免的，尤其在二十世纪的中国革命是社会危机爆发的结果。“中国的整个历史，将在这革命上面继续发展”，“革命是分娩，它是神圣的，民族的生命决定于革命”。在农业社会中，儒家文化的本质已落后，传统的文化价值已不能引领中国进入现代社会，革命将创造一种新的更合理、更先进的文化形态，革命是为了“人本身的改革”，为了促进“人与人之间的一种新的道德关

① 又名杨潮，原名杨广政，著名的国际问题专家，军事评论家，1945 年 7 月在福建永安被国民党逮捕，1946 年 1 月 11 日被虐死于狱中。

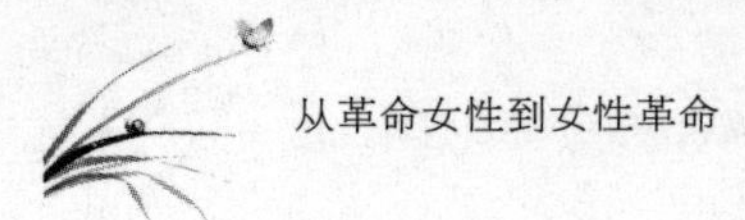

系的改革”，并且认识到革命“不会是完美无缺的……没有绝对纯净的东西”。在最终极的层面上，作者对革命给予了最明确的肯定，指出了它具有历史的必然性与正义性。

但同时，作家对革命实践中的复杂态势和各种杂质给予了冷静观察和客观的认识：个别人“趁机奔走以自肥”，以自由、解放为名男男女女大谈恋爱，一些“小人”混进革命的队伍，“而且他们这类人似乎为数不小，并且飞黄腾达”，派别之间“暗中争夺权力，扩张势力”，一些人在战争中放纵起来，“失去了理性，产生了很大的破坏性”，革命如“一匹无缰的野马，它一旦跑动起来，很难驾驭”。借女主人公之口，作者提出对革命的困惑：个人与群体、理性与热情、政治斗争与亲情、革命的目标与实现的手段、血腥与人性、儒家文化和基督教文化与正在生长中的新的文化等各种冲突中存在着问题。杨刚指出革命的发生虽然是历史的必然，但也是解决矛盾的一次痛苦的代价，常常显示出非理性和残酷，具有一种“非人性的正义”。在革命中疯狂的观念有时能扭曲人性，这是向旧时代的回归。革命的目的不只是自由、公正、平等，真正深刻的意义应在于人的解放，任何时候社会不能凌驾于个人之上。最后，她指出，由于对革命的曲解，总是错误地认为，为了将来的自由、美好与幸福，现在就可以暂时不择手段，压制个体、仇视文化、仇视思想，于是在革命中手段成了目的，而革命所宣扬的那个美好的目标却被失落了。这是作品中一个革命者在经历了长期的革命斗争后对革命的一番思考：

> 我们国家除革命之外，还需要许多东西，我们需要新的知识，新的学术，最近五十年来，我们有过各种各样的理论：进化论、君主立宪论，对科学和民主的呼号、实验主义、马克思主义和社会主义，全都是从外国来的，我们自己一无所有，一个民族没有它自己的真正的学术和真正的思想，是不能生存的。革命对

学术与思想，弊多于利。[①]

杨刚看到，要想真正赢得这场决定命运的战斗，从过去走向未来，革命不仅仅是一场冲动的、盲从的群众运动，不仅仅是一场摧枯拉朽的群众暴动就可以完结的，中国革命仍需要完善自己的理论，重视自己的思想文化建设。

直到今天为止，极端主义仍是当前学界对20世纪中国革命历史反思的一个重要方面，它也是中国在现代化进程中客观存在的影响深远的历史现象和事实。杨刚早在半个多世纪前的革命历史现场就对这纷繁复杂的实践做出了全面、准确而深入的分析与展望，提出的见解在今天看来仍振聋发聩，让人深切地感受到“革命”的复杂与艰难。作品中对极端主义集中笔力猛烈批判，对建设思想文化的自觉，显现出具有历史辩证法精神的观点，为我们探求革命作家创作关注人性、人道的倾向提供了一个很好的维度，而这是文学现代性的必然体现。杨刚此处虽然是借笔下“对革命颇有经验”的人物之口表达出来的，但应该说，其中反映的是作家在革命历程中个人生命体验的真实观察和理性思考，这让我们看到了极富个性的杨刚自觉坚守的知识分子的敏锐眼光和批判精神。我们不能脱离具体的历史语境去评价一个作家的写作，在现实政治的规约下作家仍表现出这样的勇气，这样的独立思想的精神，即使在今天仍让人敬仰。《挑战》这部小说获得了很高评价，被认为是“一部有巨大意义、有卓越文学成就和历史价值的著作”[②]，曾有研究者称它“为女性文学竖起了一块珍贵的里程碑”[③]，这些评价不足为过。

正因为在政治上的成熟，1948年杨刚在美国写完《挑战》后，并

① 杨刚：《挑战》，人民文学出版社1988年版，第355页。

② 参见吴德才：《金箭女神——杨刚传记》，中共党史出版社1992年版，第268页。

③ 盛英主编：《二十世纪中国女性文学史》，天津人民出版社1995年版，第422页。

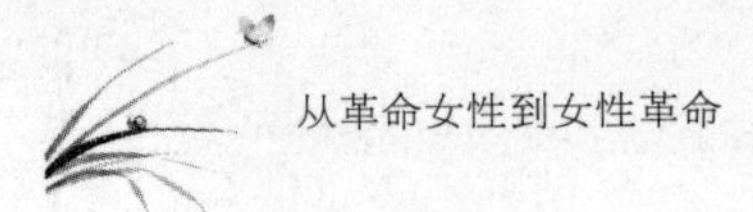

没有将其带回国发表，而是将原稿放在了一个好友手中保存，到 1957 年去世都从没有向任何人提起过此稿。直至 1982 年，一个偶然的机会才使得这部作品重见天日，这也从另一个角度证明了，在对革命的认识上，杨刚要比同时代的作家们走得更远。在中国现代文学史中，如果说丁玲以真诚、大胆、尖锐、敏感而著称的话，那么对深刻、理性、坦率、成熟的杨刚，则有待我们重新认识与评价。

对超越时代、地域界限的女性的终极关怀，对中国革命中一些难以避免的问题的理性思考，最终都是一种文化反思、历史反思，它标志着现代女性主体趋向成熟，现代女性意识和人的意识进入了一个新的境界，表明了革命女作家以无产阶级革命事业为自己一生的奋斗目标，其实质是以全面实现人的本质自由、完美为最终追求的，生命与文学上的每一个步伐，都是向着心中的这一崇高目标不断迈进的过程。无奈这种文学传统刚刚萌发，随之又因政治的变动而销声匿迹。这些女性写作的现代性传统在几十年后才得以在文学中再度出现，但历史有些是可以承继，有些却是需要从很低的起点重新再来的，至今，在女性文学中，这种反思还很难再达到 20 世纪 40 年代曾有过的高度，这或许是历史的遗憾。

第五节 “复原”的男性

随着新民主主义制度在解放区的确立，封建统治制度被推翻，封建主义受到猛烈冲击，乡村社会关系发生巨大变化，农民在政治经济上都得到了翻身。在这种新的社会环境中，作家通过参加轰轰烈烈的土地改革等下乡活动与农民有了广泛的接触，使得现代文学与农民有

了更多、更深入的对话，女性文学与主流文学保持了一致性，这一时期的小说文本中，开始出现新农民形象。1942年5月，延安文艺座谈会召开，丁玲、李伯钊、草明、白朗、陈学昭、曾克等参加了会议，在主流意识形态新规约下，此后的革命女性创作更加有意识地塑造工农兵形象。同时，生活在国统区和“孤岛”的革命女作家，此时已经历了长期的革命生活，丰富的革命实践促使她们对革命现实和大众的认识更加深化，对时刻并肩战斗的男性的审视也由原来的有所偏颇逐渐走向成熟。

与左联时期相比，被放大的男性形象基本趋向复原，原来高大、完美的男性已很难在这一时期的小说中普遍地存在，女性对男性的崇敬之情也随之回落。在小说中，革命女作家们塑造了许多正面男性形象，但这些男性不再是完美、高大的，而是或多或少都存在一些不足、瑕疵，具有一定的复杂性，很难用好人或坏人来简单地判定，女性对男性也由崇敬之情走向了理解、平和的平视关照。

这一时期，女性革命小说中的男性形象主要由三种类型构成：德生（《挑战》）、老吴同志（《三个朋友》）、陈念慈（《陈念慈》）、郑鹏（《在医院中》）、徐清（《入伍》）、陆晓平（《工作着是美丽的》）等革命知识分子。何华明（《夜》）、孙宾（《孙宾与群力屯》）、程仁、张裕民、赵得禄（《太阳照在桑干河上》）等农民干部。陈得禄（《东村事件》）、张老财（《老夫妻》）、侯忠全、顾涌（《太阳照在桑干河上》）、高吉（《露莎的路》）等普通农民和孙怀德（《原动力》）、黄殿文（《煤》）等普通工人形象。整体上，与前一时期相比，革命知识分子形象塑造得更深入、丰满，普通农民与工人的“突变”式转变在这一时期的描写有所改变，他们身上封建社会的旧痕中一种新素质的“渐变”式生长刻画得真实、自然，农民干部虽然完全是一种以前的作品中没有出现过的崭新的人物形象，但对他们难以立刻铲除的陋习也并不避讳。

男性革命知识分子以杨刚笔下的黎德生、黎伟生、孙裕兴、林宗元等一系列人物最为丰满。在《挑战》这部自传体长篇小说中，作家以自己个人的亲身经历和20多年丰富的革命实践经验为依据，以1927年中国大革命时代为背景，真实地展现了时代潮流下新一代知识群体觉醒、奋斗和成长的历程。小说展示的是以学生群体为主的一大批时代弄潮儿，通过他们的活动，以及激荡时代的社会动态和形形色色的人物百相，揭示出对革命的理解不同，年轻一代知识分子对个人道路的选择也是各不相同。其中黎德生是在国家生死存亡关头投身革命的青年知识分子典型代表，但是在表现这一人物时，作者并不回避他在革命成长过程中经历的迷惘和自身存在的一些不足。他是女主人公黎品生的三哥，出身于豪门望族，在家塾老师曾先生的启蒙下，成长为一个正直、好学、有思想、富于理性的青年学生。进入北大求学后的黎德生很快就成为一名学生运动的骨干分子。对于革命的到来，他热切地期盼着，因为他看到“北方的军阀在毁灭我们的国家和我们的民族……毁灭我们的历史”。加入到革命的洪流中，是每一个青年“该做的事”。当曾先生提醒他“要是发生一次革命，它不会是完美无缺的，生活中无论是好事还是坏事，都没有绝对纯净的东西”时，这种对革命纯净和完美的怀疑，他不能接受，认为是曾先生年老过于悲观的缘故。北伐战争一爆发，黎德生立刻离开平静的大学校园，前往广州，冲到了革命最前线。很快，他看到了革命队伍中一些令他难以平静的现象：奔走自肥、党派纷争、小人得利、作风放荡……这使得对革命寄予了美好期望的德生痛苦异常。生活阅历的贫瘠使他认识不到中国革命需要经过漫长与艰难的历程，对革命失去信心的他立刻退出了革命，回到家乡隐居，一边读书，一边继续探索、寻找自己的人生道路。在家里闲居期间，他又冒着生命危险掩护了共产党员林宗元

逃出大屠杀的虎口，显现了知识分子身上固有的良知和正直的人格。但在婚姻问题上，黎德生表现了性格懦弱的一面，他没有像那个时代进步的年轻人那样，坚决反对包办婚姻，而是老老实实从北大返回家乡，与从未见过面的妻子按旧式的繁缛礼节结婚，因为他认为“那个她还是个未知数”，他幻想着自己把她改造过来，“希望我即将与之结婚的那个人身上，会产生历史所固有的然而却是新的事物”。但他很快发现自己失败了，在强大的传统势力面前，他是那么的渺小无能。后来在与新女性素贞结识后，虽然他在心里深深地爱上了这个文静、仁爱、有思想的女学生，但性格软弱的他始终徘徊犹豫着，没有敢提出离婚，最终失去了珍贵的伴侣。最后，在爱情与事业双重打击下，黎德生决定远赴巴黎求学，因为曾轰动世界的法国革命让他从中看到了“热情与理性完美地混合在一起的果实”，黎德生又踏上了征途，开始了对革命漫长的探寻与对自我完善的追求。《挑战》中的其他知识分子形象也都塑造得丰满鲜活，如孙裕兴坦诚、踏实、倾向革命，但执着于到社会底层的人民中去做些切实的工作，他认为“不一定上前线才是参加革命的唯一道路”。林宗元具有较高的政治觉悟，爱憎分明，在革命的挫折中，没有丝毫的动摇和软弱，一直坚持在战斗的最前线。《挑战》呈现出的风风雨雨的革命道路，是中国新一代革命知识分子精神历程的真实写照，展示了他们独特的人格风范和心态特征。作为学生出身的群体，他们有着特有的知识分子情怀，在民族命运决战之际以强烈的社会责任感与自身的命运自觉联系在一起。20 世纪 20 年代的大革命时代，是青年知识分子感悟探索的时代，也是他们精神上分化、转折的时代。在革命的低潮到来时，他们彷徨过、苦闷过，但更多的人在焦虑与困惑后爬起来继续战斗，对新的社会秩序的向往，对美好社会理想的渴望，让他们很多人毅然投身革命洪流，走向前线，走向农村，在血与火的洗礼中，牺牲着自己，开始了漫长的灵魂磨难与修炼过程，由此在中国历史上出现了真正意义的革命知识分子，这是中国一代知识分子的独特道路。而且因为接受过现代系统的知识教育，与其他革命者相比他们既有较高的思想觉悟，又有一定的革命理论修养，这让知识分子们在革命实践中又多了一份冷静的理性思考，一方面促使他们在道德与修养上不断追求着自我完善，另一方面在推动革命前进的历史中起到了独特的作用。在同一部小说中塑造众多不同的革命知识分子形象，显示了作家杨刚对知识分子道路独立思考的自觉努力。

在其他女作家笔下，这类革命知识分子形象也普遍存在。如丁玲《在医院中》塑造的郑鹏，他专业技术高超、为人正直、有责任心，但又带有一些冷漠。草明《陈念慈》中的陈念慈作为一名医生，他有着知识分子强烈的责任感和事业心，正直、善良，但有时也固执、犹豫，有违于“治病救人”的天职，但他能主动认识到自己的不人道行为，并尽力补救，最后将自己的生命奉献给国家的救亡事业。陈学昭《工作着是美丽的》所描写的陆晓平心胸狭隘自私、好占小便宜、工于心计，有时在男女作风上把握不住自己，但是在民族危亡时刻，敢于冒着生命危险与妻子奔向延安，在艰苦医疗条件下尽着自己医生的职责，并且对待病人不论级别一视同仁，最后虽然因喜新厌旧与自己的妻子离了婚，但“工作努力，干得不错”。对于这些人物我们不能以简单的对与错、好与坏来加以判定，正由于人物形象具有较复杂的内涵，而不是单一的性格特点，才使得女作家笔下的知识分子形象与20世纪30年代左联时期相比不再单薄、苍白，而是有血有肉更加丰满，贴近生活的真实。

与同时期男性作家相比，农民形象在女作家小说中塑造得也同样细腻、丰满，其中以解放区的丁玲、菡子和白朗的创作最具有代表性。在解放区反映乡村变革、土改运动题材的作品中，与周立波《暴

风骤雨》为代表的倾向歌颂农民的优秀品质相比，丁玲的《太阳照在桑干河上》(1948)、《夜》(1941)、菡子的《转折点上》(1946)、《家庭会议》(1944)、白朗的《孙宾和群力屯》(1947)、《一个村干部的成长》(1948) 等小说在表现农村的社会变革和新农民的形象时，笔触特别注重分析农民身上的封建思想和小生产者习气，在这点上，与男作家中的赵树理更为接近。但赵树理经常将农民简单区分为先进的和落后的类型，而在丁玲和菡子、白朗那里，无论是农民干部还是普通农民差不多都经历着摆脱封建因袭重负的艰难过程。

《太阳照在桑干河上》作为延安文艺座谈会后第一部反映土改的长篇小说，虽然一方面从题材的选择、主题的确定到人物的刻画，都表现出了强烈的政治倾向性，但另一方面，通过对人物形象的真实描写，仍保留有丁玲的个性思想和人文关怀。作品中无论是农民还是农民干部都被刻画得个性鲜明、有血有肉，写出了刚刚翻身的农民身上的两重性。在刻画从土改运动中成长起来的农民干部时，并没有回避他们身上狭隘自私的小农意识。对于许多人来说，他们在土改中的觉悟虽然要高于一般农民，但直接的动机还在于对物质利益的关注，而没有认识到精神翻身的重要性。工会主任老董的满足就在于他因工作的努力而在土改中得到了超出他想象的回报。他做了几十年长工，做梦也没想到自己会有三亩葡萄园子，最后“他决定，只要不会受处分，他就要地”。斗争大会之后开始分地一节，作者对农民干部们自私自利的行为做了生动描写。为争得一块好地，干部们常常以工作为借口来评地委员会“站一站，听一阵，插几句嘴”，不顾纪律约束，“俨然全村之主，有权力听取一切”，这样做的目的“是因为他们常在这里，每当分地分到他们的时候，就使得评地委员不得不要替他们找块好地，也不管他们家里的情况究竟如何”，而每到这时，“他们本人总是不言语，就是说不推辞”。在一些干部眼里，不但不认为这是以权谋私，甚至认为这是他们应得的待遇。有人说“干部嘛，总得不同点，他们一年四季为咱们操心，干活，比谁也辛苦，误多少工呀!”“对，他们是有功之臣，应该论功行赏，嘿……”对于这种言论，干部们“都不说话”，表示了一种默认。村支部组织委员赵全功对分到的土地不满意，几次三番换地，甚至与干部钱文虎动起手来：

“你们同咱开什么玩笑?”他又要那块给了钱文虎的，他们劝他要果木园，他不干。他们同钱文虎商量，钱文虎也不让，说道：“闹斗争是替你一个人闹的，全村的地就由你拣了?”

赵全功……凶凶地说道：“你凭什么不给我？你还想仗着你叔伯哥哥的势么？以前都因为你们是一家，闹不起斗争，如今闹好了，你也来分地，你就不配!”

这把钱文虎说急了，他怎么能受这个冤屈，他大喊：“好，换地，行！咱们把家产全换换，看谁真穷！你去年分了许有武五分果木园，又置了五亩葡萄园子，今年春上分了一亩八分地，你自己原有三亩山水地，你还算贫农呀！咱不是同你一样闹斗争?老子就今年春上分了八分地，一石粮食，换，要换全换，要不换全不换!”

“你说咱不是贫农，咱是地主吗？好，你来斗争咱啦，要分咱的地，好！你是要给你叔伯哥哥报仇啦!”

“放你娘的屁！你不要欺侮人!”钱文虎跳过去要打他。①

农民对干部们的闹剧发出了讥讽：“咱们都不要地，让他们几个干部翻身就算了。”作者借程仁之口，表露了这些干部所作所为的严重性：“你们闹得太不像话……你们就操心自己的几亩地，你们把咱

① 丁玲：《丁玲全集》(第2卷)，河北人民出版社2001年版，第293页。

们干部的面子丢尽了!”小说写到的情形在当时土改运动中是真实的，反映了作者对现实生活的尊重和维护，在这样的叙述中暴露了农民干部的思想狭隘，他们的觉悟不高，也缺乏最基本的组织纪律性，一旦失去监督和制约，关注一己得失的浓厚小农意识仍会随时露头。他们的心理，代表着土改初期思想上尚未得到完全解放的广大农民转变的一个必然过程。经过土改斗争的锻炼，他们的觉悟才能逐步提高，慢慢成长为土改的“中坚”力量。

丁玲对党支书张裕民的形象塑造是最为突出的。她在谈自己写张裕民的基本态度和出发点时说：“我不愿把张裕民写成一无缺点的英雄，也不愿把程仁写成了不起的农会主席。他们可以逐渐成为了不起的人，他们不可能一眨眼就成为英雄，但他们的确是在土改初期走在最前边的人，在那个时候，实在是不可多得的人。……但从丰富的现实生活来看，在斗争初期，走在最前边的常常也不全是崇高、完美无缺的人；但他们可以从这里前进，成为崇高、完美无缺的人。”① 正如作者自己所说，张裕民确实不够“崇高”“完美”，但他却成为土改初期走在最前边的人，有着自己鲜明的个性：他是从最底层贫苦生活磨炼下长大的农民干部。8 岁就成了孤儿，跟着外祖母四处要饭，贫苦的生活，让他只知道靠给地主扛活混碗饭吃，受了气便喝酒解闷，流离的生活让他也曾染上一些不好的习气。当接触到八路军共产党时，才影响他发生了变化。在与八路军的接触中，他第一次感受到人世间的关怀与温暖，开始明白了穷人受苦的原因：“都只由于有钱人当家，来把他们死死压住的原因。”从此，他和自己不好的习气告别了，接着，他成了暖水屯的第一个共产党员，又秘密搞起了民兵组织，带领大家减租减息，建立了村政权。这为后来他在土改初期成为全村的带

① 丁玲：《太阳照在桑干河上》重印前言，《丁玲全集》（第 9 卷），河北人民出版社 2001 年版，第 98 页。

头人奠定了一个坚实的基础。土改后，在工作上他沉着、老练、有魄力、精明能干、有着较强的党性原则，但他也犯过一些错误和不足。如在对群众的觉悟性上他曾比较悲观、估计不足，在他看来“老百姓心里可糊涂着呢，常常就说不通他们，他们常常动摇”。“脑子还没有转变的时候，凭你怎么讲也没用”。在对钱文贵的成分划分上，他一开始没有看清，“觉得钱文贵是抗属，不该斗”。而且头脑中也有害怕“变天”的念头，最初对斗争地主也有过顾虑。但在工作中，他逐渐成熟，认识到了自己的不足，最终走到土改运动的前列。

《一个村干部的成长》中，白朗笔下的“老程”也是一个逐渐成熟的农民干部。全篇围绕一名普遍农民成长为农民干部的过程中矛盾、复杂的内心活动，细腻地展示了这种时刻与封建意识相伴的艰难的历程。当刚被群众推选为农会会长时，他心想“为什么尽要庄稼人当干部呢？庄稼人能干啥？这不是硬拿鸭子上架吗?”被老婆骂后，“更没有了主意，窝囊了一夜”。当秦部长要求在斗争地主的大会上发言时，他心里首先想到的是“炒豆大家吃，炸锅的事，得罪人的买卖，我还是不干好”。当工作中因马虎受到批评时又想“干部还不是有功不显，有过不小?”这些都反映出他思想的狭隘与糊涂，但是在土改中，经过实际工作的锻炼和工作队的帮助，他终于由普通农民成长为一名模范党员。白朗《孙宾和群力屯》中的孙宾、菡子《家庭会议》的李德明等也都有着与张裕民和老程相同的成长道路，在革命斗争中逐渐成长为成熟、坚定的农民带头人。

在革命女作家的笔下，正是对个人感受的忠实，她们在复杂的社会关系中塑造了一批性格鲜明而又复杂的农民基层干部的形象，虽不算高大，却很朴实，带有成长起来的“新人”独特光彩。反映出了几千年的封建统治遗留在农民身上的印痕，说明作为小生产者，农民干部只有经过实践的洗礼，才能逐步冲刷掉自身的种种旧思想、旧观

念，经过革命斗争的锻炼逐步成长。

与逐步成长起来的干部相比，封建思想意识的旧痕在普通农民身上的改造更是需要一个长期的艰苦过程，他们的觉悟没有干部高，但身上的“国民劣根性”却更深、更复杂。《太阳照在桑干河上》中丁玲对他们的复杂心理做了生动的描述。在斗地主时，农民们显示出的是比较一致的仇恨和复仇的心理，但在分浮财时，他们则是每个人都打自己的算盘，“都想能多分点”，他们在个人利益的追求上比干部表现出更强烈的欲望。“果树园闹腾起来了”一节写财主家的果子叫农民看起来，拿到城里去卖，原来有些人因为顾虑“变天”，不敢出头参加分浮财，现在“看参加的人一多”，“便也不在乎了”，“河流都已冲上身来了，还怕溅点水沫吗?”，在万事不出头、有事大家扛的心理下，农民们一贯担惊受怕的心理没有了，马上想到的就是赶紧想办法争着拿，不是怕自己分不到，而是想自己怎样才能多占点，“只怕漏掉自己，好处全给人占了啦!”“翻身乐”一节中，参加分浮财大会的男女老少更是齐齐上阵，全家出动，左比右看，反复在心里掂量着，这样还生怕吃了亏，其实更多的心思是得了这样还想占那样，得多少都不觉得多。

> 女人跟在男人后边，媳妇跟在婆婆后边，女儿跟着娘，娘抱着孩子。他们指点着，娘儿们都指点看那崭新的立柜，那红漆箱子，那对高大瓷花瓶，这要给闺女做陪送多好。她们见了桌子想桌子，见了椅子想椅子，啊！那座钟多好！放一座在家里，一天响他几十回。①

这里仿佛让我们又见到了30年前在土谷祠梦想革命后分浮财的

① 丁玲：《丁玲全集》(第2卷)，河北人民出版社2001年版，第295页。

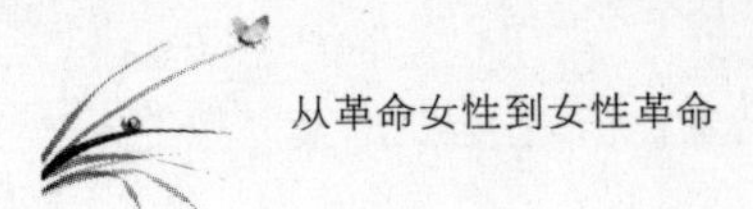

阿Q，他们对革命的认识仍是肤浅的、糊涂的，对物质的欲望则是异常强烈的。作者对农民的思想弱点做了真实客观的呈现，并借民兵对农民自私自利的咒骂做了深刻的批判，同时也流露出了自己的忧虑：“穷人也是财迷，你发财了，你又要剥削人……”

白朗《孙宾和群力屯》中的农民与温泉屯是那么的相似。他们深受地主姜恩的剥削和压迫，但是因为他收买人心的小恩小惠、善于伪装，群众一方面一时被他蒙蔽，“觉悟不过来，真正觉悟的积极分子不过五六个，力单力薄”，另一方面有人担心他儿子现在是校长，是公家人，斗不倒姜家反倒招来残酷的报复，因此在土改运动开始的时候，农民们嚷嚷着“姜二爷没啥可斗的，他爱老怜贫，咱缺个三升二升的朝他借，多咱也没拨回过呀!”算账会、诉苦会都开过后，姜恩也被抓起来啦，可是有些人还免不了心里划混儿，“地主阶级蝎虎是蝎虎，应该斗倒他，可是老姜恩这个地主倒是个好地主，老实巴交，挺好说话的，他的地也早自动给穷人分啦，还斗个啥劲?”在提审姜恩父子时，面对孙宾对地主的质问，应和的群众“声音不多，和会场的人对比，不过十分之一”。因抵赖被打的姜文飞被架回了监狱，“马上有人跟来给他摩挲胸脯”。被迷惑的群众不但一时不能认清地主伪装的本质，还认为缺少工作经验的孙宾是“公报私仇”，结果错误地将地主父子从监狱放走，导致孙宾、王老疙疸被地主鼓动一群流氓打了个半死，在鲁区长亲自主持工作后才在第二次批斗中真正斗倒了这对老大难。世世代代被压迫的农民，在地主恶霸的恶势力下一贯是低头驯服的，他们在革命的疾风暴雨面前暂时的沉默不觉悟、暂时的恐惧担心都是会客观存在的，几千年的封建思想的毒害，使他们有着这样或那样的弱点，狭隘、自私、愚昧、懦弱、目光短浅等都是他们身上根深蒂固的传统恶习，作者在这里不避讳这些“夹生的农民”，对刚刚建立的新政权不能一夜之间拔高思想觉悟的现实做了

真实的反映。

在女作家塑造的农民形象中，丁玲《东村事件》中陈得禄的形象典型展示出普通农民在革命浪潮中精神解放的极为艰难。在延安时期以歌颂为主的农民题材中应该说这一人物更多显得压抑悲凉，但显然是符合时代真实的，凸显出丁玲独立的思考能力。小说中陈得禄是一个被压迫在最底层的农民，他的父亲因欠债被当地有权有势的地主赵老爷关进了监狱，逼迫他用十五岁的童养媳七七来换人。陈得禄不愿背上"不孝之名"，明知此去对七七意味着什么，但还是最终把七七送到赵老爷家做"押头"，赎回了父亲。陈得禄是极端懦弱的：他的内心里虽然很在乎七七，但在七七被赵老爷糟蹋后，他丝毫不敢反抗，不敢去报仇，而是更多地觉得丢人，"怕遇见熟人的眼光"，村里人几乎大半人都发现他为这事"一年中不知老了多少"；只有在七七身上他才敢发泄"作为一个男人所受的耻辱"：

> 他的思想却跳到另外的一个人，一个有胡子的占有过她的人身上，于是他从地上弹了起来，踢她，在她肉体上极力挥着拳脚。她的衣服破了，头发散在头颈上，哭着跑下山去，然而当他把她追着时，交给她下一次会晤的日子，她又不敢违反他的命令。①

后来，在党派来的王全的带领下，东村的农民终于敢于起来斗倒恶霸地主，赵老爷最后被打死。陈得禄虽然有着天然的阶级觉悟和革命热情，加入了农民协会，但在反抗赵老爷的行动中他又表现得"比牛马还压抑得可怜，比牛马还驯服"，恐惧让他没有丝毫的勇气面对赵老爷斗争。小说中对陈得禄受尽压迫，满腔燃烧着复仇怒火，但又

---

① 丁玲：《东村事件》，《丁玲文集》（第3卷），湖南人民出版社1983年版，第128页。

不敢直起腰来，与地主进行真正面对面斗争的软弱复杂性格突出地表现了出来。陈得禄身上暴露的底层农民性格弱点无疑是被丁玲否定的，对他身上浓厚封建道德的影响也有敏锐地发现和深刻批判。实际上，小说另一方面强调指出女性的身体在封建社会只是一个被视为男性所私有的财产——具有交换价值的资本，女性受到的不只是强权下的阶级压迫，而且还受到男权性的压迫。在对父系血统的维护下，七七就是作为生儿育女繁衍后代的工具被买进陈家的，在这一权威受到威胁的情况下再一次把它变成了用来交换的商品。丁玲在文本中交代了陈家最看重的有两个资本——牛和七七。但七七的价值明显比陈家的老牛还要低。老牛在几年前从狼嘴里救回过陈家小儿子的命，在全家人的眼里，老牛是为陈家香火延续做出了贡献的功臣，因此全家“谁都不忍杀它或是卖它”。而七七除了能帮忙干些农活外，还没来得及生下一男半女，自然她的地位还没有老牛重要，于是陈家把七七变相卖给了地主赵家。失去了贞操后七七身体的价值更加贬值，在封建社会里它更多只意味了耻辱。于是，在小说的结尾我们看到，赵老爷被打倒了，陈得禄理应接回受尽磨难的七七，以全家大团圆结局，但是，对陈得禄来说，他与七七再也不能回到从前了。暴动后，陈得禄躲避着同志们再一次来到他和七七见面的地方，“夜晚，月亮又照到松林的时候，那个被暴风雨蹂躏了的坪上，静悄悄躺在月光下，一个黑影子在这里出现了……他想着一个人，不知道是趁机会跑丢了，还是又正被人拷打着”。在陈得禄冷酷麻木的心中，七七已经随着贞操的失去而死去了，因此不管她是逃走了也好，还是因地主的连带被批斗也好，他都任她自生自灭，因为他无法忍受自己的女人被人玷污的耻辱。这里作者看到，革命保护不了未曾革命的女性身体，革命在身体上解放农民是容易的，但隐藏在他们灵魂深处几千年的封建思想是根深蒂固难以清除的，在他们的身后有一种看不见的势力时时控制着

他们，它仍旧吞噬着广大农民的幸福。应该说，在革命的意识形态要求下能有这样一个抑郁悲哀的农民形象出现在这一时期的文学中确实难得。

丁玲、菡子、白朗等女性作家小说中的男性农民形象，都在一定程度上摆脱了神圣化的写法，不隐讳大众身上几千年根深蒂固的传统恶习，它们是旧时代给予的枷锁，必须经过漫长的改造，才能生长出新的思想意识，才能担负起新时代的使命。在当时解放区以歌颂为主的文学写作中还能保留有一定的历史真实，这是她们不可抹杀的贡献。体现出女作家们对生活的真实观察和思考，她们保持的敏锐而深刻的批判精神，从而能更深刻地去认识和分析实践中的复杂斗争，在塑造的人物身上，使革命性和现实性较好地结合在一起。

女作家中对工人形象的塑造以草明、李纳、逯斐的创作较具有代表性。草明在1948年完成的《原动力》更是现代中国文学史上工业题材的拓荒之作，新中国成立后草明成为以写工业题材著称的作家。几位女作家塑造的老孙头（《原动力》）、黄殿文（《煤》）、张珍张珠兄弟（《兄弟俩》）等工人形象与农民一样都是具有旧痕新质的人，既有旧社会遗留下来的一些缺点毛病，如胆小怕事、自私心较重、有一些小狡猾，又具备新社会工人身上所特有的品质，如爱厂如家、热心钻研技术、疾恶如仇等。但与女作家笔下的农民形象相比显得较为模式化，采用的都是新旧社会旧人与新人对比的结构方式，对人物前后变化的过程关注不足。

面对民族战争与阶级解放中的男性，革命女作家们有着自己独特的理解，这份理解来自于对民族国家命运的关切，也来自于对两性世界从未停止过的思考。她们用自己的笔真实地记录着时代男性的变化，在她们对男性形象的重建过程中，也始终在关注女性的命运，男女两性的世界同时引发着她们的思考。她们看到这场艰苦卓绝的战争给整个民族带来的痛苦和灾难，认识到时代要求女性与男性一样都必须参与到神圣的革命事业中去，没有民族解放就没有女性自我的解放，女性问题既是一个性别问题，也是一个社会问题，它必须服从于革命的现实需要，有现实的依附才能获得女性的解放。尤其是作为革命阵营中的一员，她们已将自我、民族与性别自觉统一，在革命的种种考验中，完成了对自我的新确认。正如茅盾所指出的："'五四'时代的妇女运动不外是'娜拉主义'"，但"娜拉空有反抗的热情，而没有正确的政治社会思想"，可现在的"她们却已不是'娜拉主义'所能范围，她们已经是'卢森堡型'的更新的女性！她们对于现实有正确的认识，她们有确定的政治社会思想，她们不像娜拉似的只有一股反抗热情，她们已经知道'怎样'才是达到'做一个堂堂的人'的大路。她们……以获得民族国家的独立自由，因而获得自己的解放"①。

在本时期一批革命女作家的创作中都有女性成长主题的作品，作为自传体小说，她们以个人亲身经历为线索形象地记录了女性知识分子走向革命的真实心路历程，展示了在民族解放斗争中她们执着追求、独立奋斗，经过痛苦的磨砺最后一步步成长为坚定的革命者，在祖国人民的事业中获得了人生价值，寻求到新的道路。郁茹的《遥远的爱》（1944）、杨刚的《挑战》（1948）、关露的《新旧时代》（1940）、陈学昭的《工作着是美丽的》（1948）等作品都塑造了这样一个在时代中不断奋斗的知识女性。值得注意的是，这一时期小说的女性形象增添了新的素质，凸显出强烈的自审意识，小说中的女性获得了反观自身、强化内在自我的能力，她们在纷繁复杂的生活中廓清自我，完成了对旧"我"否定和新"我"的确认，显示出现代女性的

① 茅盾：《从〈娜拉〉说起》，《茅盾全集》（第16卷），人民文学出版社1988年版，第140页。

进一步成熟。

在革命理论中，个人主义是知识分子阶级无法摆脱的原罪，所以对个人主义的遗弃和拒绝是其成为革命者的必然前提和要求。也就是说知识分子被指定天生存在缺陷，他们要么先天具有剥削阶级血统，要么后天具有“小资”情调，只有否定和超越自我，完成身份转化之后，他才是可以被认同的革命中的一员，否则只能被认定为一个有革命潜质的“准革命者”。因此知识分子向“革命者”身份转化的过程就是圣洁化过程，这是必然的道路。这种语境下男、女作家文本中革命者都必然经历了圣洁化过程，但就表意功能来说不同的创作主体仍存在不同的意义蕴涵。

郁茹 1943 年发表的《遥远的爱》是女性成长主题的经典性作品。作为影响较大的一部作品，在当时就引起了茅盾和以群两位著名评论家的关注。茅盾一方面热情地指出“我们所以感到喜悦，是因为这一部小说给我们这伟大时代的新型的女性描出了一个明晰的面目来了”，“二十多年前的‘娜拉’跳出了旧礼教的圈子，可以安心满意地蹲在一个角落——狭的自私的恋爱的角落；今天的‘罗维娜’却不愿安于这一角落，民族解放的战斗的号角在召唤她，她唾弃那两人厮守着的狭的自私的爱，她的爱是扩大了，而且在扩大的爱人民爱祖国的事业中，她再不能允许自己把一个从这大事业中脱逃的人作为私情的爱的对象。然而这一升华，却需要代价。小市民知识分子的罗维娜付出了痛苦的代价，她这一内心的斗争，便构成了这部小说的最有精彩的篇幅”。但同时又不无遗憾地觉得“女主角是有血有肉、光艳逼人，然而满场戏文，只她一个人在做，其他人物不过是掮百脚旗的跑龙套，或甚至只是一些道具罢了”[①]，同样，以群也指出，除女主人公外，书

① 茅盾：《关于〈遥远的爱〉》，自强出版社 1944 年版，第 1—6 页。

中其他人物“没有了独自的行动，独自的心理活动，是在与维娜发生关涉的时候才出场，而且完全透过维娜底心理来看他们”[①]。以群甚至要求作者改变这种人物处理，使这些次要的男性人物生动起来。稍后的1946年，李健吾在《三个中篇》一文中，进一步明确地点明郁茹的创作具有女性主义倾向，而且直接表达了男性姿态的不满：“为了衬托罗维娜的性格，从认识再往行动里走，作者不惜把她四周的男性全往没落里送。她为坚强的妇女服役。”[②]

三位男性批评家都注意到了作品所流露出的女性立场，应该说他们都准确地抓住了这部小说的叙事特征，这是与男性话语最大的差异，但是不可否认，性别背后的强大文化心理造成了理解与阐释上难以避免的偏颇。虽然他们感到作者是有意将重心放在维娜一人身上，就作品反映的新女性成长之路来说是符合艺术创作与时代真实的，但是他们无法超越性别障碍，去接受作者这种迥异于男性文本的艺术处理。因为他们隐隐感受到了女作家建构的女性话语无疑会令许多既定的男性权威受到威胁和挑战，这是一直高高在上牢牢地掌握着话语权的男性们难以忍受的。而在某种程度上可以说，两种不同的叙述模式实际上殊途同归，是最终都服膺于政治话语的需要。

作为一部表现女性知识分子奋斗成长的小说，关键之处就在于反叛自我，奔赴革命、集体之途。而在这一转化过程中，理性的认识和感性的情感是无法统一的，在否定自我获得“革命者”身份确认的同时，必有情感痛苦的挣扎和焦灼，“自我”的个性主义与“无我”的集体主义形成紧张的张力，解决冲突的最终力量源泉是坚定的信仰。在传统性别空间里，无知、软弱、依赖向来是对女性特征的定义，这就决定了在艰巨的革命路途上漫漫长路必须由男性来引导、拯救女性

① 以群：《校后记》，《遥远的爱》，自强出版社1944年版，第168页。

② 李健吾：《三个中篇》，《李健吾创作评论选集》，人民出版社1984年版，第528页。

这一弱者。而在女性小说中，首先就是对这一固定不变的性别秩序的改写，在女作家那里女性知识分子不断成长的人生动力——革命的信仰是凭借自我的主体、凭借积极的“自审”意识来逐步树立的。《遥远的爱》中“自审”贯穿了整部小说的叙事，在主人公罗维娜每次面临困境，心灵搏斗、挣扎的时候，这种“自审”就开始了。

罗维娜皈依革命的第一个阻碍就是对出身原罪的洗刷。小说中罗维娜对自己的出身从血缘的源头就开始了改造：早在二十多年前她的父母虽然身为知识分子，但都成为背叛封建大家庭的革命青年。两人自由恋爱结婚后不久，父亲更殉身为辛亥革命的烈士。继承了父母革命血缘的罗维娜在寄人篱下的生活中感受到了生活的压抑与黯淡，早熟的她认识到要靠自己的力量主动寻找一条人生的出路。一次与哥哥维特无意中发现祖父老书房的藏书，两人天天泡在那里，如饥似渴地阅读着，书籍成为罗维娜革命成长道路上的第一个动力源。阅读让兄妹二人“对整个世界和人类的生活”有了深刻的了解，渐渐地在他们的心中“蕴藏起一种庄严的……思想”，初步确立的信仰让他们“担负着同一个使命，流着同一条血脉，向着同一个方向毅然走去”，罗维娜“为暴风雨的袭来，做好了勇敢的等待”。

她成长的第二步是经受个人情感的考验。在自审中她不再满足于婚后温暖的小家庭，越来越感受到与逐渐落伍于时代的丈夫高原之间的分歧，决心逃离这个“温柔的囚笼”走向广阔人生。一年多的时间里她在情感与理智的激烈冲突里煎熬着，她不断地追问自己：“难道我竟是弱者吗?”她痛苦地仰对星空，不断地进行自我驳难，在一次次反复的怀疑自问后，民族国家与个体欲望的两种话语交锋中她终于激动地回答自己：“难道我是弱者吗？不……现在我自由了。”“你……自由了!”“谁能再从我的心上，剥夺得了这自由的意志呢?”“我要在风暴中去受苦、歌唱、微笑，因为我自由了！母亲的女儿，永远不会妥协的。”她猛然地领悟了。“生命在她的心上苏生过来，像春天的气息，从层层的坚冰中迸裂出来了!”这里获得真理的我是由自身主体之“手”牵引的。如果说这次的冲突是自审下猛然醒悟式的“突变”完成而并不显得激烈的话，那么，罗维娜和丈夫高原彻底决裂时的描写则达到了白热化程度，自我的蜕变更艰难，审视的强度也更激烈。当高原来到罗维娜所在的妇女工作队，试图以另有所爱的威胁让她心回意转时，遭到了断然拒绝，罗维娜明白这将是他们之间最后的一次机会。与丈夫分手后罗维娜陷入痛苦的矛盾中难以自拔，一方面她坚持着自己的选择，投身革命工作，另一方面美好爱情的丧失也在咬噬着她的心，让她恋恋不舍。丈夫长时间的缄默让她开始有所怀疑和动摇，难道他真是另有所爱了吗？不安的她“夜间不断地做着噩梦，清晨醒来，眼中无端地满含着热泪。工作的效率减低了，因此她又仿佛觉得每一双眼睛都是在轻蔑她，嘲笑着她的脆弱”，她沉默了下来。她开始极端痛恨自己的懦弱，她无数次严厉地责问自己：

> “你平时的力量那里去了?”
>
> “平时坚决的意志那里去了？难道就任着小儿女的哀怨来毁灭一切希望吗？……你不能的，你还得挣扎下去，努力驱开心头魔鬼的作祟!”
>
> “我背负着的是二代人血泪凝成的新生，背负着母亲的、父亲的以及一切被牺牲了的人们的希望……但是，我却任凭着儿女的情焰来把我吞噬……不，我不是弱者！我要争取自己的自由，走上自己的新路!”①

深深的内疚感和自责让罗维娜暂时安静下来，但她又抑制不住地

① 中国新文学大系编辑委员会：《中国新文学大系（1937—1949）·第6集·中篇小说卷1》，上海文艺出版社1990年版，第634页。

给丈夫发去了无数封信，想得到最后明白的确证，实际上她仍抱有一丝幻想，希望能得到丈夫的理解，维持濒临危机的婚姻，可高原仍没有回信。罗维娜彻底明白美好的爱情永远离她而去了，为了事业、为了工作，她亲手扼杀了自己的爱情。她“可惊地瘦削了下去”：

> 夜来了！痛苦的，潜伏在灵魂深处的柔情又苏醒了！灼热烧红了她的两颊，她不能睡眠，终宵枯涩地睁着困倦的大眼睛，在静夜的虚空中，她无声地呼唤着他的名字，又战栗地倾听着由它震荡出来的自己激动的心声，带着绝望和深沉的叹息……①

最后终于等来了高原背叛的绝情信后，罗维娜“全身发抖，心是冷了，只有如沸的热泪，还向着心上淋漓痛滴”。在暴风雨中，罗维娜飞奔上山，在大自然间女主人公寻找到了剧烈自我冲突的极端宣泄方式。在高山之巅，她将自己撕裂的心灵与肆虐的狂风、粗暴的雨点、乌黑的云层和在暴风雨中发出了绝命般的大地咆哮交缠在一起，在力与力的激荡、对决中人与自然形成了震撼的对话，它们互相应答着，显示着彼此巨大的狂暴的力量。她向着整个风雨的世界一次又一次狂喊着：“要报复的”，“但是向谁报复呢？”在“击破这一切沉默的暴雷”中，她听见了“万物沸腾的骚动好像从那每一颗缄默的心胸前突然爆裂出来，酿成了一片巨大的喧嚷”，都是在吼叫着——应该向谁报复！她无法得到回答。遭受重大精神打击的罗维娜病倒了，但是不久她重新站了起来，显然，是革命理性的审视下钢铁般的意志带来了她的新生：“当我认清了自己的路时，不论水里火里，我都要闯过去的……”“我还是要孤独地向前走去的，当宇宙的齿轮不断地倾轧过去的时候，这一切都会遗忘的，消失的。我要知道最后屹然地站立

① 同上书，第636页。

在人群的前面，到底是我们中间的哪一个……那时再来判定一切吧!”可以看到，小说中这段与爱情决裂的故事是最震撼人心、最富有感染力的篇章。此时的罗维娜与其说是坚决的社会反抗者，不如说更是勇于自我挑战的强者。在她对爱情的压制、抗拒的艰难过程中我们能感受到个体生命需求的丧失之痛，在几近被扭曲的生命上我们看到的正是它存在的合理性。然而在对祖国人民的“大爱”事业中是不允许作为私情的“小爱”的，时代无法提供个体私利的满足空间，对渴望的人生目标的追求中压抑、牺牲自我也就有了必然性。在战栗中搏斗的罗维娜让人们感受到的正是爱情的永逝带给女主人公心灵的巨大创伤，而在这创伤之上站立起来的女性是更加让人动容的。“她是魔鬼，是神，而不是人!”“是的，没有谁能匹配她的，仿佛她并不需要人的感情……只有魔鬼的意志在支配着她似的。”小说中与罗维娜无法“匹配”的男性的指责之词正说明了女性主体的强大让他们感到了委顿与尴尬。

小说的结尾罗维娜又再次经受了革命战场的考验。她来到哥哥的游击队，在艰苦的革命斗争中很快锻炼成长起来。哥哥死后，她继续领导艰苦的游击战斗，担负起了重任，坚定的革命者身份最终得到大众的认同。小说中，女主人公罗维娜经历了生命中各个阶段的磨难，在一次次炼狱般的自我“反叛”的煎熬磨砺中，最终彻底背叛阶级出身、爱情欲望与人伦亲情，完成了女性知识分子皈依革命的道路。

应该说罗维娜是前所未有的形象。作为“革命女性”无论是与男性作家作品中的梅形素、章秋柳等相比，还是与女性作家笔下的美琳、田家冲“二小姐”等相比，她都具有更加明晰的自我意识，遵从内心的理性需求与选择，不仅战胜外在的束缚，而且战胜自我内心的重重阻力。在对人生价值与意义的追寻中，女性的自我追问、对个体生命体验的自省起着决定性的作用。在女性知识分子的成长小说中，

一个独立的女性主体在革命中诞生了。郁茹说："我只想借着维娜提出一个问题，也是想介绍现社会中艰苦挣扎的女性底一部奋斗史，维娜不是一个女性的片面描写，而是我历年来在各种生活的重压下看到的无数女性的一个综合。"[①] 作品中，女性的成长之路既是一条时代召唤之路，也是一条女性与自我、女性与自我生命需求的斗争之路，这里充满了冲决一切阻力投身革命洪流的新女性得以驰骋在曾经专属男性的政治领域的满足与自豪，也呈现了在民族国家等宏大话语与个体欲望的冲突中女性的挣扎与焦虑、痛苦与无奈。她们通过不断有意识地加强自控来对自己灵魂进行拷问，在不断的剖析、忏悔中进行自我纠正，完成了对精神困境的理性超越，也完成了最终的身份认同。

这部记录女性知识分子心灵变化轨迹的小说让我们看到了一个新人的诞生，从莎菲到罗维娜，在女性自我追寻的道路上一个自信、坚强，始终坚持自我奋斗、勇往直前的现代女性矗立在我们面前，在民族解放的事业中她们最终找到了出路。女性作家用自己的话语开拓出一个与男性完全不同的表达空间，以自己的个人体验重新定义了女性性别主体，这对男性中心的主流文学具有一定的反叛和修正的意义。但是，革命虽符合并满足女性个人的愿望，为她们提供了前所未有的机遇和地位，却又以新的意识形态重新规范了她们的行为，要求女性牺牲个人利益，以奉献社会和国家。现代国家与女性个人之间的这种悖论关系，既促使她们走向革命，成长为新人，又使得她们的个性、情感受到压抑与遮蔽。当她们强调依赖自身主体完成对"自我"新的认同同时，其实也是在逐渐远离个体"自我"，当精神世界升华为对集体价值的完全认同而具有真正革命者身份的同时，也恰恰是"无我"的完成之时。在时代的召唤与规约下，中国女性主体建构的话语

---

① 郁茹：《〈遥远的爱〉再版题记》，自强出版社 1944 年版，第 171 页。

是复杂的，这里既有挑战与反叛，也包含着有意无意的无奈与妥协，这种以政治层面来解决女性问题的惯性在之后的20世纪五六十年代依然制约着人们，如在杨沫的《青春之歌》中，我们可以看到林道静的成长仍延续着这种主体建构的艰难与抵牾。用政治意识来规约女性的生存选择，最终表达的还是一个普遍的政治主题，而女性本身的问题被忽略或淡化了，这也许是时代的必然。

在现代革命女作家的文本中，男性形象经过漫长的历程，从鄙视的销蚀到崇敬中的高大、完美，最后终于恢复了应有的真实面貌，给予了较公正、全面的评价，经历的是一个从消解到重构的过程，这种认识超越了以往的种种局限和偏颇，标志着女性对男性的认识趋向完善。同时，在两性世界中女性形象具有的强烈自审意识，标志着现代女性自我主体与女性人格的成熟，它们共同推动着现代思想和文化对“人”的认识向着更完美、更健全的方向发展。但是新中国成立后，在政治严重泛化的时期，这一对男性世界探索的主题曾一度中断，脸谱化、模式化的男性形象充满了整个文坛，直至20世纪80年代，探索男性世界才又重新出现在女性文学的创作中。男女两性在何种社会中、又怎样参与社会才能达到性别平等、男女和谐共存的可能，至今还是一个需要继续探寻的话题。

结　语

中国女性解放与民族国家建构、左翼革命的关系构成了现代以来中国文学与文化的焦点问题之一。而在现代性道路的追寻上，“中国现代革命女性”以自己的文学书写开创性地参与并建构了与西方不同的女性解放新经验，作为中国革命的女性主义遗产，对其发现、正视与研究是当下全球化时代处在普适主义框架下的中国女性文学创作与理论建设应给予重视和反思的。

但是，20 世纪 90 年代以来，西方女性主义理论在中国从“浮出历史的地表”开始到日益风头正健，与中国的女性解放运动及其思想资源的影响相比形成了巨大反差，因为在研究者看来，中国的女性解放与民族解放运动紧密相连，从来未曾有过自己的独立性，便简单地被认同为匮乏的、完全没有自主性而受到批判与否定。长期以来作为一种认知模式，使中国的女性解放运动及其丰富性和复杂性在很大程度上，没有得到应有的重视，中国革命的女性主义遗产其自身存在的合理性与合法性面临着极大的质疑和危机。并且，随着女性研究的日益深入与成熟，会发现运用西方理论的“女性主义”阐释与需要处理的实践/理论之间存在着一定程度的脱节甚至断裂。对于后发现代性国家，“中国的历史语境，特别是具有自身特点的民族国家的建构过程，之于中国女性解放运动的重要性很大程度上被误读了”[①]。

进入新世纪后，学界对于中国女性解放与民族国家建构、左翼革命关系的思考有了一定的突破，“阶级/民族/国家不再全然以负面压迫/湮没女性运动的形态出现了，它之于中国女性引导的‘带动和促进’也在一定层面上得到了揭示”，但是，就研究的有效性看来，这种认知在具体的研究中仍需进一步努力与完善。中国的女性研究在处理中国现实与西方资源之间，仍存在厚此薄彼的现象，有意无意地将西方女性主义理论作为一种凌驾于一切语境之上的普遍化的思想资源。“在这一过程中，话语与语境之间的裂隙将被遮蔽，发达国家的文化霸权将被生产、扩展，而中国女性运动的合理性与合法性问题则无疑被进一步悬置、解构了。”因此，“无论是国内学者还是海外学者，当她们进入中国女性问题的时候，显然，作为话语前提，类似于‘民族国家’这样的本土语境，其实并没有得到足够的重视，‘民族国家’与妇女解放运动之间的关系，也因此没有得到合情合理的处理。当我们今天反省西方女性主义事实上存在着的文化霸权的时候，民族国家与女性主义的关系，因而就有必要得到重新认识与清理”[②]。

在这样的背景下，对中国的女性解放实践与理论的重新定位、阐释就意味着我们要超越原有的二元对立思维方式，重返复杂的历史语境，重新认识中国革命的女性主义遗产，以更为开放、踏实的历史/现实视野梳理出符合中国女性解放运动实践的言说方式。本书正是从这种思路出发的一次尝试。

在中国现代文学史中，“革命阵营”中现代革命女作家的文学书写是一个有着复杂文化内蕴的文学形态，在这个矛盾统一体中体现了多重关系的纠葛。本书通过对现代女性革命小说的话语演变历程分

① 董丽敏：《性别、语境与书写的政治》，人民文学出版社2012年版，第51页。
② 同上书，第56页。

析，从宏观把握和个案分析并重的角度论述“性别政治”在不同的社会历史和政治时空中呈现的不同表征与特点，从性别、语境与文学书写之间的复杂关系探究其生成与发展、变化的特点，试图更具体、更深入地进入到作品中感受革命女性创作的女性关怀，对女权、社会、民族、生存的思考，借此反思革命和女性解放、革命和文学、文学和女性之间的关系，重新考察中国革命的女性主义遗产。

在中国，现代女性的生命意义和生存价值究竟何在？女性文学应该走一条怎样的创作道路？早在 20 世纪的三四十年代，革命女作家已经用她们自己的生命和创作实践给出了坚实的回答。对于她们来说，写作不再是可有可无的事，它已成为生命意义的寄托。今天我们仍然能够强烈地感受到她们身上所具有的坚韧的人格魅力，积极的人生姿态和立足于现实、面向大众的思考视角，而这些正是当下中国女性文学所应该加强的。

一　现代女性革命小说的历史贡献

首先，我们必须清楚地认识到现代女性革命小说同中国当代文学一度走向“极左”道路的革命小说有着本质区别，这是一种已构成中国现代文学新的女性传统和创作模式的文学形态，有着自己独特的内涵。20 世纪 20 年代末至 40 年代，中国以北伐战争的硝烟为起点，以国内解放战争的炮火为终点，在这场巨大的历史变革中，“革命女作家”是那一时代追求女性解放的最先进女性的必然选择。革命女性的文学书写因与民族国家事业的紧密相连而具有了历史上从未有过的意义，对以后的中国女性文学产生了重大而深远的影响。

现代女性革命小说的创作主体具有自觉的现代女性角色意识，即坚持社会角色——革命者的写作立场。在写作中，革命女作家一向以背叛为妻为母的传统性别角色规范为追求，“女战士”“女革命者”这种新的社会性别角色选择是女性在挣脱封建枷锁、追求女性解放过程中抓住的最佳历史良机。这些革命女作家们常常有极其坎坷的人生经历，她们大都有过艰难的求学、反抗包办婚姻的遭遇，如白薇、谢冰莹和陈学昭等；有过求职谋生的生活艰难，如丁玲、冯铿等一批女性革命作家。从身边女性和自身体会的角度出发，她们对传统女性“第二性”久受压抑的残酷生存困境有着深刻的感悟，得以瞥见文化历史中性别规范的整个文化传统之黑洞，从而萌生了反封建、追寻女性解放的极其强烈的自觉意识。革命将这些不安于传统性别设定的女性裹挟而出，使之在具体的革命实践中改变自己的角色地位，至少背叛历史给女性之躯规定的传统功能。从这个意义上可以说“革命”与“性别再造”之间形成了一种共谋关系，因此革命女作家们格外敏感于、执着于“战士”这样的人生责任，心向正义的新民主主义革命。没有比女战士、女革命者这种全新身份的历史功能更能代表浮出历史地表的女性力量了。女性第一次参与了对于历史的抉择，第一次有了自己宏伟的事业，女人的生命也因此而有了历史上从未有过的意义。她们借助于一身军装从历史的客体成为历史的主体，无形中认可了女性在体力、勇气和政治才干上的潜力，促使女性迅速摆脱历史边缘处境而登上几千年来未对女性开放的中国政治大舞台，从这一前提出发，我们才能理解当时许多女性革命小说中所洋溢的巨大欢欣和激情。

谢冰莹寄自北伐前线的《从军日记》与冯铿对苏区女战士的想象——《红的日记》，尽管彼此之间存在着不少微妙的差别，然而其共同之处在于每一篇小说都把置身于革命战争中女战士的经历，描述成一个充满欣悦的过程。相对于“五四”女性沉滞的家庭和学校生活，战地生涯无形中成为一个虽然陌生却又富于挑战、生机勃勃的新天地。女作家笔下“欣悦的文本”所表露出的重生感并非完全出自于外在理念的灌输，而同是来自那个时代真实而又直接的现实感受：当个人已经无法撼动僵硬的性别规定之时，革命战争巨大的改造作用就被呈现为女性的解放。[①] 也许，她们是不无偏激的、是狂热的、是过于理想主义的，但最终，她们是对时代“负责”的，是“真诚”的。

现代革命女作家把“五四”女性文学对女性个人情感和生活的狭小天地的关注、对个性解放的追求转移为投向更加广阔的社会，将寻求女性解放的声音融入寻求整个民族、国家、阶级解放的轨道上，她们认识到，国家的独立、人民大众的解放是妇女解放的必要前提，正是在这里，革命女作家充分展现出现代女性的认识。实际上，就女性解放的诉求，目前东西方学者基本达成了共识：第三世界国家都曾受制于帝国主义，女性主义都与反帝的民族主义运动紧密结合在一起，是民族主义运动的重要组成部分。与西方大规模的独立的女权运动相比，第三世界国家从来没有出现过大规模独立的争取女权运动，这种非独立性表现在女性解放运动中是从来就没有独立的革命对象，整个社会革命的对象也就是它的革命对象，女性解放运动从来都是与超越性别的民族的革命实践相生相伴。中国自晚清将女子作为问题纳入国民改造后，一百多年来，大批的妇女，不是一代而是几代人逐渐打破家的束缚，开始慢慢从家庭走入社会，因此女性的现代化其实就是其社会化、民族化的过程。而革命女作家在灾难深重的时代，由于具有自觉的“现代”民族国家的使命感和责任感，因此获得了完全不同于传统文化的现代文化意识。革命女作家是用生命去创作文学、书写人生的，在她们的作品中，至今仍令人感动的，就是作品中对理想的执着，表达出对民族自立、自强的渴望，这也是她们的作品至今仍具有深刻文化价值的内在原因。丁玲“左”转之后的代表作品是《水》，以现在的阅读感受来说，作品给人的印象是单调、模糊的，艺术技巧

---

① 唐利群：《二、三十年代女性文学与革命意识形态》，《妇女研究论丛》2001 年第 3 期，第 57 页。

上显得粗陋，甚至幼稚，这也是今天这部作品被许多批评者诟病的主要原因。但贯注在作品中的气势却是磅礴的，力量是惊人的，场景是恢宏的，焕发出震撼人心之力。人处于绝望中的生存意志所发出的呐喊并非单单是农民起义的动因展示，而且是丁玲对双性构成的全社会人的“非人”现实处境进行深入反思的标志，显示了她对新的社会理想的追求，即平等和公正。正是基于一种理想，作家才能在创作中对社会的不合理现象进行抨击，流露出对公平、正义社会的强烈向往。这种自觉的使命感和责任感，有力地唤醒了民众，尤其是女性的觉醒，提高了人们认识社会的能力和对女性生活道路的反思，不能不说是革命女作家对女性文学现代化所做出的特殊贡献。

现代女性革命小说将民众生存状况，特别是女性或个体或群体的现实生存体验，自觉纳入创作的表现领域，使得革命女作家的创作在描述对象上指向女性自身的同时又指向广大的民众，在审美取向上追求文学的大众化，体现出真正的人文关怀精神。“五四”女作家的创作虽涉及了女性群体的一些独有经验，如爱情与事业的关系、同性关系、两性关系，但这些主题仅仅作为一种文学现象出现在当时的女性作品中，既不深入又不成系统，女性作家对这些关系的态度也是较为温和的。在女性革命小说中，这一点却成为革命女作家立足并挤出地平线的根据地：一方面是涉及的文化、心理的深度和广度上有了进一步的开掘；另一方面是有关女性群体的主题构成了成熟的系统，其中包括女性的角色、爱情与革命的关系、革命中的躯体、革命的沉重、探索男性世界等。

在现实生活中，革命女作家主动将“女作家”和“革命者”的角色适时调整，毫不掩饰自己随时听命于民族和时代召唤的写作立场，这难免有审美功利之嫌，但革命女作家写作独特的审美“现代性”意义又恰恰体现于此。在人的多重角色中，革命女作家自我定格为：首先是革命者，其次才是女作家。于是革命女作家的审美之思，虽融诸多女性创作特色于一体，却不是冰心类的闺阁派，也不是杨绛、林徽因式的学者型，更不是张爱玲、苏青类的职业型……革命女作家从现代女性审美的层面，提供给人类文学史鲜明而独特的一章：历史地、美学地表现了中国民众，特别是女性丰富而真实的生存体验史。

在现代女性革命小说的文本中，除了突出阶级、民族话语之外，性别话语仍占据着极其重要的位置。作为复杂的矛盾统一体，现代女性革命小说比其他固守自我的现代女性小说更能体现理想与现实、革命与人性、政治与性别文化之间的多种张力关系，以此确立了更现实、更开放、更成熟的现代女性话语。

现代革命女作家的创作有鲜明的主流政治意识形态倾向性，这使得她们的文本从表面来看，很容易被指责为“对主流政治意识形态的臣服”“在左翼阵营中性别意识重新流入盲区”①，这是对研究对象缺乏真诚理解而导致的误读和偏失。性别意识是女性这个历史规定的性别群体一种与生俱来的文化、意识形态特征，早在第二个十年，女作家们就已经开始了由青春时代向性别成人的转变，进入了一个在社会上独立生存的性别醒觉阶段。在特定时代背景下，这种天性不是简单地被予以雄化和淡化，而是以一种更加隐蔽的特殊形态存在于作品之中，因此，性别意识仍然是现代女性革命小说至关重要的特征。对于革命女作家自身的双重身份来说，虽然革命者是第一性的，女作家是第二性的，但源于女生心理的天性使她们的小说具有某种超乎简单政治神话之外的复杂性，在故事层面和叙述层面常常存在相异的双重话语。在故事层面，我们看到的是紧紧吻合于时代模式的中性作者——革命斗士，但在叙述层面，却客观存在着女性作者的痕迹，只不过这

① 孟悦、戴锦华：《浮出历史地表》，中国人民大学出版社 2004 年版，第 133 页。

种双重话语的差异因女作家的不同而在程度上有所不同，因其所处的时代不同而有所区别而已。

双重话语的差异在丁玲、白薇的部分作品中表现得较为明显。丁玲《一九三〇年春上海》（之二）和《夜》这两部小说的创作意图显然是歌颂革命者和肯定以革命为指归的人生选择，可是小说中更为引人注目的却是其对女性生存状态和精神处境的揭示，对女性命运的体察和同情。相反，写到革命者时，我们看到的却是望微和何华明这两位男性在参加革命后，两性关系恶化，革命成了他们冷落女性的借口，作家显然已经把革命立场摆在了远处，读者在作品中却很难立刻感受到，甚至由于这二者之间的冲突而导致相反的解读效果，使创作意图和客观效果产生了背离。

在其他曾被认为相当吻合主流的女性革命小说中，也不难发现这种双重话语的裂隙。如彭慧的小说《巧凤家妈》，主要写一个普通的农妇巧凤家妈知道她唯一的女儿在城里被日本飞机炸死后，托“我”打听“外省里可是有女人当兵？要有么，我也去一个。我去打日本鬼，报报仇泄泄气，就死了算啦……”她后来没有当成兵，而是在参加国防工程——修路时，被滚落的山土压死。小说采用的是民众反抗侵略的经典叙述话语，可是在其文本中，作者除了描写日本侵略者的暴行以外，还描写了巧凤家妈因为丈夫、女儿的死，而遭受到与之同一阶级的人们“命凶，杀气重”等诋毁，这就涉及下层阶级也依旧存在着封建观念的问题，从而将一个阶级中不那么“纯然”的成分揭示了出来。草明的小说《受辱者》，塑造了一个被日本人侮辱的女子梁阿开。作者深入到人物的心灵深处，细腻描摹她身体受辱之后内心的痛苦以及时时燃烧着的愤怒火焰，直到最后终于奋起反抗，破坏了要卖给日本人的机器。小说写的是“中国妇女身体受难”的典型故事，但在叙述时，与同时期男性作家相比显示出很大的差异性。男性作家只是将“女性受难”作为教育中国人抗战决心的抽象案例，因此在叙述中往往只注重敌人施暴的场面描写，却很少能够深入女性的内心世界去感受她们心灵的创痛，受辱女性的命运也大多数或者以当场受折磨而死来反衬敌人的暴虐，或者以绝望自杀而死来消极摆脱精神上的痛苦，而女性作家多将重点放在女性受辱后的精神煎熬，故事的结局也往往是女性自身奋起反抗，树立起女性命运自救的坚强意志。

这些被遮蔽的不便言说的内容有些是潜意识的，甚至连作者本人都感觉不到，却又是客观存在的，乃至比主体内容更加重要，它们使个人、女性以及阶级、革命之间的关系得到了相对复杂的呈现。现代女性革命小说作为一个多重的矛盾统一体，把对女性的关怀与对社会、民族、政治的关怀紧紧地交织在一起，是更高层次上的女性关怀意识，是具有真正现代意义的女性话语，远离传统女性人生安逸的选择，显示了革命女作家追随社会前进步伐的努力，代表了现代中国人试图在政治行为与文化规范中找到一种平衡，为文学史留下了有益的启示。

由此可见，现代女性革命小说具有不可忽视的独特意义。虽然现代女性革命小说具有其局限性，但是，该小说的创作在促成中国现代文学新的女性传统和创作模式方面具有重要意义，形成了现代女性的角色意识、现代女性的心态、现代女性的审美取向、现代女性的话语，对推动“五四”女性文学现代化目标的实现具有划时代的贡献。另外在学理层面，现代女性革命小说在很多方面，如较强的生命意识、女性意识、人的整体意识、对政治话语的一定疏离等等，相对于同时期的整个中国文学也具有一定的先锋意义，构成了中国文学发展的有力资源之一。

二　现代女性革命小说的局限性

女性文学创作由现代女性革命小说开始，面临一个重要课题，即如何处理好作品中政治性与艺术性二者之间的关系问题。在部分革命女作家的创作中，有时急于以崭新的态度去把握新的现实、表现时代政治热情而在一定程度上忽视了对生活本身的精细刻画，陷入了公式化、概念化的泥沼，从而使作品的艺术魅力有所削弱。[①] 同时，革命女作家的性别意识受时代框架束缚，也使作家的鲜明艺术个性不无损伤。文学如果过深地介入现实、紧跟政治，会使得它在一定的社会环境下很容易被现实所左右，甚至发展成为扭曲之物，这是我们必须正视的女性革命小说一种本质上的脆弱。

我们还应该看到，现代女性革命小说虽然与主流文学之间是一种既相趋同又相疏离的关系，但是在性质上仍然属于在主流意识形态的话语中进行着有限的私语言说，双重话语中的女性话语常常处于一种压抑的潜文本状态，女性的主体意识在整体上没有得到完满的发育成熟，这使得女性意识在以后的社会变化中很快落入低谷乃至消失，具备了一定的前提条件。

在特定的政治历史背景下，由于社会生活的重心是政治斗争，并且是处于生死搏杀的战争状态，因此暂时把文学艺术纳入政治的轨道，强调将文学作为政治服务的有效工具，突出文学的社会作用，应该说是十分自然的，具有一定的历史合理性。然而另一方面也不应忽视，即这种倾向所包含的某种误解：革命女作家在一定程度上仍然存在着简单化地将阶级解放、民族解放与女性解放、作为个体的“人”的彻底解放视为因果关系，这里存在着理想与现实之间的差距、想象与现实之间的差距、意识形态与现实之间的差距。这种误解对以后长达数十年的女性文学发展进程产生了深刻的影响，隐含了走向“极左”的可能性，期间留下了许多值得认真思考的问题。

20 世纪 90 年代以来的女性写作中，最为引人注目的是“个人化

---

① 乔以钢：《从面向“自我”到面向社会——论 20 世纪三四十年代的中国女性文学创作》，《中国女性与文学——乔以钢自选集》，南开大学出版社 2004 年版，第 169 页。

写作”（或称私人化写作），越来越多的研究指出，个人化写作中的女性个体，多是一些“中产阶级”女性，被女性批评者认为的这次女性“解放”绝对不是面向所有的妇女，这种对中国女性主体阶级身份的盲视，与对中国女性解放历史的遗忘直接相关。90 年代以后，中国社会发生的变化，尤其是社会阶层结构的重组、资本市场造成的贫富分化，使得“阶级”的问题再次浮现于文化视野之中，并在一定程度上构成了对女性话语的冲击，现实使人们越来越深刻地认识到，无论这个社会将如何改变，我们始终需要充满忧患意识、饱含理想激情、严肃关注现实和富于批判精神的作品。从古到今，在一脉相承的现实主义精神感召下写作的作家始终代表着社会的良知、正义和希望，这是我们今天应对现代女性革命小说予以关注的现实原因。

因此，我们今天应该将现代女性革命小说放在更为开放、更为踏实的历史/现实视野中，对整体做多维度的审视，对文学史中现代女性革命小说的文化价值重新予以认识。

附录　写在后面的话

本书是我的博士学位论文，至今已有10年。今天对它的出版，欣喜之余更多的是惭愧，因为我知道它有很多不足。这里与个人学识和视野有关，也和当时的学术困惑有关，直至今天我仍在关注和思考这个领域的一些问题。重新面对论文的第一个冲动就是想进行一番修改，但是发现按照现在的思路可能不限于伤筋动骨，而是应推倒重来，完全是另外一本书了。因此不得不放弃，只是略加调整，在论文原有的基础上稍作修改，我想让它作为我10年前辛苦求学的一个纪念也不错，它会敦促我在学术研究上孜孜以求、锲而不舍的努力。

下面我想谈谈近几年个人的一些思考所得作为一点补充。

近些年来，中国的女性文学研究取得了很大进展，有研究者指出，当下学术界在经历了“寻找”和“发现”女性创作主体的阶段、以女性的经验和语言为中心的文本分析阶段之后，正在已进入多焦点的、强调性别平衡的学术观阶段。这意味着，研究者更倾向于以一种“涵盖的视野”在多重因素的相互作用下考虑两性之间复杂的关系，努力避免在性别问题上限于狭隘和偏执。[①] 具体到对民族国家话语的性别视野研究，相关的研究成果相对来说较多，总体上说这些研究呈

① 乔以钢：《中国现代文学文化现象与性别》，南开大学出版社2012年版，第3页。

现出两种倾向。一种是对相关历史论述的解构。这种解构热潮受西方影响较大，王德威、胡志德对晚清文学现代性的反思，舒允中对胡风和路翎的重新定位，安敏成对写实现实主义的再批判等，都是这股热潮的代表，他们对大陆的学术研究带来了广泛影响。具体到女性文学研究上，以1989年戴锦华、孟悦的《浮出历史地表：现代妇女文学研究》最具有代表性，这也是中国大陆最早运用女性主义理论娴熟而深入地分析现代女性创作的开山之作，直到今天仍难有逾越。在研究中她们强调性别差异，进而对文学和文化生存中的不平等现象做出审视与批判。书中作者将现代以来中国的女性书写视为一个主体意识匮乏、压抑的标识，从而将男性中心的意识形态体系给予最彻底的解构。作者指出父子秩序贯穿着中国两千年文化史，在这种秩序中，女性群体成为被排斥在已有历史阐释之外的历史无意识，即历史的盲点。借助“五四”新文化运动，女性群体浮出历史地表，但是一方面她们反抗男性社会性别角色后，却不得不认同中性社会角色，她们获得平等要以消灭自身为代价，仍从属于民族主体；另一方面她们由于女性概念的结构性缺损而陷入“我”和“我自己”的镜式同义反复，女性终于还是没有真相。“祥林嫂系列”和“新女性群”表明近百年来女性也不过是作为祭品或殉葬者负担了历史，而新时代的到来仅意味着她们成了新的话语世界的新客体，这是女性处境的一贯性。这部专著对后来女性文学研究的影响很大。

刘慧英的《走出男权传统的藩篱——文学中男权意识的批判》、林丹娅的《当代中国女性文学史论》、乔以钢的《多彩的旋律——中国女性文学主题研究》、徐岱的《边缘叙事——20世纪中国女性小说个案批评》、刘禾的《跨语际实践》、李玲的《中国现代文学的性别意识》、王宇的《性别表述与现代认同——索解20世纪后半叶中国的叙事文本》、刘传霞的《被建构的女性——中国现代文学社会性别研究》

等著作都表达了与戴锦华、孟悦相近的女性主义立场，基本上采用的是同一种“解构”的思路。如刘禾重新解读了《生死场》，认为萧红这部作品试图表明“国家与民族的归属感很大程度上是男性的，这种归属与认同赋予乡村男性农民以民族主体意识。……在一个新的权力话语中仍将男性置于主体位置，因此，它与一个‘衙门里的官员’并无根本区别，不过是旧有父权体系的翻版”①。在刘禾看来，民族国家是一种新型父权制，它无法改变乡村女性的受损经验，萧红拒绝让她笔下的女性被完全纳入民族主义，以此来表达自己的女性主义立场。刘禾解读的最大亮点是不把民族国家作为笼统的东西去看待，而是对其内部性别权力关系如何形成做了理性辨析。这种研究视角的深化无疑会引导我们更好地去反思女性与民族国家的关系。

总体上说，这些研究都是20世纪80年代中后期以来中国“重写文学史”思潮的延伸，包括以唐小兵、黄子平、李扬、王晓明、李陀等人为代表掀起的“再解读”热。作为20世纪90年代以来产生了较大影响的一种研究路向，它把文学研究推向了更具体深入的层面。重读的对象不再被视为封闭的文学文本，而被视为意识形态运作的“场域”，是交织着多种文化力量的冲突场域。解读的过程“不再是单纯地解释现象或满足于发生学似的叙述，也不再是归纳意义或总结特征，而是要揭示出历史文本背后的运作机制和意义结构……‘解读’的过程便是暴露出现存文本中被遗忘、被压抑或粉饰的异质、混乱、憧憬或暴力”②。解构的思路主要为重新理解20世纪中国文学与文化提供了新的研究视野，对历史多元歧义的强调，瓦解了原有的“一体化”叙述，体现了对政治文化的反拨。

---

① 刘禾：《文本、批评与民族国家文学——〈生死场〉的启示》，唐小兵编《再解读：大众文艺与意识形态》，北京大学出版社2007年版，第13页。

② 唐小兵：《我们怎样想象历史》（代导言），《再解读：大众文艺与意识形态》，北京大学出版社2007年版，第25页。

总体而言，这种“解构”研究为重新解读文本和文学现象，提供了颇为有效的研究方法和思考角度。但问题正在于这些学者为什么运用了如此相近的研究思路？这种共同的倾向会产生两种局限，一方面是形成了一种浓厚的解构氛围，而正面建构的意识不够明确。解构的目的原本在于打碎一体化叙述，揭示其中的矛盾和裂隙，但如果过于执拗坚守这种解构的思路，那么研究者对问题的探讨也就会仅限于这一层面。这种解构的思路最直接的一个潜在后果就是对“性别”的本质主义理解，“自觉不自觉地将男女两性想象为二元对立的本质化的群体，片面解读女性的社会历史处境，忽视了性别内部的差异以及各种因素的相互缠绕”[①]。以女性革命者为例，作为进入体制的女性，她们与体制外的女性已构成了完全不同的群体类型。实际上革命时期的历史性突变环境已经将中国这块土地上的女性重新分层，这种分层不同于文学史上原有的地域、时期、阶级等的划分。我们可以大体上可以划分为体制内女性、远离体制的体制外女性、没有进入体制但又倾向于革命的女性三种构成，每种构成都具有不同的属性。体制的特性赋予了女性一定的权力，同时又决定了女性在体制内被压抑的位置，这其实是关于权力和性别权力两个层面的问题。这就产生相关联的一系列问题：这一时期女性是怎样建构起这样的历史格局的？三种女性话语之间形成了一种什么关系？之间又经历了怎样的冲突与调整过程？存不存在孰优孰劣的问题？每种类型内部的女性与女性之间是一种什么关系？体制外的女性处于一种什么状态？另外，就体制本身来说也是动态的，它又经历了怎样的变化过程呢？等等不一而足，生发的问题会有许多，而这些问题很难成为研究关注的问题。所以这种复杂性是单单女性主义立场不能解决的，解构的结果会出现逻辑隐患，

① 乔以钢：《中国现代文学文化现象与性别》，南开大学出版社 2012 年版，第 4 页。

或者将历史的复杂性简约化，变成一些符号的构成。造成这种研究结果的出现，最根本的恐怕还在于对“重写”认识的偏颇。

另一种局限是这种解构思路会忽略或遗漏另外一些不相容的文学史事实，“有可能失掉那些与其假设相抵牾的部分渊源”①。最明显的倾向就是研究的重点主要是女性意识浓郁或持比较鲜明女性立场的作家作品，而对广泛的文学构成缺乏关注。这种文学的整体性缺失，会影响研究的有效性。例如作家石评梅，对她关注最多的向来是女性意识鲜明的“五四”女性婚恋小说，实际上石评梅的创作在生命最后五年逐渐发生了转向，只是这种转向还没来得及充分发展就因她的早逝戛然而止，相同现象包括庐隐。对石评梅创作变化的重视不足，带来的是当下研究对石评梅既传统又现代，既虚无、空寂又超越的思想精神复杂性显然是忽视的。究其原因恐怕是后期作品与前期相比女性意识减淡。应该说，石评梅的“转向”是与之相似的一部分“五四”女作家群体的代表，反映了“五四”启蒙思潮下成长起来的部分青年一代快速向“革命”靠拢的趋势，这里显示出一种历史的合理性与必然性。另外，从文学创作来看，石评梅还是较早的“革命加恋爱”小说开启者之一，因此她的后期创作对认识女性文学和革命文学的丰富性都具有一定的意义。对作家陈学昭研究的不足与这一局限也有一定的关系。陈学昭是早在“五四”时期就较有声誉的第一代女作家，与丁玲一样跨越了现当代两个文学时期，笔耕不辍，但在文学史上她是一个经常被忽略的存在。与同时代作家相比，陈学昭的独特性在于始终坚持基于自身经验的“个人化写作”，并且这种个人化写作除了与她的女性意识有关，更多的还来源于她自觉的知识分子立场。对每一个时期来说陈学昭都是一个不合“时代”的作家，正是这份坚持决定了

---

① 贺桂梅：《文本分析和历史解构》，唐小兵编《再解读：大众文艺与意识形态》，北京大学出版社 2007 年版，第 277 页。

她在现代文学场域寂寞的文坛地位，在个人话语与主流话语的冲突中必然是“低飞”的宿命。显然无论是石评梅还是陈学昭，包括草明、白朗、葛琴、杨刚等众多的所谓“左翼”女作家因女性意识的浅淡与当下的解构思路都是不相容的一段文学史，她们无法进入女性主义的视野，因此她们没有受到同等的重视具有必然性。就研究而言，这仍然是不平等的现象，反映的是有问题的文学评价标准。

与上述解构局限相关联的是，研究者常常“从问题的提出到术语的使用，乃至得出的结论，都往往着眼于某种理论的统一性，并受其限制”[①]，导致对文学史事实及具体文本复杂性或暧昧性的有意无意遗漏及忽视，带来的是认识上一定程度的盲视与肢解。例如对作家丁玲的研究，由于她身上具有鲜明的政治意识和女性意识两重性的特点，这让她变成了不同时期“通吃”的人物，只是身上的标签发生了变化，用一种叙事代替或补充了另一种叙事而已。在研究界看来，丁玲是一个由小资产阶级知识女性“一步步后撤”最终变成了一个革命话语下无产阶级“战士”的转向典型，显示的是强烈的女性意识被逐渐压抑，直至消失的一个过程，是以放弃女性意识为牺牲的。但如果追问下去，丁玲转向过程究竟具有怎样的心路历程呢？进入历史而不是仅限于对文本的肢解式解读，可以发现，现有的阐释仍然是模糊的。恐怕不仅仅是一种乌托邦冲动或某种意识形态对个体的规训可以解释的。以往过多强调了丁玲创作在一次次的“转向”中对主流意识形态追求下的外在趋从，“却没有深味其骨子里仍然没有蜕尽的莎菲之气的不自觉坚持，泄漏了丁玲真实的情感倾向，个性化立场和真诚理性追求之间的裂隙和张力”[②]。丁玲在多次挫折后仍百折不回对革命充满

① 刘禾：《文本、批评与民族国家文学》，王晓明主编《批评空间的开创：二十世纪中国文学研究》，东方出版社 1998 年版，第 299 页。

② 刘剑梅：《革命与情爱》，上海三联书店 2009 年版，第 108 页。

激情和向往，这种精神诉求是如何建构起来的呢？又是如何发展变化的呢？她的创作虽然一再转向，但从另一个角度来看同时也是虽沉又浮、如此反反复复周而复始的一个过程。对丁玲革命的“前史”和“后史”做考察会发现现有研究的一些问题，显示出逻辑上的矛盾。这是对进入延安的中国知识分子“转向”式解读常见的通病。对白薇的研究也是如此。这股解构潮中，白薇是被大家逐渐“发现”的一位作家，她的创作被认为是对包括男性中心在内的意识形态最有力、最深刻的解构。白薇在极短时期内发表了富有冲击力的《打出幽灵塔》《炸弹与征鸟》《悲剧生涯》等作品，之后基本沉寂不再创作，所有这些都成为现有研究框架中作家对革命、对男性深刻怀疑和彻底绝望的有力证据。但在现实生活中白薇除了创作基本停滞外，却是一直积极投身革命阵营从未离开，甚至在最前线参战，新中国成立后又主动申请到新疆、北大荒体验生活，就白薇的生活道路与对她现有的解读来说在逻辑上显然是矛盾的。从对丁玲、白薇有所失当的重读中我们应该有所反思。我们必须意识到“中国道路”的独特性。革命有它自己的逻辑与历史，从马克思主义理论进入中国，到日益影响中国人的日常生活和社会发展，是有着自身特有的发展过程的，中国知识分子在何种意义上接受革命并加以改造让它适应中国语境，他们为什么对它如此迷恋？他们在何种意义上对革命的想象又常常是矛盾的。“中国历史是如何被他们对革命的渴望所改写，继而又是如何被他们的理想破灭所改写——所有这些都应该被放在具体的历史阶段中来考察，而不是限定在对革命的现代性隐喻框架中。”① 在不同的社会条件下，革命在不同的历史时期是发生着不同的理解和转变的，必须认识到，没有一个概念是超越历史、超越民族和固定不变的。不能仅从今

① 刘剑梅：《革命与情爱》，上海三联书店 2009 年版，第 9 页。

天的角度出发将革命仅仅看作霸权话语，包括也不能将性别关系理解为是永恒不变的超时空现象。

至于对具体文本解读时，为了理论的统一性，将溢出限度外的杂质过滤，有意无意地进行断章取义式解读，这也是理论限度下时常可以见到的一种“硬读”现象。如将“五四”时期女作家笔下常见的一种“同性情谊”解读为“同性恋”恐怕应该算是一种吧，至于各种“情结”、各种“去××化”更是常见。在对革命女作家的创作进行解读时这种“硬读”现象尤为明显，因为越是靠近体制中心，与某一种理论的抵牾越明显，异质的东西就会越多。

总体上说，如何摆脱忽略与遗漏不相容文学史的做法，除了反思文学研究理论资源自身，警惕一些西方理论对于本土性问题是否存在“水土不服”外，最重要的仍在于摆脱理论阐释的限度，与历史复杂性之间如何更好地融合的问题，进入文学历史自身的脉络完成一种描述。

“重写”意味着什么？如果将它理解成用一种叙述去取代或补充另一种叙述，实际上重写的工作从来就没有停止过。何况“任何写都是某种程度的重写，关键在于能不能对这些叙事提出自己的解释和历史的说明”。就是说，“重写”的大前提在于必须在历史语境下认识现代文学，做历史的理解。因为现代文学的发生、发展其复杂的历史原因最根本仍是与现代民族国家的历史发展过程具有同步性，既然现代文学来自与历史的激烈对话，那么现代文学的历史性就该成为研究者最应用力之处。“必须谈在绵密的历史想象和实践的网络里，某一种‘现代性’之所以如此，或不得不如此，甚或未必如此的可能。”[①] 重返历史现场，到具体的历史情境中去看问题，应该是建构和解构文学的最佳起点，这是我们对近年来的研究应该具有的反思。

---

① 王德威：《“海外中国现代文学研究译丛”总序》，刘剑梅《革命与情爱》，上海三联书店2009年版，第7页。

近十多年来，在上述解构式研究的同时，文化研究对中国女性文学研究的影响也越来越鲜明。相对于传统的文学研究重视文学文本，偏重于对研究对象特点的探求，借助文化研究的方法来观照女性文学时，旨在探寻文学活动与性别文化、性别观念的互动，即“从更广阔的背景中了解文学所依持的思维方式、想象逻辑及情感特质，以及这些文学想象和情感方式如何在特定的历史语境中形成带普遍性的社会心理现象”①。这种研究方式，有利于不再将“性别”做本质主义理解，将女性的主体性看作是预先存在的，与反抗是天然相连的，而是重视探讨女性主体意识被建构的过程，在复杂的文化背景中，它是作为“永远需要重新协商、重新清晰表达的话语建构的一部分”。这种研究下女性文学也不再被视作做封闭式的理解，而是作为一种文化现象，强调贴近社会现实的考察。显然，这种对性别与女性文学的认识对于上述的解构式研究具有自觉的反拨意识。

一批海外学者的研究提供了很好的范例。高彦颐《闺塾师：明末清初的才女文化》、胡晓真《才女彻夜未眠——近代中国女性叙事文学的兴起》、颜海平《中国现代女性作家与中国革命》、刘剑梅《革命与情爱——二十世纪中国小说史中的女性身体与主题重述》等都是这类研究的代表。这种研究倾向对中国女性文学研究影响很大，大陆也出现了不少这类研究成果。如刘纳的《颠踬窄路行：世纪初女性的处境与写作》、刘慧英编著的《遭遇解放：1890—1930 年代的中国女性》、夏晓虹的《晚清女性与近代中国》、王绯的《空前之迹：中国妇女思想与文学发展史论》、戴锦华的《涉度之舟：新时期女性写作与女性文化》、贺桂梅的《人文学的想象力：当代中国思想文化与文学问题》、董丽敏的《性别、语境与书写的政治》、乔以钢等著的《中国

① 温儒敏：《现当代文学研究中的“空洞化”现象》，《文艺研究》2004 年第 3 期。

现代文学文化现象与性别》、李奇志的《清末民初思想与文学中的“英雌”话语》等。这些研究的最大意义在于拥有明确的建构意识，将女性问题回归到变化的历史境遇中，还原事物的复杂性和多样性，探寻其建构的过程，最大程度接近事物的本相，对避免简单化倾向起了一定的作用。但这种研究目前也存在一定的问题，如注重了能够变动的女性群体，相对忽视了文化历史中难以变动的群体，如下层女性的状况。研究成果也大都集中在清末民初的近代，视野上还有待扩展。

这种研究可以启发我们去思考许多问题。其中就“女性与革命”这个视角来说，海外学者颜海平的研究在理论立场和方法论上都很有启发性。在《中国现代女性作家与中国革命》这本书中，她认为，在女性主义理论批评及其创作几成时髦的现时代，女性主义话语的效果恰恰是将女性贬入了私人领域，纳入到“私人写作”中。她提出“应该从中国现代女性的真实命运出发，将女性解放的命题无可辩驳的引向公共领域”，与流行的女性主义话语相反，这些女性的生命史“讲述的是弱国、弱势、弱女子——即弱者创造新世界的史诗”，这种把女性与现代中国历史紧密相连的观念，“其核心是对现代世界发展历程与基本结构的历史唯物主义把握”。在这个理论前提下，颜海平认为，“中国现代女作家的文学生活构成了创造新的历史可能性的动力源泉，在她们那里，写作与生活是如此紧密相连，以至于离开其中一者便无法理解另一者，甚至可以说，写作本身就是实践，而实践本身就是革命”。在书中，颜海平采用的研究方法是“文学史与生命史的结合”，实际上，她看到了女性与文学的独特关系。如果说男性写作还拥有较强的虚构性与寓言化的话，女性尤其是革命女性的写作更多的是一种与生命相融的书写，它成为生命意义的寄托。而革命的驱动作为源泉重塑了她们的生活及写作，女性的生命成为写作的意义场所和源泉，在革命女性那里写作与生活是一种对话关系，无法分开。这里显示的是“弱者的存在以及他们日常而又卓绝的奋斗，这一切在中国现代女作家那里表现得最为深蕴、最为痛彻、最为鲜明而具体”。因此，将“文学史与生命史紧密结合”，以此为出发点来考察女性的革命书写无疑是一个较好的途径。应该说，在书中的具体阐述中，作者在一定程度上夸大了女性的能动作用，但她的认识对我们当下的研究还是具有一定的现实意义，不仅具有一定的理论意义，也具有切实可行的方法意义。这种研究方法在女性与文学的关系、女性文学现代性问题、女性的解放等方面都打开了一定的视野。她提醒我们，割裂地看待女性与文学的关系尤其局限在民族主义内部看待男女两性的关系，缺乏一种世界性的视野，进而孤立地看待中国在世界格局中的地位与变化都是违反客观现实的，不属于一种自觉的“历史唯物主义”把握。而这有可能成为我们超越性别视野下文学研究的种种局限的一个重要的启示。

布尔迪厄在《男性统治》中批判了“后现代”哲学家“超越二元论”的虚妄，他认为“这些二元论深深地植根于事物（结构）和身体之中，而不是来自言语命名的一种简单作用，而且是一种无法被述行的魔法的行为性别——远非人们任意扮演的简单‘角色’，而是被纳入身体和性别从中汲取力量的空间之中”[①]。而这个空间本身是高度分化的，“与一系列性别化的对立被纳入身体同时产生。这些对立总是与男女之间的基本区分以及这种区分表现于其中的次要取舍（统治者/被统治者，上/下，主动—进入/被动—被进入）保持一种同源关系，而这些性别化对立彼此之间是同源的，它们与基本对立也是同源的”[②]。在布尔迪厄看来，性别的二元结构化是稳定的，作为一种同源

① ［法］皮埃尔·布尔迪厄：《男性统治》，刘晖译，中国人民大学出版社 2012 年版，第 151 页。

② 同上书，第 154 页。

是植根于事物（结构）和身体之中的。因此布尔迪厄最后告诫大家："男女之间的统治关系存在于全部社会空间及其次空间中。"[①] 这就是说全部社会空间及其次空间都有着男女之间的统治关系存在。如果当真如此，那么男女之间对立关系结构便永远不可避免了。应该说，布尔迪厄可能残酷地摧毁了所有女权主义家孜孜以求的梦想。可问题是，所谓的女性解放最终的出路究竟在哪里呢？这是一个仍需探讨的问题。

以上是我的一点困惑和思考，这里的许多问题都无法在本书有所体现和解答，有待今后继续探讨。

在当下全球化的时代，重访"革命"精神遗产，我想现在最迫切需要解决的问题不是如何定义和对待中国的"革命"，而是如何强化自我反思意识来面对中国的语境与问题。

① ［法］皮埃尔·布尔迪厄：《男性统治》，刘晖译，中国人民大学出版社 2012 年版，第 150 页。

参考文献

1. 陈东原：《中国妇女生活史》，上海文艺出版社 1990 年影印本。

2. 谭正璧：《中国女性文学史话》，百花文艺出版社 1984 年版。

3. 中华全国妇女联合会妇女运动研究室编：《五四时期妇女问题文选》，生活・读书・新知三联书店 1981 年版。

4. 吕美颐、郑永福：《中国妇女运动》，河南人民出版社 1990 年版。

5. 杜芳琴主编：《发现妇女的历史：中国妇女史论集》，天津社会科学院出版社 1996 年版。

6. 禹燕：《女性人类学》，东方出版社 1988 年版。

7. 杜芳琴：《中国社会性别的历史文化寻踪》，天津社会科学院出版社 1998 年版。

8. 朱易安、柏华主编：《女性与社会性别》，上海教育出版社 2003 年版。

9. 胡元翎：《拂去尘埃：传统女性角色的文化巡礼》，河北人民出版社 2001 年版。

10. 黄人影编：《当代中国女作家论》，上海光华书局 1933 年版。

11. 梁乙真：《中国妇女文学史纲》，上海开明书店 1932 年版。

12. 贺玉波：《中国现代女作家》，上海现代书局 1932 年版。

13. 苏雪林：《中国二三十年代作家》，台北纯文学出版社 1983 年版。

14. 陈敬之：《现代文学早期的女作家》，台湾成文出版社有限公司 1980 年版。

15. 白舒荣：《十位女作家》，群众出版社 1986 年版。

16. 谢玉娥编：《女性文学研究教学参考资料》，河南大学出版社 1990 年版。

17. 盛英主编：《二十世纪中国女性文学史》，天津人民出版社 1995 年版。

18. 阎纯德：《二十世纪中国女作家研究》，北京语言文化大学出版社 2000 年版。

19. 阎纯德主编：《中国现代女作家》，黑龙江人民出版社 2000 年版。

20. 张衍芸：《春花秋叶——中国五四女作家》，人民文学出版社 2002 年版。

21. 林丹娅：《当代女性文学史论》，厦门大学出版社 1995 年版。

22. 刘思谦：《“娜拉”言说——中国现代女作家心路纪程》，上海文艺出版社 1993 年版。

23. 白薇：《对苦难的精神超越——现代作家笔下女性世界的女性主义解读》，民族出版社 2003 年版。

24. 陆文采、张杰：《中国现代女作家论——女性美的探索者》，山东大学出版社 1988 年版。

25. 邢维：《女性情爱的文学观照》，学林出版社 1993 年版。

26. 游友基：《中国现代女性文学审美论》，福建教育出版社 1995 年版。

27. 盛英：《中国女性文学新探》，中国文联出版社 1999 年版。

28. 徐岱：《边缘叙事——20世纪中国女性小说个案批评》，学林出版社2002年版。
29. 乔以钢：《低吟高歌——二十世纪中国女性文学论》，南开大学出版社1998年版。
30. 乔以钢：《多彩的旋律——中国女性文学主题研究》，南开大学出版社2003年版。
31. 乔以钢：《中国女性的文学世界》，湖北教育出版社1993年版。
32. 乔以钢：《中国女性与文学——乔以钢自选集》，南开大学出版社2004年版。
33. 孟悦、戴锦华：《浮出历史地表》，中国人民大学出版社2004年版。
34. 刘慧英：《走出男权传统的樊篱——文学中男权意识的批判》，生活·读书·新知三联书店1996年版。
35. 刘纳：《颠踬窄路行——世纪初：女性的处境与写作》，作家出版社1995年版。
36. 李少群：《追寻与创建——现代女性文学研究》，山东教育出版社1997年版。
37. 于青、王芳：《黑夜的潜流——女性文学新论》，陕西人民教育出版社2003年版。
38. 钱虹：《女人·女权·女性文学》，香港银河出版社1999年版。
39. 游学勇：《才女的世界》，昆仑出版社2001年版。
40. 李玲：《中国现代文学的性别意识》，人民文学出版社2002年版。
41. 乐铄：《中国现代女性创作及其社会性别》，郑州大学出版社

2003 年版。

42. 王绯：《女性与阅读期待》，陕西人民教育出版社 1998 年版。

43. 王绯：《空前之迹：中国妇女思想与文学发展史论》，商务印书馆 2004 年版。

44. 李有亮：《为男人命名——20 世纪女性文学中男权批判意识的流变》，社会科学文献出版社 2005 年版。

45. 刘剑梅：《革命与情爱》，上海三联书店 2009 年版。

46. 颜海平：《中国现代女作家与中国革命》，北京大学出版社 2011 年版。

47. 常彬：《中国女性文学话语流变》，人民出版社 2007 年版。

48. 刘传霞：《被建构的女性——中国现代文学性别研究》，齐鲁书社 2007 年版。

49. 雷霖：《现代战争叙事中的女性形象研究》，博士学位论文，华中师范大学，2013 年。

50. 刘俐莉：《战争语境下的女性苦难与成长》，博士学位论文，复旦大学，2004 年。

51. 邱仁宗等编：《中国妇女与女性主义思想》，中国社会科学出版社 1998 年版。

52. 张京媛主编：《当代女性主义文学批评》，北京大学出版社 1992 年版。

53. 鲍晓兰主编：《西方女性主义研究评介》，生活·读书·新知三联书店 1995 年版。

54. 王政、杜芳琴主编：《社会性别研究选译》，生活·读书·新知三联书店 1998 年版。

55. 张岩冰：《女权主义文论》，山东教育出版社 1999 年版。

56. 罗婷等：《女性主义批评在西方与中国》，中国社会科学出版社 2004 年版。

57. 林树明：《多维视野中的女性主义文学批评》，中国社会科学出版社 2004 年版。

58. 李小江、朱虹、董秀玉主编：《性别与中国》，生活·读书·新知三联书店 1994 年版。

59. 李银河：《女性权力的崛起》，文化艺术出版社 2003 年版。

60. 李银河主编：《妇女：最漫长的革命》，生活·读书·新知三联书店 1997 年版。

61. 康正果：《女权主义与文学》，中国社会科学出版社 1994 年版。

62. 康正果：《风骚与艳情》，上海文艺出版社 2001 年版。

63. 易中天：《中国的男人和女人》，上海文艺出版社 2000 年版。

64. ［美］凯特·米利特：《性的政治》，钟良明译，社会科学文献出版社 1999 年版。

65. ［英］弗·伍尔夫：《一间自己的屋子》，王还译，生活·读书·新知三联书店 1989 年版。

66. ［法］西蒙娜·德·波伏娃：《第二性——女人》，桑竹影、南珊译，湖南文艺出版社 1988 年版。

67. ［英］玛丽·伊格尔顿编：《女权主义文学理论》，胡敏等译，湖南文艺出版社 1989 年版。

68. ［日］今道友信：《关于爱和美的哲学思考》，生活·读书·新知三联书店 1997 年版。

69. ［俄］瓦西列夫：《情爱论》，生活·读书·新知三联书店 1984 年版。

70. 李泽厚：《中国思想史论》，安徽文艺出版社 1999 年版。

71. ［美］费正清等编：《剑桥中华民国史》，中国社会科学出版社 1998 年版。

72. 许纪霖、陈达凯主编：《中国现代化史》，上海三联书店 1995 年版。

73. 钱理群、温儒敏、吴福辉：《中国现代文学三十年》，北京大学出版社 2001 年版。

74. 夏志清：《中国现代小说史》，香港友联出版社有限公司 1982 年版。

75. 司马长风：《中国新文学史》，昭明出版社 1983 年版。

76. 王瑶：《中国新文学史稿》，上海文艺出版社 1982 年版。

77. 杨义：《中国现代小说史》，人民出版社 1986 年版。

78. 刘中树：《五四文学革命运动史论》，吉林大学出版社 1989 年版。

79. 刘中树：《鲁迅的文学观》，吉林大学出版社 1986 年版。

80. 王晓明主编：《二十世纪中国文学史论》（两卷本），东方出版中心 2003 年版。

81. 陈平原等编：《二十世纪中国小说理论资料》，北京大学出版社 1997 年版。

82. 郭志刚、李岫：《中国三十年代文学发展史》，湖南教育出版社 1998 年版。

83. 钱理群：《对话与漫游——四十年代小说研读》，上海文艺出版社 1999 年版。

84. 范智红：《世变缘常——四十年代小说论》，人民文学出版社 2002 年版。

85. 刘小枫：《沉重的肉身》，上海人民出版社 1999 年版。

86. 杨义：《中国叙事学》，人民出版社 1997 年版。

87. ［美］华莱士·马丁：《当代叙事学》，北京大学出版社 1990 年版。

88. 刘小枫：《现代性社会理论绪论》，上海三联书店 1998 年版。
89. 刘小枫：《儒家革命精神源流考》，上海三联书店 2001 年版。
90. 陈建华：《革命的现代性：中国革命话语考论》，上海古籍出版社 2000 年版。
91. 黄子平：《灰阑中的叙述》，上海文艺出版社 2001 年版。
92. 旷新年：《现代文学与现代性》，上海远东出版社 1998 年版。
93. 赵园：《艰难的选择》，上海文艺出版社 2001 年版。
94. 王德威：《现代中国小说十讲》，复旦大学出版社 2003 年版。
95. 王德威：《想象中国的方法》，生活·读书·新知三联书店 2003 年版。
96. 刘纳：《嬗变——辛亥革命时期至五四时期的中国文学》，中国社会科学出版社 1998 年版。
97. 南帆：《文学的维度》，上海三联书店 1998 年版。
98. 旷新年：《1928：革命文学》，山东教育出版社 2001 年版。
99. 李书磊：《1942：走向民间》，山东教育出版社 2001 年版。
100. 林伟民：《中国左翼文学思潮》，华东师范大学出版社 2005 年版。
101. 苏春生：《中国解放区文学思潮流派论》，中国社会科学出版社 2000 年版。
102. 刘增杰主编：《中国解放区文学史》，河南大学出版社 1988 年版。
103. 王寰鹏：《左翼至抗战：文学英雄叙事的当代阐释》，齐鲁书社 2005 年版。
104. 方维保：《红色意义的生成——20 世纪中国左翼文学研究》，安徽教育出版社 2004 年版。
105. 《左联时期文学论文集》，南京大学学报编辑部 1980 年版。

106. 《三十年代左翼文艺资料选编》，四川文艺出版社 1980 年版。

107. 《左翼文艺运动史料》，南京大学学报编辑部 1980 年版。

108. 全国民主妇女联合会筹备委员会：《中国解放区农村妇女翻身运动素描》，新华书店 1949 年版。

109. 全国民主妇女联合会筹备委员会：《中国解放区妇女运动文献》，1949 年版。

110. 葛兰恒等：《解放区见闻》，新华出版社 1993 年版。

111. 金紫光、何洛主编：《延安文艺丛书》文艺史料卷、文艺理论卷、小说卷（上、下），湖南文艺出版社 1984 年版。

112. 康濯主编：《中国解放区文艺书系·文学运动理论卷》（第 11、12 卷）、《小说卷》（共 4 卷），重庆出版社 1992 年版。

113. 中国人民政治协商会议山西省阳泉市委员会文史资料委员会：《石评梅专辑》，1985 年版。

114. 中国人民政治协商会议湖南省资兴市委员会文史资料委员会：《你没有倒下——白薇同志》，1987 年版。

115. 周良沛：《丁玲传》，北京十月文艺出版社 1993 年版。

116. 袁良骏：《丁玲研究资料》，天津人民出版社 1982 年版。

117. 孙瑞珍、王中忱编：《丁玲研究在国外》，湖南人民出版社 1995 年版。

118. 王中忱、尚侠：《丁玲生活与文学的道路》，吉林人民出版社 1982 年版。

119. 丁玲创作讨论会专集编选小组编：《丁玲创作独特性面面观》，湖南文艺出版社 1986 年版。

120. 汪洪编：《左右说丁玲》，工人出版社 2001 年版。

121. 杨桂欣：《观察丁玲》，大众文艺出版社 2001 年版。

122. 《丁玲作品评论集》，中国文联出版公司 1984 年版。
123. 肖凤：《庐隐传》，北京师范大学出版社 1982 年版。
124. 柯兴：《风流才女——石评梅传》，华艺出版社 1994 年版。
125. 钟桂松：《天涯归客：陈学昭》，河南人民出版社 2000 年版。
126. 丁茂远编：《陈学昭研究专集》，浙江文艺出版社 1983 年版。
127. 黎先汉、何翊川、李红萍编：《文坛女杰白薇》，中国文化出版社 2004 年版。
128. 郑择魁等：《左联五烈士评传》，重庆出版社 1995 年版。
129. 草明：《世纪风云中跋涉》，人民文学出版社 1997 年版。
130. 柯兴：《魂归京都：关露传》，群众出版社 1999 年版。
131. 萧阳、广群：《一个女作家的遭遇：记关露一生》，北京文艺出版社 1988 年版。
132. 丁言昭编选：《关露啊关露》，人民文学出版社 2001 年版。
133. 吴德才：《金箭女神：杨刚传记》，党史出版社 1992 年版。
134. 白殊荣、何由：《白薇评传》，湖南人民出版社 1983 年版。